U0001410

EXPLORERS ON WITCH MOUNTAIN

by Alex Bell (author)
Tomislav Tomić (illustrator)

字畝文化出版

目次

各方好評推薦

故事的筆調明快，對話輕鬆，讀起來很過癮。史黛拉跟三位少年的冒險部分是主軸，他們的友誼從彼此討厭、猜忌，到四人同心……這過程也是很精采，讓人覺得很感動。作者並沒有刻意說教式的要讀者做一個善良的人，但是字裡行間，處處可以感受到溫柔。

——**陳郁如（華文兒少奇幻《養心》作者）**

「北極熊探險隊」的四個青少年從冰凍群島出發，羅盤定向在「世界上最寒冷的地方」。過程中，冰雪公主喚醒冰雪城堡，異能少年狼語者以傾聽和大自然起伏共振，小巫師不斷在嘗試失敗中壯大成長的、打開生命的邊界，溫柔而神經質的療癒系精靈，在不完美中反覆修整自己，也豐富了團隊。

——**黃秋芳（山海經奇幻小說【崑崙傳說】作者）**

這是一旦開始閱讀就難以放下的奇幻冒險故事。書中四位少年主角所經歷的不僅僅是一段行走意義上的探險旅程，更是一段成長意義上的探索旅程。書中各種驚心動魄又富原創性的情節，我猜想，很快會拍攝成電影而廣受青少年喜愛。

——**黃雅淳（臺東大學兒童文學研究所副教授）**

一連串的困難與攔阻，都無法擊垮這群保有探險家初心的「北極熊探險隊」隊員。如同小說裡所說「探險家最愛的莫過於充滿未知與危險的美妙時刻了。」相信年輕讀者在一同神遊過這場冒險旅程之後，能夠發現生活中種種考驗與挫折，其實有著美妙的一面，並且利用挫折成就更強大的自我。

——蔡明灑（朗朗小書房創辦人）

神奇的歷險，包含了友誼、勇氣和決心，充滿想像力的世界。

——《書商》（The Bookseller）

這應該是本年度最讓人想緊緊擁抱的小說。無敵可愛，而且文筆充滿歡樂與機智，讀來暢快淋漓。

——《科奇幻周刊》（SFX）

冰國的奇幻之旅。

——《週日快訊》（Sunday Express）

充滿喜悅，節奏很快的奇幻冒險小說。

——《WRD 青少年雜誌》

導讀　開箱

黃秋芳（山海經奇幻小說《崑崙傳說》作者）

我們每一天都生活在很多很多的箱子裡。

睡覺時，躺在「房間箱子」裡；睜開眼睛去上學時，把自己裝進一個有輪子、會流動的「車箱子」裡；到了學校，坐在更大的「教室箱子」裡，和更多同學一起學習、一起玩鬧；回到家，又關進我們最熟悉的「房屋箱子」。

就像電腦磁碟「格式化」，我們的生活也被區隔成一個又一個箱子。過去經驗的累積，讓我們認定，爸爸這樣、媽媽是那樣，我說的話別人都不聽，別人的世界我也不想搭理……，類似這些由一個又一個強化出來的「印象」，打包成「偏見箱子」。就連我們讀童話時，也用差不多的樣貌來裝載「公主箱子」、「巫婆箱子」、「魔物箱子」，以及充滿意見的「喜歡箱子」、「羨慕箱子」、「恐懼箱子」、「討厭箱子」……。慢慢地，我們自以為提早掌握了世界，同時也放棄各種試探和發現。所以，海倫·凱勒才提醒我們說：

「生命不是勇於冒險，就是荒廢生命。」想想看，既聾又啞又眼盲的她，原本是最不適合冒險的人，為何要堅持冒險？

因為，只有透過一次又一次的冒險旅程，在高風險且結果無從預料的衝撞中，去擊敗對「平凡」的厭倦，對「未知」的恐懼，我們才能在生命的凍原上創造出「殊異」，才能累積出「已知」，才能擦亮一點點、又一點點的歡愉和希望。

在面臨人生重大決定時，湧生出熱情、勇氣，以及無論如何一定得學會的智慧，才能打破箱子，帶著「熱情」、「聆聽」、「重建」和「修整」這些輕裝備，完成「北極熊探險隊」的冒險旅程，截斷大人的保護和支援，獨立面對不可思議的挑戰。

在第一部中，「北極熊探險隊」的四個青少年從冰凍群島出發，羅盤定向在「世界上最寒冷的地方」。過程中，冰雪公主喚醒冰雪城堡，用熱情融化冰冷的心；異能少年狼語者以傾聽和大自然起伏共振，而擁有了接納一切、支撐一切的寬闊心靈；不斷在嘗試失敗中壯大成長的小巫師，透過和異質對抗、成全和理解破壞後的重建，來打開生命的邊界，看見更寬闊的可能；溫柔而神經質的療癒系精靈，在不斷造成災難的脆弱、疏失和不完美中，透過豐富的知識和無私的真誠，面對挫折、反覆修整，於是壯大了自己，也豐富了團隊。

因為並肩奮鬥，這四位新手探險家才能一起克服磨難，從噩夢碎片中拼貼出「邪惡」、「殺戮」、「復仇」和「女巫」的各種混亂意識。當旅程結束時，他們也把一個又一個「偏見箱子」打包，一起帶回家。

從箱子裡爬出來的女巫木偶，打破日常秩序，成為最初的「開箱」（Unboxing），所有新產品介入生活，都是一場冒險。裝在箱子裡的記憶和判斷，一旦開箱，世界便開始翻轉：生活充滿驚奇，遠端女巫的監控不一定是惡意，禿鷹的攻擊不一定是因為血腥，解救行動不見得必要，飛行船一啟航就丟了錨，乳牛換不了傑克的魔豆，稻草人找不到心，女巫獵人和女巫的相遇是友情的起點，報仇雪恨的夢魘其實是童年溫暖的救贖，童話故事開箱後回不到從前……

在第二部曲中新加入了一位異能少年。他在「熱情」、「聆聽」、「重建」和「修整」這些精神充氣的輕裝備中，注入非常務實的野餐布置：飲饌。飲饌，成為生命中應該被凸顯的美好。可惜，異質相遇，並不一定能順利整合成團隊，粗暴和後悔，都是生活的必然；每一次的衝突，也不一定都能透過善意和溫柔得到和解。透過不斷的開箱，我們就能發現更多的真相，同時也負載了更多的箱子，帶著更多的記憶和想像一起前行。

「北極熊」以浮冰和斷橋探測冰凍邊界；「海魷魚」召喚出沉睡在死亡城市中的克蘇魯神話譜系，水棲海怪戲劇性的八爪和觸手，站立如高聳大樹、伸出扭曲枝枒的幼崽，不定形菌絲黑泥中翻滾，慢慢浮出夢境；難以捉摸的「叢林貓」，無從猜測的「沙漠豺」，以飛行船、飛毯和魔帳毯併入奇幻冒險。

看起來，四大探險隊的拼圖湊齊了，只是在各種嶄新的發現中，我們忍不住好奇，真的是這樣嗎？會不會這個世界上永遠藏著我們想像不到的驚奇？

開箱，成為神奇的冒險遊戲。常常，我們在打開「偏見箱子」後發現，箱底藏著很多帶著驚喜和祝福，讓我們懂得謙卑、學會寬容、打磨出智慧和勇氣，但有時箱子裡「甚麼都沒有」，很可能，這也是一種特別的神祕禮物喔！

北極熊探險隊

2 女巫山

四大探險隊規章

北極熊探險家俱樂部規章

❶北極熊探險家應隨時隨地維持鬍鬚修剪整齊，仔細上蠟。任何鬍鬚邋遢、不修邊幅的探險家，將立即被請出俱樂部的公用房間。

❷鬍鬚未梳理或不整潔的探險家，亦不許進入會員專屬酒吧、私人餐廳和撞球室，沒有例外。

❸所有俱樂部土地上的冰屋中，必須隨時放置一壺熱巧克力，以及足夠儲量的棉花糖。

❹在俱樂部土地範圍內，僅能使用北極熊形狀的棉花糖。此外，以下早餐品項，亦僅能提供北極熊形狀：鬆餅、格子鬆餅、小圓烤餅、甜麵包、水果凍和甜甜圈。請勿要求廚房做出其他形狀或動物——包括企鵝、海象、毛茸茸的長毛象或雪怪——大廚會不高興。

❺提醒各位會員，大廚如果被冒犯、覺得受到羞辱或感到憤怒時，餐廳除了奶油吐司之外，便不會提供任何食物了。而這份吐司，只會做成麵包狀。

❻任何情況下，探險家都不得追獵或傷害獨角獸。

❼所有北極熊探險家的俱樂部雪橇，必須正確的裝上七只黃銅鈴鐺，並包含以下物品：五張軟毯、三個有織套的熱水瓶、兩壺緊急用熱巧克力，以及一籃熱過的奶油小圓烤餅（北極熊狀）。

❽請勿將企鵝帶進俱樂部的鹽水浴中，因為牠們將霸占按摩浴缸。

❾所有企鵝均為俱樂部的財產，探險家不得擅自帶走。俱樂部有權搜索任何形狀可疑的袋子，任何會自行亂動的袋子，自然會受到懷疑。

❿所有在俱樂部土地範圍中製作的雪人，必須有修剪整齊的鬍子。請注意，胡蘿蔔並不適合拿來當成鬍鬚，茄子亦然。若對雪人的鬍鬚有疑慮，請隨時諮詢俱樂部主席。

⓫用冰柱、雪球或打扮奇怪的雪人威脅其他俱樂部會員，是一種沒禮貌的行為。

⓬俱樂部的土地範圍上，不允許出現樹鴨[1]，若發現會員攜帶樹鴨，將要求該會員離開。

所有北極熊探險家入會時，將收到一只探險家袋，其中包含以下物品：

▪一罐菲力巴斯特隊長的長征強效鬍蠟。
▪一瓶菲力巴斯特隊長的香氛鬍油。
▪一根口袋折疊鬍子梳。
▪一把象牙柄刮鬍刷、兩把修剪用剪刀，以及四顆分開包裝的奢華泡沫刮鬍皂。
▪兩個折合式小化妝鏡。

海魷魚探險家俱樂部規章

❶各種海妖、奎肯[2]和巨魷魚獎盃，都是俱樂部的私有財產，不得挪去做為私人家庭裝飾。若在探險隊家中發現任何失蹤的裝飾性觸鬚，將予以收費。

❷探險家不得在任何正式遠征途中，與海盜或走私者拉黨結派。

❸有毒的河豚、刺絲水母、海黃貂魚和電鰻，皆不適合拿來做派的餡料或是夾三明治。若對廚房提出以上要求，將遭到婉拒。

❹請探險家們不要向俱樂部大廚示範海蛇、鯊魚、甲殼類或深海怪物的烹煮或食用方法，包括第三條規章中的魚種。請尊重大廚的專業。

❺海魷魚探險家俱樂部認為，海參並不具備獲得獎盃的資格或認可。包括較難找到的咬人海參，以及唱歌海參和吵架海參。

❻海魷魚探險家若贈送本俱樂部一條尖叫的紅魔魷魚觸鬚，將獲得一年份的伊詩邁隊長高級黑萊姆酒。

1 樹鴨（Whistling Duck）是一種小型鴨類。

2 奎肯（Kraken）是北歐神話中迴游於挪威和冰島近海之間的海怪。

❼泊港的潛艇請勿處於潛水狀態——這會妨礙俱樂部的清潔服務。

❽探險家請勿將死掉的海怪留在走廊上，或是任何俱樂部的公用房中。無人看管的海怪可能會被移至廚房，不另行通知。

❾南海航海公司對其潛艇所受之損害，概不負責，包括巨魷、鯨魚和水母攻擊或突襲時所造成的破壞。

❿探險家不得在地圖室中比較魷魚觸腳的長短或其他獎盃。欲進行任何私人打賭或下注，請使用戰利品展示間中所標示的區域。

⓫請注意：任何以捕鯨魚叉砲威脅另一位探險家的成員，將立即暫停俱樂部會員的資格。

所有海魷魚探險家入會時，將收到一只探險家袋，其中包含以下物品：

- 一罐伊詩邁隊長的奎肯餌。
- 一張奎肯網。
- 一個刻字小酒壺，裝滿伊詩邁隊長的蠻牛鹹萊姆酒。
- 兩枝銳利的魚叉，以及三袋狩獵用矛頭。
- 五罐伊詩邁隊長的捕鯨砲亮光油。

沙漠豺探險家俱樂部規章

❶魔術飛毯在俱樂部會所中應捲收妥善。任何由失控飛毯造成的損害，將由探險家負全權責任。

❷魔法精靈燈必須隨時由主人妥善保管。

❸請注意：嚴禁精靈到酒吧和橋牌桌。

❹帳篷僅限於重大的長征探險用，不得用來舉辦派對、聚會、閒聊或談八卦。

❺禁止——或不得鼓勵——駱駝對其他俱樂部會員吐口水。

❻除非特殊情況，跳跳仙人掌不得進入俱樂部。

❼請勿拿走俱樂部裡的旗子、地圖或小袋鼠。

❽俱樂部會員不得在子夜到日出期間，以駱駝競速的方式解決爭端。

❾俱樂部裡的袋鼠、郊狼、沙漠貓和響尾蛇，應隨時受到尊重。

❿想保留全數手指的會員，建議別去惹巨大多毛的沙漠蠍，或激怒有鬍子的禿鷹和斑紋沙漠遁蛛。

⓫探險家請勿在俱樂部入口處的飲水盤中洗腳，飲水僅供會員解渴提神用。

⑫俱樂部土地上會建置沙堡，供探險家在進入俱樂部前清理涼鞋、口袋、袋子、望遠鏡盒和頭盔裡的沙子。

⑬探險家請勿過度裝飾駱駝。沙漠豺探險家俱樂部的駱駝最多可戴一條珠寶項鍊、一頂加流蘇的頭飾和印花大方巾、七只素金腳環、最多四只膝套，以及一件嘴鼻的花飾。

所有沙漠豺探險家入會時，將收到一只探險家袋，其中包含以下物品：

- 一頂可折疊的皮製遮陽帽或木髓帽。
- 一罐熱帶的多毛沙漠巨蠍強力驅除液。
- 一把鑷子（請注意，本物件可有效防止被沙塵暴活埋）。
- 一組駱駝修剪箱，包含有機駱駝洗毛液、駱駝睫毛捲、頭梳、腳趾甲剪與蹄子拋光器（由國家駱駝美容協會慷慨贊助）。
- 兩只備用精靈燈和一個備用精靈瓶。

叢林貓探險家俱樂部規章

❶叢林貓探險家俱樂部會員於野餐時不得儀態邋遢，應於所有的遠征隊野餐展現優雅、從容與貴氣。

❷所有的遠征隊野餐用品須以純銀打造，並隨時保持潔亮。

❸香檳籃必須以頂級柳條、高級皮革或柚木製作。請注意，在任何情況下，「寒酸俗氣」的香檳籃均不得放到搬運行李的大象上。

❹不得於沒有司康餅的情況下舉辦遠征隊野餐。有魔法燈籠、精靈蛋糕和綜合小仙子果醬的話則更佳。

❺在俱樂部中，必須將東方鞭蛇、大鱷龜、短角巴布狼蛛和飛豹關妥鎖穩。

❻不許折磨或逗弄叢林小仙子。他們會咬人，而且可能對惹事者發射小顆但威力強大的臭莓果。臭莓果的氣味比任何想像得到的東西更臭，包括腳臭、發霉的起司、大象糞便和河馬的嗝。

❼叢林小仙子若送上以下任何禮物，便一定要讓他們參加遠征隊野餐：大象蛋糕、條紋長頸鹿司康餅，或是來自叢林虎禁寺的氣泡老虎飲料。

❽無論何時，叢林小仙子的船隻在帝奇塔奇河上均有優先航行權，包括遇見食人魚時。

❾無論何時，均不得以長矛指向其他俱樂部成員。

❿搭乘大象旅行時，請探險家自行提供香蕉。

⓫萬一遇到憤怒的河馬，叢林貓探險家應保持冷靜，並盡快採取行動，避免造成遠征隊船隻受損（請注意，船隻歸回叢林航海公司時，應保持原有狀態）。

⓬提醒各位會員——有鑑於以下動物之體積與氣味——俱樂部的象舍並不適合做為晚會、宴會、慶祝大會或狂歡舞會的場地。本會嚴禁在象舍舉行任何社交活動。

所有叢林貓探險家入會時，將收到一只探險家袋，其中包含以下物品：

- 一對刻有探險家名字縮寫的大象形珍珠母刀叉。
- 一組銀器拋光盒。
- 一個刻著叢林貓探險家俱樂部字樣的餐巾環，以及五條頂級麻布餐巾——燙好、上漿，並印有俱樂部徽章的浮水印。
- 一只有火精靈的魔法燈籠。
- 一罐格雷斯托克隊長的長征煙燻魚子醬。
- 一個開瓶器、兩支切蘇格蘭蛋專用刀，以及三個柳編葡萄籃。

第一章

禿鷹來襲

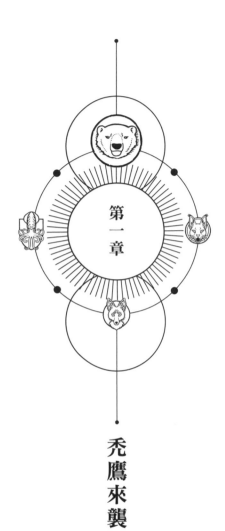

史黛拉．星芒．玻爾哀聲嘆氣的坐在花園裡自己最愛的冰長椅上。她最近與朋友豆豆、謝伊和伊森剛結束的長征探險，獲得各大報和探險雜誌的密集報導——不僅因為這四位年紀輕輕的探險家，是抵達冰凍群島最寒之境的第一批人，也不只因為史黛拉是首位獲准加入北極熊探險家俱樂部的女生，更因為他們發現，史黛拉本人居然是冰雪公主。

她望著自己從冰凍群島帶回來的女巫木偶，當她發現這個神奇的東西能自行四處走動時，心裡挺開心的，但她的養父菲利克斯堅持把木偶拿走，關到東翼最頂端的房間裡。

此時，史黛拉從她所坐的長椅位置，只能看到女巫的尖帽輪廓。木偶在塔樓寢室的窗臺上上下下的走動，並不時停下來，用她的木指節敲響玻璃。聲音穿過凍寒的空氣，清晰的傳到史黛拉耳裡，令她渾身哆嗦。

「不會一直把她鎖起來的。」菲利克斯答應她說：「可是小心點總沒錯，畢竟這尊木偶長得跟潔西貝拉一模一樣，而潔西貝拉不但殺了你的父母，也企圖殺掉你。我聽說女巫會按照自己的形像打造偶人，並藉著偶人的眼睛來觀看。如果這尊木偶就是這種東西，我們絕不能讓它靠近你。」

史黛拉知道菲利克斯的話很有道理，但她就是忍不住覺得，菲利克斯誤會這尊木偶了。沒錯，這是殺害雪之女王和雪之國王的女巫玩具版，可是史黛拉在冰宮時便不自由主的受到木偶吸引，而且現在依然如此。

木偶還在用小小的指節敲擊窗子，那細微悲涼的聲音再次穿空而來，史黛拉只得拚命忍耐，才能強迫自己不會跑去塔樓放她出來。菲利克斯已經派人到寒門去找木偶專家了，在專家抵達之前，她會讓女巫留在原處。

史黛拉撫平身上洋裝的淺藍色下襬，用一根手指輕描著繡在衣布上銀光閃閃的皇冠。她的魔法頭冠和其他珍奇之物，都一起拿去北極熊探險家俱樂部展示了。這趟少年探險家的冒險之旅很快傳開來。自從她回來後，兩個星期內各種禮物便紛沓而至，送禮的人史黛拉連見都沒見到。有洋裝、蕾絲手套、一盒盒灑著糖粉的漂亮粉紅果凍、獨角獸小娃娃，還有許多其他東西。

一開始史黛拉還很開心，畢竟人人都喜歡收到禮物，而且大家送給冰雪公主的東西都很不錯，可是也會收到一些不怎麼好的東西。有人寫信說，冰雪公主不屬於文明社會，應該留在冰凍群島的荒野裡，培養凍結的心和施展邪惡的咒語。菲利克斯把那些信直接扔進火裡，說紛擾很快就會平息，要史黛拉別理會。但史黛拉還是有些擔心，覺得胃裡老是揪著。

史黛拉的寵物北極熊葛拉夫，正越過覆雪的草坪，朝她慢慢晃過來，讓史黛拉暫時忘卻煩憂。葛拉夫是菲利克斯從雪地裡救下的，就像他救回史黛拉一樣。從史黛拉有記憶以來，大白熊葛拉夫就一直是她最要好的朋友。每次有訪客來到家裡，常會被牠龐大的體型嚇著，尤其是當牠用後腿站立時（每當葛拉夫想炫耀耍帥，就會這麼做）。牠站起來超過三公尺高，連最高的人都比不上。葛拉夫第一次遇見阿嘉莎姑姑時就幹了這種好事（阿嘉莎姑姑是菲利克斯那愛頤指氣使的霸道姊姊）姑姑發出了最可怕的尖叫，然後就當場昏倒在一坨襯裙和香水中了。史黛拉覺得姑姑那樣尖叫又昏倒，超沒禮貌，尤其菲利克斯還幫葛拉夫戴上為了這次見面而特別製作的迷人領結。

葛拉夫把牠的黑鼻子湊到史黛拉的披風口袋裡，找尋牠最愛的魚餅乾。史黛拉輕輕推牠一把，要牠坐下。葛拉夫聽話的「砰」一聲坐下，史黛拉丟給牠餅乾做為獎賞。大熊開心的咔喳嚼著，餅乾屑掉得到處都是，然後牠舔舔史黛拉的臉頰，才又慢悠悠的晃往湖邊。菲利克斯曾經告訴史黛拉，北極熊跑得極快，時速最高可達一小時四十公里，可是史黛拉只見過慢慢走的葛拉夫。也許是因為葛拉夫有隻腳掌天生彎曲吧，但話又說回來，牠有可能只是一頭又大又老的懶熊（史黛拉就是這麼認為）。

史黛拉從長椅上站起來。在這邊自尋煩惱實在沒意義，菲利克斯總說，如果你心情煩躁或不開心，最好的解決辦法就是專心做點有用或者好玩的事。當然最好是好玩的事嘍，因為比起有用的事，好玩的事更能有效的讓人開心起來。

史黛拉瞄著站在陽臺上的菲利克斯，他正在檢視昨天小仙子們送給他的玻璃仙子球。小仙子都非常喜歡菲利克斯，難怪他的探險專業是小仙子學。此刻就有幾位小仙子在他四周飛繞，史黛拉隔著花園，都能看到他們翅膀上的閃光。

菲利克斯抬起頭，對史黛拉揮揮手，她也揮手回應，然後在雪地上坐定，準備捏塑一頭雪熊。其實史黛拉更想用雪做一隻獨角獸，可是難度太高了，她從來沒能捏成功。史黛拉放下戴著手套的手，準備挖起第一坨雪球時，她的指尖竟然噼哩啪啦的冒出藍色火花。

史黛拉僵住了，就在她前方，出現一隻完美、渾身閃亮的雪塑獨角獸，這隻獨角獸高不到十公分，但史黛拉可以看到它每一綹飄逸的鬃毛、白角上的旋紋，甚至是羽毛般細密的眼睫毛。獨角獸美麗的雪眼，直視著史黛拉，彷彿真的能看到她的雙眼；彷彿在等待史黛拉說點什麼。

史黛拉困惑的四下環顧，是不是有人跑進花園裡，做了這隻獨角獸呀？可是除了菲利克斯，四周沒有別人了，而且就連菲利克斯也無法用雪做出那樣精緻完美的動物。這東西想必不久前才出現在那兒吧？前一分鐘，她才剛希望能有隻雪做的獨角獸，下一秒，她的指尖就射出火花，然後獨角獸就出現了，幾乎像是在變魔法。可是史黛拉並不會冰魔法，她沒有頭冠就變不了，而她的魔法頭冠遠在好幾公里外北極熊探險家俱樂部的櫃子裡……

史黛拉緩緩朝獨角獸伸出手，當她的指尖越靠越近時，史黛拉發誓，獨角獸的一隻耳朵抽動了一下，只是微微的……

玻璃的碎裂聲害史黛拉嚇到驚跳起來，她抽回手。

「史黛拉！」菲利克斯大聲喊道，語氣驚慌，令史黛拉心中一凜。

她扭頭往肩後一望，發現菲利克斯手中的玻璃仙子球掉了，在他腳邊摔成閃亮的碎片。史黛拉訝異的用雙手摀住嘴。小仙子球是萬中選一的寶物，菲利克斯以後不太可能再遇到了。到底是什麼原因，害他打破這麼珍貴的東西？

「史黛拉，上面！」一片怪異的陰影籠罩住史黛拉，菲利克斯在同一瞬間大喊。

史黛拉抬起頭，喉中發出恐懼的叫聲。一隻宛若來自惡夢的巨大禿鷹陰森森的在她上方盤旋，禿鷹揮動長達六公尺的雙翼，搧出陣陣寒氣。牠的灰羽溼漉髒亂，脖子細長，頭頂光禿禿。史黛拉看著牠尖勾的嘴、蜷曲的爪子和獵鳥冷酷的眼神。如果她的頭冠還在，就能凍結禿鷹了，可是頭冠不在，史黛拉無從選擇，只能扭身逃跑。史黛拉那雙飾著絨毛的靴子，在她身後踢起一坨坨的白雪。

房子感覺好遠，她絕對跑不到了。禿鷹在她身後發出駭人的嘶鳴，彷彿刺破了空氣。下一瞬間，巨鳥俯撲得如此之近，史黛拉都能聞到牠污溼的羽毛，以及大鳥再次唳聲尖叫時，呼氣中腐肉的臭味了。牠的叫聲如此尖銳宏亮，史黛拉的耳膜都快被劃破了。

史黛拉倒抽口氣，感覺到禿鷹的利爪攫住了她的肩膀。她的靴子離開地面了，史黛拉發現大鳥正打算抓著她飛走，而她完全拿不出阻止的辦法……

說時遲那時快，菲利克斯撲到史黛拉身上，把她拖到地面，史黛拉的披風從禿鷹的爪子上鬆脫開來，整個人面朝下的撲倒在雪地裡。菲利克斯用全身壓住史黛拉，護著她不受禿鷹攻擊。大鳥拚命想趕開菲利克斯，只聽到布料撕裂聲，菲利克斯連大氣都不敢喘。

史黛拉想推開菲利克斯，因為她不希望菲利克斯為了保護她而受傷，可是菲利克斯太壯了，他牢牢的把史黛拉護在身體下，禿鷹對著空中尖鳴。此刻史黛拉心中閃過一個清晰無比的念頭：禿鷹打算殺掉他們兩個，而他們絕不是禿鷹的對手。但周圍數公里內又沒有半個人，就算有僕人從窗戶看見他們受攻擊，菲利克斯的屋子裡沒有半把武器，所以僕人也無法營救他們。

突然間，史黛拉感覺身體下的地面在震動，她抬起頭，看到葛拉夫以前所未見的疾速越過雪地，狂奔而來，牠的腳掌高高的刨起一團團閃亮美麗的冰屑。大熊衝到他們身邊，用龐大的軀體擋在兩人和禿鷹之間。牠的黑色嘴唇往後掀張，凶狠的齜牙咆哮，發出震耳欲聾的吼聲，史黛拉能從她身體下的地面感受得到。

她從來沒搞清楚葛拉夫究竟有多少牙齒，或牠的牙齒有多麼銳利，也從沒見過牠咆哮，而且還是以這麼嚇人的方式齜牙怒吼。禿鷹機警的嘎嘎亂叫，稍稍退開，葛拉夫後腿一蹬，整個站起來，足足有三公尺高。牠用巨掌揮擊禿鷹，禿鷹結結實實挨了一掌，逃回高空。

菲利克斯抓住史黛拉的手臂，女孩發現自己被拖了起來，接著菲利克斯一把抱起史黛拉，往屋子裡衝。史黛拉從菲利克斯的肩膀看過去，葛拉夫又重重的四腳著地了，但依然不停朝禿鷹怒吼，大鳥已飛到更高處，小心翼翼的在上空盤旋了。

菲利克斯單手用力打開圖書室的門，在門口把史黛拉放了下來。史黛拉擔心葛拉夫，想看看菲利克斯身後的狀況，但他已經走回門邊了。

「葛拉夫！」他大喊：「過來。」

北極熊扭過身，懶懶散散的晃過雪地，朝他們走來。禿鷹此時已經飛高，高到史黛拉再也看不見牠了。葛拉夫一走進門口，菲利克斯便用力關上門，把門閂上。

第二章

女巫木偶

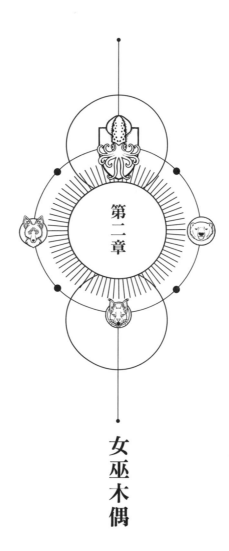

「你有受傷嗎？」菲利克斯抓著史黛拉的雙臂，緊盯著她問。

「沒，沒有。」她回答：「沒事，我沒事。」

「謝天謝地！」菲利克斯緊緊抓著她說。

「那你還好嗎？」史黛拉問，想起布料的撕裂聲。

「當然還好了。」菲利克斯鬆開她，一把抱住葛拉夫的脖子，「你這頭厲害的大熊熊！」他說：「我答應你，讓你吃一整個月的油脂派。」

「**剛才**那是什麼東西啊？」史黛拉問。

菲利克斯皺起眉頭說：「我得去查書，才能確定……」他話音漸落，史黛拉發現他的臉色變得很蒼白，正打算再問一次他是否還好時，菲利克斯突然往前一軟，靠在葛拉夫寬大的身側。「史黛拉，你不要太緊張。」他平靜的說：「只是那隻火爆的大鳥，大概真的抓了我好幾道，你何不到廚房找薩普太太過來，也許我會需要她協助我脫掉襯衫。」

史黛拉繞到他身後，驚抽一口氣。禿鷹不僅撕碎了菲利克斯的外套，就連襯衫也撕開了。菲利克斯的背上布滿了可怕的紅色血痕，鮮血染髒了白色的棉衣，史黛拉才看一眼便明白，這些不只是單純的抓傷，而是會留下疤痕的深割傷口。

淚水湧上史黛拉眼眶，但她隨即眨掉眼淚。她可以之後再哭、再難過，但此時她必須去找幫手。史黛拉轉向門口，不過她還沒踏出一步，門就已經轟的打開了，管家薩普太太拿著史黛拉所見過最大的一把來福槍衝進來。那把槍跟管家的褶邊帽和潔白的圍裙實在太不搭了。

「牠在哪裡？」薩普太太怒吼道，拿著來福槍在房間內到處比來比去，灰色的鬈髮在肩上亂彈。「那隻怪物在哪裡？」

「我的天哪，那是來福槍嗎？」菲利克斯問。

「好啦，我知道你反對擁槍，菲利克斯先生，沒有關係，可是住在這種冰天雪地的地方，誰也料不準，說不定哪天會被雪怪攻擊。」

「被雪怪攻擊！」菲利克斯驚呼。「我親愛的女士，根據報告，離我們最近有雪怪出沒的地方，距離這間房子可是非常非常的遙遠哪。」

「也許吧，可是你們剛才不是才在花園裡被龍攻擊嗎？這可是我親眼瞧見的！」

「那是一隻食骨禿鷹，除非我錯得離譜。」菲利克斯說著嘆了口氣。「薩普太太，拜託別再拿著那把槍到處亂指了，你很可能會轟掉我們的腦袋。那隻禿鷹已經飛走了，是被葛拉夫擊退的。」

史黛拉發現菲利克斯在說最後一句時，故意加重了語氣強調。每當葛拉夫進到家裡來，薩普太太都不太高興（非常不高興）而且老是跟菲利克斯唱反調，吵說不該養北極熊當寵物、不該讓熊進屋子，以及不該讓葛拉夫在最棒的浴間裡用四爪貴妃浴缸洗澡，或每次沒有客人時，就讓熊趴在客房的四柱公主床上（而且，有的時候就算有客人也照躺不誤，就像阿嘉莎姑姑上回留宿時，生氣的發現了這一點。她那副念念叨叨的樣子，真的會讓大家以為她在床單裡發現一窩長角的巴布狼蛛）。

「菲利克斯受傷了。」史黛拉說，把大家拉回主題。「禿鷹用爪子抓他的背，撕穿他的衣服。」

薩普太太氣呼呼的說：「菲利克斯先生，要不是你禁止在屋子裡放武器，逼我把來福槍藏到放果醬和醃漬物的櫃子裡，說不定我早早就能趕過來，你也不會受重傷了。」

菲利克斯挑起一邊眉毛。「薩普太太，你還記得嗎？白獨角獸的老闆寄了一張金額不小的帳單給我，因為你去年打算參加射飛鏢比賽後，把他酒館裡那面有四百年歷史的木頭牆壁鑲嵌毀掉了。所以我認為，那把來福槍藏在一堆果醬後面，算是我們莫大的福氣。」

薩普太太雖然還氣呼呼的，但沒再多說什麼，她小心的把來福槍收到角落，趕到他們身邊。薩普太太一看到菲利克斯的背就驚呼，然後要他坐到椅子上。

「天可憐見，你看起來像挨過鞭刑！」她大聲說：「我們得去找醫生來。」

薩普太太一旦做了決定，就休想再跟她爭了。醫生很快就趕來，在樓上醫治菲利克斯。史黛拉跟管家和葛拉夫被趕到廚房。

「你是個臭兮兮、骯髒又愛流口水的大塊頭，但你今天實在表現得太棒了。」薩普太太一邊對葛拉夫說，一邊抬手去拍他的頭。「可圈可點。」

她讓史黛拉坐到爐子前，最舒服的一張椅子上，並給她一杯熱騰騰的熱巧克力，然後從冰箱裡拿出一整隻烤雞，給葛拉夫獨享。北極熊躺在地毯上，開心的在爐火前咀嚼著，而史黛拉拿著薩普太太給她的熱巧克力，卻難過到不想喝。她耳中不斷響起禿鷹的尖鳴聲、布料的撕裂聲，眼前則不停浮現菲利克斯的血痕和撕裂的襯衫。淚水不知不覺又注滿了史黛拉的眼睛，但是這回，她實在忍不住哭了。

「噢，我的寶貝。」薩普太太立即彎身對她說：「你今早的經歷實在太可怕了，可憐的孩子。」

薩普太太接過史黛拉顫抖雙手裡的熱巧克力，然後抱起她放到自己大腿上，就像史黛拉還小的時候那樣。

「好了，好了。」管家說：「想哭的話，就好好大哭一場吧。老天知道，換做是別人啊，早就哭到眼睛都腫了。」

「菲……菲利克斯會沒事嗎？」史黛拉顫聲問。

「他當然不會有事，心愛的，他壯得跟牛一樣。相信我，這不會是他第一次被可怕的怪物攻擊，畢竟他去過那麼多趟長途冒險。」薩普太太嘆口氣說：「我永遠不理解，你們為什麼老是想往未知的地方跑，不過跟探險家講道理講不通，算了。他們的腦子裡只有地圖、羅盤和冒險，沒有別的了。不過他一定會完全康復的，那些抓痕看起來雖然有點恐怖，但我跟你保證，很快就會癒合了。」

事實上，菲利克斯幾乎長達一個星期不太能好好的走路，薩普太太希望能找阿嘉莎姑姑來照顧他，可是菲利克斯說，他想不出有什麼比這更恐怖的事了，如果管家不討厭他這個人的話，就千萬別叫阿嘉莎來。

「我又不是殘障。」他說：「不需要我姊姊或任何人來照顧。」

為了薩普太太的安全著想，他把來福槍沒收，薩普太太快氣炸了，而且菲利克斯還叫史黛拉暫時不得外出，無論是何種情況下，連去看她的魔法獨角獸都不行。史黛拉強烈表示抗議，但菲利克斯不為所動。很難說禿鷹什麼時候會再出現，他們不能冒任何風險。

「可是，菲利克斯，我總不能永遠待在屋裡吧！」她說：「我們以前從沒在花園裡看過那種禿鷹，而且牠們又不住在這附近，是吧？牠有可能只是迷路而已，而且現在已經不見了。」

菲利克斯嘆了口氣。「那隻禿鷹來自冰凍群島的女巫山，史黛拉。我怕牠跑來這裡並不是意外，一定是潔西貝拉派牠來抓你的。」

「可是她怎麼會知道我住在哪裡？」史黛拉問，一聽到女巫的名字，便忍不住發抖。「你該不會覺得這件事跟木偶有關吧？」

「有可能，我們得等專家到了再說。」

兩天後，木偶專家來了，他的名字叫厄溫·羅芬斯頓爵士，身材高瘦，有根恐怖的鷹勾鼻，以及史黛拉見過最尖的黑鬍子，也許是因為他習慣不斷去捻鬍子的關係。他跟史黛拉常在劇場裡看到的，默劇裡的壞人一樣。

他們花了一會兒功夫，才爬上東翼旋梯頂端，由於菲利克斯的背部依然疼痛不堪，他得數度停下來喘氣。

「你還好嗎？」羅芬斯頓爵士憂心的打量菲利克斯問：「這是你第二次停下來了。」

「不好意思，我最近背部受傷，爬樓梯還是有點辛苦。」

羅芬斯頓爵士的大鼻子大聲哼著。「我幾年前傷過背。」他說：「跟一個跳舞的大木偶纏在一起。真的很煩人，怎麼了嗎？」

「請安靜。」菲利克斯答說。

史黛拉靠到菲利克斯身邊，讓他搭住自己的肩膀站穩。不久，一夥人便來到塔樓頂端的房間了。菲利克斯從口袋抽出鑰匙，打開門鎖。他們全擠進房裡，然後火速關上身後的門，以防木偶逃走。

史黛拉一開始看不到她，那個圓圓的小空間裡，擺滿了北極熊布娃娃。幾年前菲利克斯為史黛拉的生日訂購了一個布娃娃，結果因為運送出問題，他們收到了一百隻熊娃娃。

史黛拉吃驚的發現有一隻熊被撕開了，應該是木偶幹的。娃娃裡的填充物散得到處都是，而且，最糟糕的是：熊娃娃的布料被攤開當成小毯子，鋪在地板上，就像北極熊探險家俱樂部裡剝下來的熊皮。

「嗜血。」看到小毯子的羅芬斯頓爵士嘆氣。「太嗜血了。」他瞄向菲利克斯，捻著自己的鬍鬚說：「以前我找到的是唱歌的木偶、跳舞的木偶，最常發現的是玩跳房子的。可是最近哪，我告訴你，好像在流行嗜血木偶。」

「她跑去哪兒了？」史黛拉才問完，女巫木偶就從一堆北極熊底下出現了。

繫著懸絲的那塊木片，逕自懸在她上方，彷彿被一隻隱形的手拎住。羅芬斯頓爵士伸手去抓她時，女巫想鑽回成堆的北極熊裡，但爵士在她還來不及消失之前，迅速抓住木片。既然木片被他抓在手裡，木偶沒得選擇，只能無助的掛在她的懸絲上了。

史黛拉打量著女巫，很好奇能再次看到她。從她尖細的帽尖，到彎彎的鼻尖，這尊木偶完全是個典型的女巫。她全身都是用木頭雕成的，穿著真正的衣裳，帽子底下冒出蓬蓬的灰色鬈髮。不過木偶最奇特的一點——當然啦，除了她可以自己動來動去之外——就是那雙木製的腳嚴重燒傷，而且疤痕累累。史黛拉先前在雪之女王的冰城堡裡，從一面魔鏡那兒得知，有個女巫為了報仇而殺害她的父母，因為他們把燙紅的鐵鞋套到她腳上，逼她在他們的婚禮上跳舞。雖然這只是一個木偶，但看到她那雙滿是疤痕的腳，還是讓史黛拉對自己親生父母的所作所為，感到羞愧難當。

羅芬斯頓爵士看了女巫一眼——木偶在他手中憤怒的扭動踢踹——然後說道：「無庸置疑，這是一尊分身間諜偶。」

菲利克斯嘆口氣說：「我就是怕會這樣。」

「什麼是分身間諜偶？」史黛拉問，雖然她大概已經知道答案了。

「就是真人本尊的木偶版。」羅芬斯頓爵士回答，他抽抽鼻子，上下打量木偶。「是這樣的，人偶之間以魔法連結，這種情形非常罕見。木偶所看見的一切，真人的女巫也看得見。」他瞄著史黛拉。「她好像對你非常感興趣，怎麼回事？」

爵士說得很對，女巫木偶不斷扭動，在懸絲上掙扎，極力想好好看著史黛拉。當爵士把木偶放到地板上，鬆開她時，木片仍懸在空中，自行轉動，女巫慢慢轉過身，木腳嗒嗒的踩著地板。接著她朝史黛拉直直走過去，抬起一隻多節的手，抓住史黛拉的衣角，死命扯著。

「太詭異了。」羅芬斯頓爵士說：「你是在哪裡發現她的？」

「在雪之女王的城堡裡。」史黛拉抽開自己的衣服，鬱悶的回答。她當初為什麼要把這種討厭的東西帶回家？為何不把木偶留在當初發現她的衣櫃後頭就好？那樣禿鷹就永遠不會來，菲利克斯也不會受傷了。史黛拉就連對自己都說不清楚，那股讓她把木偶放進自己包包裡的奇怪衝動是什麼。

「我聽說那是個超級不友善的地方。」羅芬斯頓爵士回應：「從雪之女王城堡裡出來的，沒一件好東西。」接著他再次端詳史黛拉，似乎第一次注意到，她有蒼白的膚色、白色的頭髮，以及冰藍的眼眸。「哎呀，你該不會是大家說的那位冰雪公主吧？」

史黛拉悲傷的回瞅著他，不知道該說什麼。她正是冰雪公主，可是她一點也不想當公主。老實說，雖然她向來很想知道自己的出身，但現在的她幾乎希望自己從沒踏進去雪之女王的城堡，並得知自己的身世。有誰想要知道自己的父母是壞人，而且他們的血液裡流竄著冰魔法，會將他們的心變得冷硬，而且如果使用太多法力，就會變成冷酷殘暴的人？

「史黛拉雖然是冰雪公主，但她具備許多其他特質。」菲利克斯淡淡的說：「首先，也最重要的是，史黛拉是絕佳的航海家、無畏的探險家、可愛的女兒、溜冰專家、大書蟲、忠誠的朋友，而且擅長用氣球做獨角獸。」

史黛拉感激的對菲利克斯微笑，知道至少還有他，不會只把自己當成冰雪公主，這令她感到安慰。而且聽到菲利克斯讚美自己很會做氣球獨角獸也讓她很開心。自從遠征歸來後，菲利克斯便一直耐著性子教她做獨角獸，雖然史黛拉一開始做出來的，比較像長得很醜的麋鹿，而不像獨角獸，但現在看起來已經有模有樣了。

「嗯。」羅芬斯頓爵士狐疑的打量著史黛拉。「不過雪之女王是出了名的冷酷無情，怎麼會？」

「木偶專家是出了名的特立獨行的怪咖，可是如果我們太在意這些刻板印象，不就什麼都不用做了嗎？」菲利克斯輕快的說：「非常謝謝你的評估，羅芬斯頓爵士。在你回去之前，能請你喝杯茶嗎？」

羅芬斯頓爵士又瞄了史黛拉一眼，然後表示：「謝謝，不用了。松果山有一批珍貴的大腳木偶等著我去查看，我得盡快趕過去。」他轉身回去看女巫木偶，她已溜回去坐在自己做的北極熊毯上了，木偶依然用一對漆上去的眼睛，看著這幫人。「不過我想給兩位一個忠告。」他說：「別在那尊木偶面前，講或做任何你們不想讓真的女巫知道的事，我敢打包票，她一定在監視這一切。」

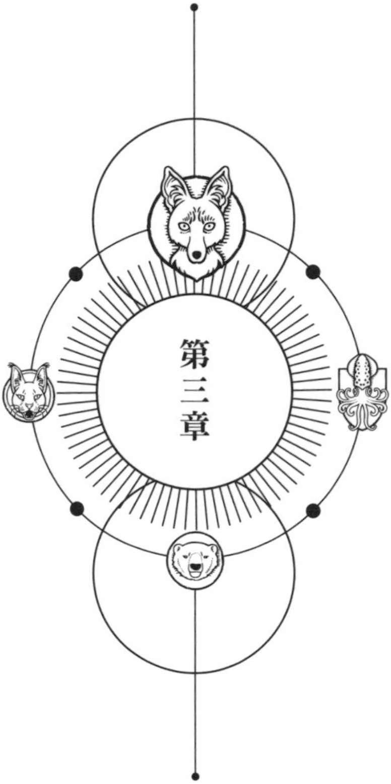

第三章

意外的訪客

接下來的幾週，史黛拉幾乎見不到菲利克斯。自從羅芬斯頓爵士來訪，確認食骨禿鷹很可能是女巫派來的之後，菲利克斯便忙到不可開交了。世界上只有一個地方找得到那種巨鳥，那就是冰凍群島邊陲的女巫山。菲利克斯說，女巫殺害史黛拉的父母之後，一定是逃去那裡了，於是他立即開始向政府當局訴請前往逮捕女巫，讓謀害人命的女巫伏法。

可是日子一天天、一週週的過去了，當局顯然對於大老遠跑去女巫山，逮捕一名十年前在冰凍群島荒野行凶的危險女巫不感興趣。史黛拉趁菲利克斯忙著幫葛拉夫洗澡時，偷偷看了他留在書桌上的其中一封信。

親愛的玻爾先生：

感謝您近日來信。

然而我們必須通知您，冰凍群島上所犯之罪行，並不在皇家司法部的管轄範圍。更有甚者，皇家司法部不會插手任何雪怪、雪之女王、冰怪或這類人等之間的命案糾紛。

如果您希望由魔法人士來審理魔法犯案，我們會建議您到魔法司法庭。該法庭位於世界彼端，黑咒森林的荒野裡。我們必須警告您，前往該法庭的路途極具挑戰性，充滿艱困與危險的未知。

謝謝您來信指教，很抱歉我們無法就此事提供協助。

皇家司法部長　蒙塔古・朗思禮　敬上

史黛拉趁機快速翻看了菲利克斯書桌上的其他文件，發現還有許多其他類似的信件，甚至有一封來自魔法司法庭寫在厚重羊皮紙卷上的信。看來，這封信是火精靈親自送過來的，因為紙的邊緣都燒焦變黑了。信中表示，他們當然很樂意審理女巫的罪行，但前提是必須有女巫親自出庭，他們才有辦法處理。

一切似乎都很絕望，史黛拉開始擔心自己將永遠被困在這棟屋子裡了。他們有好幾次看到食骨禿鷹在空中盤旋，雖然禿鷹並沒有飛得太近，但菲利克斯很確定，只要史黛拉一走到屋外，大鳥就會撲下來把她抓去女巫山了。

「很抱歉。」他對史黛拉說：「我知道你很想去外頭，到湖上溜冰、看獨角獸、堆雪企鵝，可是在我們想出對付女巫的辦法之前，到外頭實在太危險了。」

史黛拉知道菲利克斯說得對，可是她好討厭窩在房子裡。她的手好癢，好想摸摸白雪，她的皮膚渴望接觸冰冷爽脆的霜氣，想到都發疼了。她以前總是長時間待在戶外。冰雪公主本來就適合冰涼的戶外，而不是暖熱的屋內。

太陽下山後，夜裡的柳橙溫室變得非常寒冷，因此史黛拉會到那兒花很多時間跟菲利克斯正在研究的侏儒恐龍待在一起。有隻叫托比的小三角龍是新的成員，牠雖然感情豐沛卻極為害羞，因此史黛拉不急著跟牠套交情，好讓牠更自在些。當然了，史黛拉會特別關照她最愛的侏儒恐龍——一隻叫巴斯特的暴龍。

可是日子很快就變得單調乏味了，加上菲利克斯對女巫的事開始祕而不宣，不再跟史黛拉多做討論，害她更加無聊。她知道菲利克斯一定在籌畫什麼，因為他不是那種會輕言放棄，或聽信別人說不可能的人。她知道菲利克斯正傾盡心力在解決女巫的問題，因此每次史黛拉試著問他這件事，菲利克斯卻相應不理時，史黛拉就非常生氣。

因此當巫師，也是海魷魚探險家的柴克里．文森．盧克，在兒子陪同來到他們家時，史黛拉開心極了。伊森．愛德華．盧克也是少年探險隊的一員，他曾經跟著史黛拉，到冰凍群島最寒冷的地區探險。雖然一開始伊森和史黛拉處得不是很好（主要是伊森有時實在太傲慢了），但在冒險的歷程中，兩人成了鐵打的好友。

這是史黛拉第一次看到伊森沒有穿他的海魷魚探險家黑袍，但他還是正經八百的穿了全套長褲、背心和領帶。他那頭淡色的金髮跟以往一樣一絲不苟，仔細的從蒼白削尖的臉蛋往後梳齊。

「天哪，你看起來好像要去殯儀館。」史黛拉一看到伊森便脫口而出。

伊森上下打量她後表示：「呃，你看起來好像要在畢業舞會上接受加冕。」他挑著眉說：「我以前從沒見過你這麼像個女生，你是怎麼搞定那些襯裙的？」

在他們那趟遠征中，史黛拉全程都打扮得跟男生一樣：穿長褲、披風和雪靴。

可是現在她穿了一件有閃亮獨角獸鈕釦的藍色洋裝，白色長髮在腦後綁成高馬尾，以相搭的獨角獸髮夾裝飾。這件洋裝**確實**有好幾層襯裙，因為史黛拉喜歡走動時襯裙發出的沙沙聲，以及她轉圈時裙子在四周蓬起的感覺。

「穿褲子能做到的事，穿襯裙也都可以辦到。」她堅定的說。

「我倒看不出來。」伊森懷疑的回應，一邊拉直原本就已經筆直到不行的領帶，「一定超麻煩的。」

「不會比鬍子麻煩。」史黛拉回嗆。

「我還沒有鬍子。」伊森答說：「何況，只有北極熊探險家俱樂部的人才對鬍子那麼偏執。」

「哎呀，你不要一來就跟我吵鬍子和襯裙的事。來吧，我想跟你介紹葛拉夫。」

他們在吸菸室找到北極熊，葛拉夫心滿意足的仰躺在爐火前面。

「天哪，牠好巨大！」伊森一看到葛拉夫便高聲說。

史黛拉已經很習慣葛拉夫的體型了，常常忘記對於不習慣家裡有北極熊的人來說，會覺得牠非常龐大。不過這兒看著葛拉夫，史黛拉深深以自己的寵物為榮，她拉住伊森的臂膀，將他拖到大熊旁邊。

「對一頭應該在雪地生活的動物來說，牠真的很喜歡火。」史黛拉說。

大熊睜開一隻眼，抬眼看著停在牠身邊的史黛拉，但還是一副不打算動的樣子。

「你這個懶惰的大胖子。」史黛拉用腳趾戳著葛拉夫說：「快起來打招呼。」

「沒關係。」伊森說，史黛拉發現他還留在稍微後頭的地方。「牠從那邊打招呼就行了，我被動物咬過很多次，還記得吧？」

很不幸的是，上次冒險期間，伊森確實被小霜子、捲心菜，還有一隻煩死人，名叫朵拉的鵝咬過。

「而且也被啄了。」伊森顯然想到朵拉。「如果鵝、捲心菜和小霜子能證明一點什麼的話，那麼我遲早會再被某種東西搞成重傷。」

「別傻了。」史黛拉回答說：「葛拉夫這輩子從沒咬過任何人，牠絕不會想弄傷你。」她走向伊森，從她的洋裝口袋裡抓出一把魚餅，塞到伊森手中。「拿去。」她說：「這是牠最愛吃的。」

「噢。」伊森看起來很驚恐。「噢，不要，拜託把餅收回去。」

他想把餅推回給史黛拉，可是太遲了，葛拉夫已經翻過巨大的身軀，「砰」的一聲站起來，興沖沖的朝伊森走過去了。北極熊把嘴鼻湊到他捧起的手中，呼嚕呼嚕，開心的吃掉所有魚餅，巫師整個人都僵住了。葛拉夫吃完後，在伊森臉頰上溼呼呼的舔了一大口，然後牠的鼻子突然一抽。

「噢，天哪。」史黛拉說：「伊森，你最好往後站，趁他還沒有……」

但她只說到這裡，葛拉夫就打了一個超級大的噴嚏，噴得伊森全身都是北極熊的口水，而且還夾帶餅乾屑。口水噴在伊森的襯衫上、淌在他臉上，甚至連頭髮都沾了一些，伊森的髮側翹起了一小撮。

葛拉夫哼著鼻子，轉身慢慢走回牠在火爐邊的位置。雖然大熊和餅乾都沒了，伊森還是僵在原地，雙手伸在前方。史黛拉不禁注意到伊森的手指上還掛著幾絲口水。

「葛拉夫吃東西不是很秀氣。」她說：「有時他吃完餅乾後會打噴嚏。對不起。」

「史黛拉，」伊森咬牙說：「本人現在正在經歷這輩子最糟糕的一刻。」

「哎呀，你有的時候真的很無趣。」史黛拉嘆氣說：「如果謝伊在這裡，他一定會愛死葛拉夫。」

史黛拉也是在那趟遠征時認識謝伊這位狼語者朋友。她跟謝伊說自己有一頭寵物北極熊時，謝伊可羨慕了。

「我又不是謝伊．史佛頓．吉卜林。」伊森用他最最高傲的聲音說：「巫師不會在犬舍跟狼群廝混，我們也不喜歡身上沾滿黏稠的口水。麻煩你立刻告訴我，最近的浴室在哪裡。」

史黛拉再次嘆氣，但還是帶伊森去浴室，他沖洗半天之後出來，再度恢復光鮮整潔。

「你父親為什麼來拜訪菲利克斯？」兩人往廚房走時，史黛拉問。

伊森聳聳肩。「我本來希望你會知道。你猜，他們會不會打算來趟遠征冒險，但不帶我們一起？前幾天我看到父親在研究『失落之城』穆加－穆加的地圖。」

「我覺得應該不會。」史黛拉回說：「菲利克斯很擔心女巫的事，他現在應該沒有遠征的打算。」

接著她告訴伊森，她被食骨禿鷹攻擊的事，以及女巫山的女巫。

伊森皺眉說：「沒錯，我們抵達之前，菲利克斯就跟我們知會過禿鷹的事了，我們到這兒時，還看到禿鷹在房子上空盤旋，但沒有攻擊我們。」

「菲利克斯認為牠想抓我。」史黛拉鬱悶的說：「把我帶回女巫身邊，所以才不許我到外頭。」

「真糟糕。」伊森說：「食骨禿鷹非常危險。父親說，如果你不是女巫，那麼唯一能控制禿鷹的辦法，就是在牠的腳扣上魔法腳銬，然後牠就會對你言聽計從了。」

「聽起來太棒了！」史黛拉說：「我們只要找到一副魔法腳銬，就能解決掉禿鷹的問題了。」

「我父親以前有一個；我記得他拿給我看過，可是那只能治標不能治本，對吧？女巫可以派另一隻禿鷹過來，或親自來抓你。而且首先，你很難把腳銬扣到禿鷹身上，父親說，只有瘋子才會那麼做，因為過程中你的臉很可能被撕爛，禿鷹的爪子利得要命。」

史黛拉想起菲利克斯染血的衣服，忍不住打哆嗦。他現在都復原了，可是史黛拉很清楚食骨禿鷹有多麼危險。

她嘆了口氣說：「好吧，所以我完蛋了。」

「我們會想出辦法的。」伊森答說：「你總不能後半輩子都窩在這裡，對吧？如果下次探險沒有你跟我們一起去，豈不是太可惜了。」

史黛拉對他笑了笑，可是她還來不及說什麼，兩人就清楚聽到雪橇叮叮噹噹的銀鈴聲了。

「你們還在等訪客嗎？」伊森問。

史黛拉搖搖頭。「應該沒有。」

他們沿著走廊來到最近的窗戶往外望，一輛豪華的雪橇停在前方入口，他們清楚的看到雪橇側邊印有北極熊探險家俱樂部的徽飾。四隻美麗的斑馬獨角獸站在雪橇前面揚著頭，鼻裡噴著霜氣，挽具上飾著鈴鐺。

「只有一個人，有那種雪橇。」伊森說。

果不其然，一會兒之後，北極熊探險家俱樂部的主席本人，阿爾吉儂，奧古斯都，福格，在身著制服的車夫協助下，從雪橇上走下來了。史黛拉到俱樂部宣誓做探險家，成為少年隊員時，曾見過他一面。他跟史黛拉記憶中一模一樣：豐腴、魁梧，而且留著令人印象深刻、依然會讓她想到海象的鬍子。兩人看到菲利克斯現身臺階迎接貴客，並請客人進入屋內。史黛拉發現，主席不斷擔心的瞄著天空，想來菲利克斯已經跟他警告過大禿鷹的事了。

史黛拉的心情一沉。「也許他們**確實在**計畫一趟去失落之城穆加—穆加的遠征。」她說。儘管她很難相信菲利克斯真的會在此刻將她丟下，自己出遠門，可是主席還能為了別的原因來嗎？

雖然主席不是沒有被會員邀請到家中私宴過，但他以前從沒來過史黛拉家。她知道那些通常是盛大的晚宴，但菲利克斯說，那些宴客的探險家，真正目的都是因為有求於俱樂部而討好主席。那菲利克斯想要什麼？

「我不知道。」伊森回答史黛拉說出聲的疑問：「也許吃晚飯時，我們就能知道是怎麼回事了。」

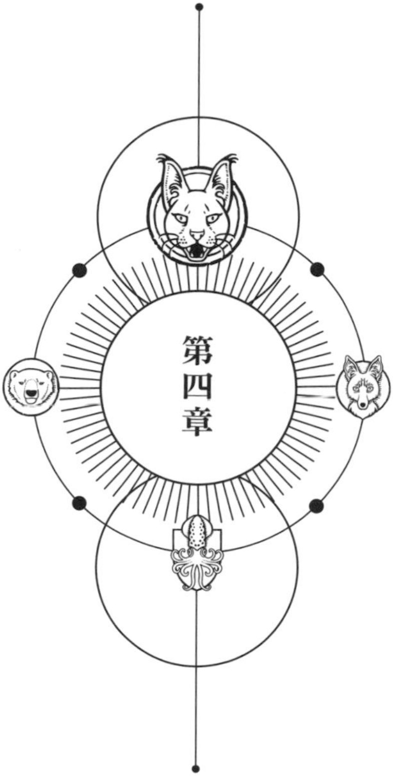

第四章

玻璃碎片

晚餐在大餐廳舉行，菲利克斯只有在特殊場合才會使用這個房間。一張長桌占去了大半空間，高拱天花板上垂著亮晶晶的吊燈。太陽已經低垂，陽光從幾乎占滿整面牆的巨大彩繪玻璃窗中灑進來。玻璃上描繪著一幅已知世界的美麗地圖，不同片土地塗上寶石般的明豔色調。在閃閃發光的藍海上，巨大的鯨魚和海怪與航海的船隻同行，各個角落裡還飾有熱氣球、飛艇和飛船。

史黛拉向來喜愛地圖、地球儀和羅盤（差不多任何跟導航有關的東西她都喜歡），小時候，她會凝視這片窗戶好幾個小時。有時菲利克斯會陪她，指著自己曾經去過的不同陸地，以及他在當地的冒險旅程。

以前史黛拉老覺得，有些故事是菲利克斯為了哄她開心而編出來的（或至少加油添醋過），例如，他說自己年輕時，有一段時間在神祕的東方是拳擊冠軍。不過在上次遠征途中，史黛拉發現，菲利克斯是真的會拳擊。此時她望著窗子，心想不知還有什麼別的故事可能是真的。說不定菲利克斯真的在岩石山學會了艱難的馴鷹技巧；在瑪茲潘群島當著名冰淇淋家族的學徒時，精通了製作冰淇淋的技藝。

看到伊森一臉讚嘆的看著彩繪玻璃窗時，史黛拉好開心，儘管伊森對葛拉夫沒什麼好感，對咬他的巴斯特，更沒好感。她剛把伊森介紹給巴斯特時，巴斯特就咬了他的手指，而且咬得挺重。因此史黛拉將巴斯特拿給北極熊探險家俱樂部的主席看時，緊緊的抓住這頭小恐龍。

「這是巴斯特。」她驕傲的說：「牠是柳橙溫室中最調皮的侏儒恐龍。」

「我的天哪，太棒了！」主席大聲說著，探過身想看仔細。

史黛拉很高興，主席對她的寵物印象似乎不錯，但主席看她的眼神，卻令她有些困惑。上次遠征前，他們在俱樂部碰面，主席不太願意破例讓女生成為會員，可是除此之外，他對史黛拉似乎沒有太多意見。歷險歸來後，所有的新發現令主席興奮無比，無心他顧，除了恭喜史黛拉發現了鬍子湯匙之外，便沒有多留意她了。可是此時，他看史黛拉時的表情，幾乎……呃……幾乎帶著恐懼。史黛拉希望他不會對冰雪公主的事小題大作。

「開飯了。」薩普太太宣布，大夥在桌邊坐定。

主席按照他的身分地位，坐在桌首，史黛拉、伊森、菲利克斯和柴克里・文森・盧克等其他人坐在兩側。史黛拉將巴斯特放到大腿上，免得牠亂跑，在桌子底下干擾大家。她不禁注意到，幾個大人之間的氣氛似乎相當緊張。菲利克斯沉默寡言，與平時開朗的樣子大相逕庭，柴克里・文森・盧克似乎心事重重，顯得冷淡而高傲（雖然這點與平常沒什麼不同）。福格主席看上去，似乎寧可待在別的地方。

上主菜時，史黛拉跟桌子對面的伊森對上眼，她挑著眉，巫師以聳肩回應。然後伊森放下手中的叉子，清清喉嚨，突然開口：「父親，是我們會錯意了呢？還是您準備去失落之城穆加—穆加，卻完全不打算帶我們同行？」

柴克里重重放下叉子，厲聲說：「伊森，不許你說話如此沒大沒小！」

屋中光影一晃，突然暗掉，史黛拉皺著眉頭瞄向窗戶。

「沒有人在籌畫遠征探險。」菲利克斯說：「原因很簡單，因為我們遭到拒絕。」

「女巫山並不適合探險。」福格主席生氣的對菲利克斯說：「何況，女巫山早已被發現，並畫到地圖上了。」

「可是沒有人仔細的探索過那邊，不是嗎？」史黛拉問。

「那是因為女巫山非常危險，小女孩！」福格主席回答：「只有女巫獵人敢去那裡，而他們帶回來的消息，實在太嚇人了。那裡滿是會殺人的女巫和食骨禿鷹，還有愛吵架的蘑菇。任何神智正常的人，都不會想去探索那種地方。埃奇柏・普林羅斯・普金思隊長首度發現女巫山時，他隊上的每個人在抵達頂峰之前，就都慘死了。就我所知，僅剩下一位叢林小仙子回來報告這個故事。」

「上回去冰凍群島的探險不也非常危險？」伊森指出：「有狂野的雪怪，吃人的捲心菜和凍傷——」

「很抱歉，但你們想都別想。」主席打斷他說。

房內光線再次閃滅，如果是經過窗口的雲影，速度應該沒有那麼快。史黛拉忍不住擔心，是禿鷹在上方衝飛，希望她能呆呆的把頭探到窗外，讓牠咬掉。

「我女兒不可能下半輩子都像囚犯似的待在這棟房子裡，先生。」菲利克斯的話打斷了史黛拉的思緒，「一定得想點辦法。」

「可是你得講點道理啊，老弟。」主席堅持說：「沒有人能從女巫山活著回來，除了獵人之外！」

「自從發現女巫山之後，就都沒有探險家再去探訪過。」菲利克斯提出這點：「既然沒有人去，自然沒有人活著回來，或死，或受傷。」

就在這時，門開了，薩普太太端著裝在大銀盤上沉甸甸的大布丁，搖搖晃晃的走了進來。菲利克斯連忙趕過去幫忙，兩人合力把布丁放在桌子中央。史黛拉很高興薩普太太用巧克力做了一隻毛茸茸的長毛象，還加上軟糖般的尾巴，以及漂亮的白巧克力象牙。光是看著，史黛拉就流口水了。

巴斯特似乎也很感興趣，史黛拉還來不及阻止，牠已攀上桌布，爬到桌子上了。牠似乎不太明白，那隻長毛象並不是實物，因為牠直接衝過去，凶惡的大吼大叫。

「玻爾，如果你私自組織遠征隊，俱樂部一定會反對，極力反對。」主席揚聲說，讓聲音蓋過咆哮的侏儒暴龍。「何況，我認為你反應過度了，這隻食腦禿鷹很快就會失去興趣飛走，到時一切就會恢復正常。」

「是**食骨禿鷹**。」史黛拉覺得非說不可，因為她受不了別人把有關動物的事情說錯。「也許您想到的是乾涸峽谷裡的僵屍禿鷹，牠們吃大腦。」史黛拉補充，希望聽起來比較不失禮。

主席又賞了她另一個奇怪的表情，好像不確定該對她說什麼。

「禿鷹不會自己飛走。」菲利克斯說：「除非牠達成目標，否則不會離開。」史黛拉渾身寒顫，因為她知道菲利克斯指的目標就是她。

「我們到底要不要吃這隻毛茸茸的長毛象？還是就讓小恐龍把它毀了？」伊森抱怨說。

巴斯特確實忙著大口咬著象腿肉，可是其他人似乎都還不太想吃甜點。

「聽我說，玻爾，只因為你曾經在卵石山或某個地方，稍微學過一點馴鷹術，並不表示你突然就變成世上每一種猛禽的專家了。」福格主席說：「那隻禿鷹會失去興趣飛回去的，聽我的就對了。鳥類沒有堅守意志的腦袋；只要你還活著，很可能再也不會看見牠了。」

陰影突然再度籠罩房間，只是這回大鳥不在，而且瞬間就消失了，但陰影慢慢拉長。其他人也都注意到了，便往窗戶望去。

「老天爺啊！」菲利克斯驚呼：「大家**快蹲下閃躲！**」

眨眼間，美麗的彩繪玻璃窗炸成碎片，食骨禿鷹厲聲尖叫，帶著一身的羽毛和銳利的鳥爪，撞穿玻璃了。

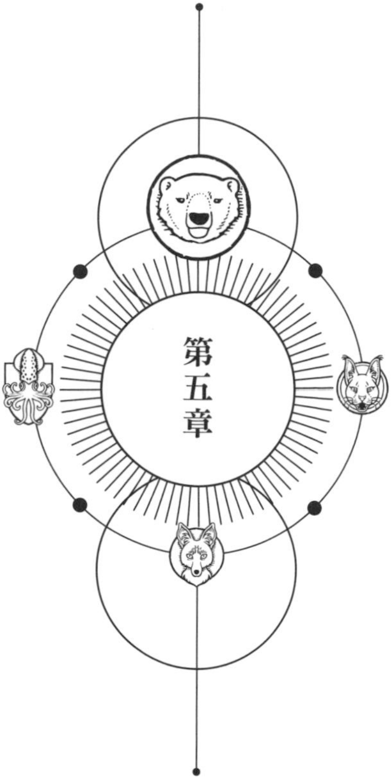

第五章

菲利克斯的離開

巨大的黑色雙翼在原本是窗子的空間伸展開來，食骨禿鷹看上去超驚悚；牠撞破窗子時，把自己割傷了，但牠似乎不在意。禿鷹張開嘴，再次發出刺耳的尖嘯，往房裡飛撲。

柴克里．文森．盧克和伊森雙雙開始朝禿鷹施展咒語；菲利克斯跳了起來；巴斯特衝過整個桌子，揚起小小的頭奮力咆哮；史黛拉撲過去抓巴斯特；北極熊探險家俱樂部主席則躲到桌子底下。

禿鷹八成被施過抗咒語的法術——就像上次遠征，史黛拉和朋友們遇到的食人捲心菜一樣——因為咒語彈開了，根本沒有效果。

禿鷹直接奔向史黛拉而來，牠的一對小眼睛十分專注的盯著史黛拉。此時巴斯特衝到史黛拉前面，一心想保護她不受這隻大妖鳥的傷害。如果巴斯特是隻實際大小的暴龍，牠的吼叫必然極具效用，可惜牠不過跟小貓一樣大，半點用也沒有。加上牠滿嘴邊都是黑巧克力，呆萌的樣子一點也凶不起來。

史黛拉在禿鷹衝過來，張嘴往暴龍所在之處咬下的前一秒，一把將小暴龍拉開了。她一邊用身體護住巴斯特，一邊狂奔，她在轉身時，及時看到一幅驚人的景象。

當伊森和柴克里繼續手忙腳亂的施放顯然無效的咒語時，菲利克斯已跳到桌上，奔過整張長桌衝向禿鷹了，他的靴子將腳下的瓷盤踩得稀巴爛。史黛拉吃驚的看他縱身一躍，穩健的落到大鳥背上。禿鷹抗議尖叫，但菲利克斯不理會，逕自伸手從背心口袋掏出一副銀亮的腳銬，然後迅雷不及掩耳的往下一探，咔的一聲，牢牢的將腳銬扣到禿鷹瘦削的腳上。

史黛拉立即明白，這一定就是稍早伊森提到的魔法腳銬——讓你能控制禿鷹的那種腳銬。她想這一定是柴克里．文森．盧克帶過來的，那就是他來訪的理由。史黛拉心頭一鬆，知道菲利克斯隨時會從禿鷹背上跳下來，然後把大鳥送走。

然而就在此時，房間另一頭的柴克里．文森．盧克開口了：「別這麼做，菲利克斯，我拜託你。」

史黛拉緊張的看向菲利克斯，發現他正瞅著自己，史黛拉懂了，即使菲利克

斯什麼都沒說。她想起伊森說過，把禿鷹趕走並不能解決女巫的問題，接著她想到菲利克斯跟主席爭執組織探險隊去女巫山的事。史黛拉知道，菲利克斯打算離開。

「帶我一起去。」她說，整個人已經開始往前走。

但菲利克斯搖搖頭，「這回不行，史黛拉。」他說：「要乖，要聽薩普太太的話，我很快就會回來。」

說完他雙臂環住禿鷹細瘦的脖子，身子往前一探，在牠耳邊低聲說了幾句，大鳥笨拙的在房中轉向，拍拍翅膀飛到窗臺邊，展開長翼，然後飛入空中。

「不要！」史黛拉難過的大叫。

她手上還抓著巴斯特。史黛拉衝到窗邊，七手八腳的攀過窗臺，碎玻璃割破了她的洋裝。史黛拉跳到窗外，腳下的白雪被她的拖鞋給壓實了；冷冽的空氣舒緩她的肌膚，灌滿她的肺部，在家中悶了好幾個星期，首度踏出戶外的感覺真棒。可是史黛拉無法好好享受，她正忙著在空中尋找菲利克斯的蹤跡。突然間，有一片瓷磚從上頭掉了下來，輕輕落在雪裡。史黛拉抬起頭，發現大禿鷹就停在屋頂上，耐心的等候菲利克斯從其中一根煙囪裡取出袋子。他一定是稍早把袋子藏到裡頭了，袋裡應該準備了獵巫需要的用品。史黛拉怒由中生，抬手握起拳頭。

「菲利克斯！」史黛拉大吼：「**不要**把我留在這裡！」

「別擔心，心愛的。」他回喊說：「我曾經跟一位女巫獵人在釜鑊谷旅行過一段時間，她教會我所有獵巫的技能，我知道自己在幹什麼。」

說罷，菲利克斯跳回禿鷹背上，一鷹一人飛入空中，越飛越小，直到史黛拉再也看不到他們。

＊

大夥花了好一會兒，才說服北極熊探險家俱樂部的主席相信禿鷹已經離開，可以安心的從桌子底下出來了。等他終於出來時，整個人已嚇到嘴唇發白，鬍子變得亂七八糟——原本捏尖的鬍尖，開花到嚇人。

「太過分了！」他嚷嚷說：「我這輩子從來沒有吃過這樣的晚餐，從來沒有！」

「菲利克斯並沒有**邀請**禿鷹來。」史黛拉強調。

「我永遠不會再到這裡吃飯了。」主席說，史黛拉聽了挺開心，因為那表示葛拉夫不必被趕到廚房，跟薩普太太待在一起了。說真的，若不是主席一開始反對讓北極熊在場，葛拉夫就能跟他們一同留在餐廳裡，說不定就能像上次那樣趕走禿鷹了。史黛拉忍不住對主席犯嘀咕，至少她是有一點不爽的，因為菲利克斯離開了。

「先生，」她努力裝出大人的口氣，有條不紊的說：「我想正式提出要求，請北極熊探險家俱樂部發起組織救援菲利克斯的遠征隊。」

「我拒絕這項請求。」主席回嗆，拍掉衣服上剛從地板沾上的餅渣和碎屑。「如果玻爾想去女巫山，那是他自己的事，任何跟著他去的人，只會陪著送死。北極熊探險家俱樂部絕不會參與這種瘋狂的行動。」

「呃，那麼至少能讓我拿回我的頭冠嗎？」史黛拉問。

她還不知道該怎麼做，但無論如何都得設法趕去女巫山幫菲利克斯，既然她要面對一位危險的女巫，她寧可帶著自己的魔法頭冠，儘管過度使用頭冠的話，她得面對風險。

「頭冠正在俱樂部裡展示。」主席答說。

「那是**借給**俱樂部的。」史黛拉說：「頭冠是我的，我有權利把它要回來。」

福格主席重重嘆口氣。「好吧。」他說：「你得跟秘書聯絡，他會把必要的表格拿給你，等表格填好、用印、認證之後，頭冠就會還給你了。」

「那要花多久的時間？」史黛拉問。

「大約六個星期。」

「太久了。」史黛拉冷冷回說：「你明知道我現在就需要它。」

「你得遵守程序啊，女孩。」主席迴避她的眼睛說：「北極熊探險家俱樂部訂定這些規章是有理由的。」

史黛拉不耐煩的搖著頭，她真是對牛彈琴，浪費時間。如果沒有人肯幫她忙，她只能自己想辦法了。

主席表示，他不打算在一個巨鳥隨時會不請自來，破窗而入的地方，多做逗留，史黛拉很樂意看他離開。不過主席離開前，把一個附著紙條的信封，放到菲利克斯書桌上的信架上。主席的雪橇在挽具的嘈雜聲中離開時，史黛拉立刻衝進書房拿起紙條，上面寫道：「致菲利克斯．艾福林．玻爾先生，為了自身安全，請多加小心提防。」

史黛拉皺著鼻子，請多加小心提防？聽起來不太妙。也許是警告要提防女巫吧？史黛拉心想信封裡或許有可用的資訊，便拿起信封（裡面裝著厚厚的文件）她把內容物倒到書桌上，結果驚慌的倒抽了口氣。那些文件與女巫無關，而是關於雪之女王。

裡頭盡是雪之女王們的檔案資料，而且還遠推到一百多年前。有的女王住在冰凍群島，有些住在東邊的雪沙漠，或西方的雪峽谷裡。這些檔案資料都是由第一手描述拼湊起來的，有從遠處拍下的照片、逮捕令及新聞報導。然而，無論雪之女王們住在何地，生於何時，她們似乎都有一個共通性——很殘忍、殺人不眨眼，而且非常邪惡。

其中包括一封來自叢林貓探險家俱樂部主席，溫德．溫特頓．史邁思的信，信頭有大象和鸚鵡的圖樣，而且聞起來有探險用防蚊液的淡淡香氣。史黛拉讀信時，心都涼了，那是叢林貓探險家俱樂部寄來的正式抱怨信函，主席在信中長篇大論的埋怨說，讓一名冰雪公主成為探險家俱樂部的少年會員，實在荒誕，而且對所有其他俱樂部亦是一種冒犯，更會對其他探險家造成危險。

史黛拉很想否認這一切，堅稱自己絕對不會做出任何傷天害理的事，可是她想起上回探險，自己在使用頭冠後心腸一硬，差點害伊森摔死，心中不免惶然起疑。

她顫抖的繼續讀著以下記載，薇柔妮卡女王把家中所有僕役凍結起來，只為了打造一座雕像花園；艾碧蓋拉女王用毒蘋果毒死自己的丈夫；波蒂雅女王無緣無故就凶殘的凍結了整座村莊；還有史黛拉的親生母親，茉莉女王，用燙紅的鐵拖鞋對無數人民施加酷刑，逼迫穿鞋的人為她跳舞助興。

信紙從史黛拉發顫的指間滑落，難道都沒有**任何一位**好的雪之女王嗎？她們應該不可能全是壞人吧，肯定有一位，在某些時刻是善良的，或至少沒有惡毒得那麼徹底吧？可是史黛拉接著想到她父母親那座受到詛咒的城堡、裡頭的毒蘋果、致命的轉輪和駭人的鐵拖鞋；她想起魔鏡跟她說過，女王會有凍結的心，她總有一天也會那樣……

史黛拉搖搖頭，把所有紙張扔進抽屜裡。她現在不能擔心這種事，她得想出辦法，看究竟該怎麼去追菲利克斯。

就在這時，書房的門開了，伊森走進來，一手邊調整領子，另一手邊把自己淡金色的頭髮往後順。

「我父親離開了。」巫師說：「他跟另一位探險家有約，至少得花一個星期才能抵達對方的家。我父親要我問候你，還說很後悔讓菲利克斯說服他，讓他買下魔法腳銬。」伊森嘆了口氣，「他說，要是他早知道毒兔子的事，就絕不會給菲利克斯腳銬。」

「**什麼**毒兔子？」史黛拉問，她好擔心情況會變得更糟。

伊森揉著自己的頸背。「根據某位在地商販的報告，潔西貝拉一直聘用一名海盜，把毒兔子送到山上給她。還有，你只要**摸到**毒兔子，就完啦。」伊森喀喀的按壓自己的指節。「一命嗚呼。我聽到福格主席離開前這麼告訴我父親，但我父親說他還沒有機會告訴菲利克斯。」

史黛拉驚駭的瞪著伊森。「這太可怕了！」她大叫：「菲利克斯超愛兔子，他真的很喜歡兔子，萬一毒兔子朝他跳過去，他的第一個反應一定是跪下來摸牠！」

菲利克斯當然知道潔西貝拉本人很危險，可是不會有人想到毛茸茸的小兔子也能殺人，即使是在女巫山上。

「真是糟糕。」伊森說：「是這樣的，我說服父親讓我留下來，在菲利克斯離家期間陪伴你——」

史黛拉沉著臉說：「我不需要你陪，因為我不會留在這裡！我要去追菲利克斯。」

伊森張嘴想回應，但史黛拉抬起手說：「勸阻我是沒有用的。」她說：「那個女巫殺了我父母，我不會坐視不管，任由她也殺害菲利克斯，我絕不允許。何況，菲利克斯完全不知道毒兔子的事，我受夠窩囊的躲在家裡了。」她稍稍抬起下巴說：「冰雪公主不會怯懦的躲在屋裡，而且探險家**更不會**躲在屋內。我要去女巫山救菲利克斯，不管你或任何人說什麼或做什麼，都無法阻止我。」

伊森挑著眉。「你說完了沒有？」他哼說：「你完全沒有必要講那番話。」他揚起下巴說：「沒有人能對巫師訓話，說什麼不能躲在屋子裡——連冰雪公主都不行。我們當然要去追菲利克斯啊，你這個笨蛋，不過我總不能那樣跟我父親說吧？他一定不會讓我留下來的；我差點被他拖去另一位探險家的家裡。」

「噢。」史黛拉眨眨眼，有點吃驚，接著她朝巫師燦然一笑。「噢，太好了，有人幫忙會輕鬆很多。」

「那是當然。」伊森說：「你也應該傳話給其他人，他們上次挺管用的，雖然那個矮個子有點怪。」

「你是指謝伊和豆豆嗎？」史黛拉問。「好主意。好的。」她心中開始有了盤算。「我會發電報叫他們盡快到北極熊探險家俱樂部跟我們會合。」

「俱樂部？」伊森訝異的說：「可是主席不是拒絕幫忙了嗎？」

「沒錯，他是拒絕了，但我還是得去那裡取回我的頭冠。我們也需要一份女巫山的地圖，地圖室裡一定會有，即使內容還不完整。」

「所以你想闖進北極熊探險家俱樂部，偷他們的地圖和魔法頭冠嗎？」伊森挑著一邊眉毛問。

「那是**我的**頭冠，也就是說，本人有絕對的權利拿回來，而且我只打算偷一份地圖而已。」史黛拉答說：「不會有事的，我們且戰且走。」

伊森嘆道：「唉，很好——且戰且走的計畫。我的最愛，這種計畫絕對不會出錯。」

第六章

大門深鎖

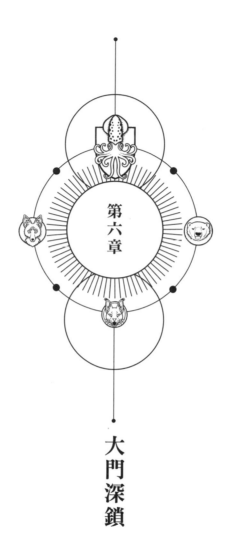

由於時間已晚，史黛拉和伊森決定先留在屋內睡覺，然後一早再出發去北極熊探險家俱樂部。

史黛拉發電報給謝伊和豆豆後，拿出自己的探險家包包（上頭印了俱樂部的北極熊圖樣）還有一個大背包，然後把所有在闖入俱樂部，以及之後去女巫山這趟危險又未獲許可的旅程中可能用得到的東西，都裝了進去。

她親吻躺在她寢室壁爐邊打盹的葛拉夫，正打算上床就寢時，聽到窗口傳來輕輕的叩擊。史黛拉轉頭看到一名小仙子怯怯的站在窗臺上，她很訝異，因為小仙子是出了名的與世隔絕，通常在人類身邊會非常緊張。只有極少數的人有機會跟小仙子談話，例如菲利克斯。

史黛拉走到窗邊慢慢打開窗戶，以免嚇到小仙子，她著迷的看著仙子躡手躡腳的跨過窗框。小仙子向來有最美麗的衣裳，這位也不例外。她身穿深色的鈷藍禮服，有一層層蓬鬆的蕾絲襯裙，衣襬和袖子閃動如星光，一頭烏黑的秀髮上編有幾十朵小小的藍花。小仙子有張古銅色的美麗臉蛋、秀氣的尖耳朵，還有一對明亮的綠眼。不過她的翅膀才是身上最迷人的部位，就像蝴蝶的翅膀有著綠和黑的紋路，翼尖是子夜的寶藍色。

史黛拉看出她是一位信差小仙子，因為她肩上掛了一只郵袋，黑色的髮上還戴了一頂尖尖的信差帽。菲利克斯跟她說過，任何信差仙子所寫的信，只有指定的收件人能讀得到。若是其他人瞧見，會覺得根本不像信件，而像是釦子、玻璃珠、舊錢幣，或其他無傷大雅很容易在口袋裡找到的小物品。

「哈囉。」史黛拉低聲說，仙子把她的袋子放到窗臺上。

仙子微微一笑，但什麼都沒說，她從袋子裡拿出幾張小張的信紙，和一枝相當漂亮的羽毛筆。仙子坐到窗沿（史黛拉發現她的靴子腳踝處也有亮晶晶的金翅膀），拿起羽毛筆，彎身伏在紙上，然後一臉期待的看著史黛拉。

「噢。」她驚呼。「你是想幫我傳遞訊息嗎？」

仙子點點頭，也許小仙子們看到菲利克斯騎著食骨禿鷹離開了，想幫忙史黛拉去救他。

「我能傳達兩封訊息嗎？」史黛拉急切的問，訊息會比任何電報傳得更快！

小仙子再次點頭，於是史黛拉開始口述要給謝伊和豆豆的信，解釋發生了什麼事，告訴他們毒兔子的消息，並請他們盡快到北極熊探險家俱樂部與她會面。她很快的考慮了一下是否要發訊息警告菲利克斯毒兔子的事，但她知道，小仙子絕對追不上巨大的禿鷹。

信寫好之後，小仙子整齊的把信摺妥，放到小小的信封裡，用金蠟封好，然後蓋上信差的郵戳——上面是一對小仙子的翅膀。她在其中一個信封寫上謝伊的名字，另一封寫著豆豆，最後朝史黛拉揮揮手，拍著翅膀，飛入夜色中消失了，僅在身後的窗臺上留下閃亮的仙子粉塵。

*

翌日早晨，史黛拉套上她最暖的粉灰色旅遊服，然後到樓下跟薩普太太表態。

管家拚命想說服史黛拉和伊森留在家裡，別去追菲利克斯，可是一旦發現勸說無效後，便跑去幫他們準備便當，讓他們可以帶在火車上吃。

兩位少年探險家都穿上自己的披風，史黛拉的淡藍色披風前面繡著北極熊的符號，伊森的黑披風上則繡了魷魚。然後侍從長派許先生駕雪橇送他們去搭火車，兩人搭火車到港口，並及時買到當天最後一班船的船票。隔天一早，兩人抵達寒門，再從那邊走路到北極熊探險家俱樂部。

他們終於來到有著金尖門刺跟每根柱子都有雄偉北極熊大理石雕的白色大門前了。上回史黛拉跟菲利克斯來這裡時，大門自動為他們打開，可是這次門卻依然緊緊閉著。

「現在怎麼辦？」伊森問：「我們要如何進去？」

史黛拉滿懷希望的推著大門，可是想當然爾，門鎖住了。她四下環顧，直到看見一顆裝在某種對講機上的金色按鈕。她知道菲利克斯到俱樂部造訪過很多次：來查看地圖、參觀最新的展品，或跟其他探險家交換意見。說不定只需要求人家放你進去就可以了？她按下金色按鈕，發出巨大的響聲，一會兒之後，有個聲音從機子裡說：「這裡是北極熊探險家俱樂部，有什麼可以為您服務的嗎？」

「我是史黛拉．星芒．玻爾。」史黛拉表示：「是俱樂部的少年會員，我想進去諮詢——」

「今天不接待訪客。」那聲音打斷她說：「俱樂部今天閉館。」

「閉館？」史黛拉從沒聽說過有這種事。「可是為什麼？」

「叢林貓探險家俱樂部的主席來這裡討論重要事務。」那聲音告訴她：「請下週再來。」

然後通話就斷了。

「呃，」伊森頗受冒犯的說：「從來沒有人用那種態度，跟海魷魚探險家俱樂部的會員說話，從來沒有。對了，你知道有東西在你的背包裡到處扭動嗎？」

史黛拉皺著眉頭把背包從背上甩下來，放到地上，然後打開拉鍊。巴斯特立即探出頭，來回看著兩人，在陽光下眨著眼睛。

伊森呻吟說：「你幹麼帶侏儒恐龍來啦？」

「我又不是故意的。」史黛拉回答：「牠一定是趁我不注意時，自己爬進袋子裡的。」

暴龍顯然在背包裡窩不住了，牠從袋子裡掙扎出來，砰的跳到雪地上。史黛拉伸手要抓牠，可是巴斯特意識到自己又要被拘禁起來，便拔腿狂奔，直接穿過大門欄杆，進入北極熊探險家俱樂部的庭園裡。

「哎呀，糟了！」史黛拉大喊：「巴斯特，快回來！」

可是小恐龍堅決不肯理她，逕自跑進冰霜花園裡，興奮的大吼大叫，在雪地留下小小的暴龍腳印，而且一下子就不見蹤影了。

「天啊，不要吧！」伊森抱怨道：「事情已經夠煩了，現在還要找一隻逃掉的恐龍。」

「也許我應該再按一次鈴，解釋說我們必須進去抓巴斯特？」史黛拉提議，準備伸手要按鈴。

「我不會那麼做。」伊森趕在她按鈕前，抓住她的手說：「任何在俱樂部裡找到的動物，法律上都歸俱樂部所有。我哥哥以前有一隻搖擺的毛企鵝——」

「什麼是搖擺的毛企鵝？」史黛拉好奇的問。

「就是跟描述的一樣啊。總之，企鵝有一次在海魷魚探險家俱樂部裡亂跑，最後被製成填充標本，跟其他動物擺在一起展示了。」

史黛拉的雙手摀住嘴，驚慌的瞅著伊森。「那太可怕了！北極熊探險家俱樂部絕對不會那麼野蠻。」

「如果你有百分之一百的把握，何不去按門鈴？」伊森答說。

可是史黛拉並沒有**百分之一百的把握**，畢竟，俱樂部有時候也挺野蠻的。他們以前在前邊入口展示被釘住的小仙子，最後是菲利克斯大聲疾呼才撤下展示，但他們仍保留了剝下來的北極熊皮毯。**還有**，她從冰凍群島帶回朵拉時，他們本想也把鵝做成填充標本。

「好吧。」史黛拉說：「我們只好想想其他進去的辦法了。」

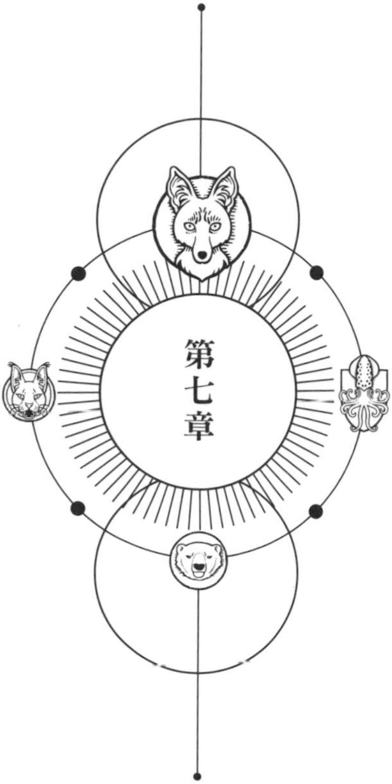

第七章

潛入俱樂部

幾乎過了一個小時，史黛拉和伊森才終於來到北極熊探險家俱樂部的後方。俱樂部占地極廣，他們繞著大理石牆走了好一陣子。

兩人在後邊找到一輛印著雜工徽章的雪橇。兩名聲音粗糙，留著鬍子的男人移開了地上一段鐵柵，正站在裡頭的梯子上修補某個東西，同時大聲抱怨探險家的種種。

「……只要一休假，保證一定會接到探險家俱樂部的緊急電話。」其中一人嘟囔說。

史黛拉和伊森走過他們身邊，來到後門。後門不像前門那樣富麗堂皇，不過還是緊緊鎖住了。他們往柵欄裡探看，立即發現雪地上泊著一艘大飛船，船上垂下了幾顆錨，以免飛船飄走。

「那一定是叢林貓探險家俱樂部主席的飛船。」伊森喃喃的說。

史黛拉知道伊森說中了，因為碩大的氣囊上繪著叢林的綠葉，裡頭綴著老虎、鱷魚或河馬。下方木製的載客小船也刻了圖樣，有齜牙的食人魚、閃躲凶惡河馬的叢林江輪，還有一些張嘴露齒、凶惡無情的魔神晉尼詩。一隻抬頭展翼的漂亮叢林鸚鵡，在船首充做船首像。

伊森哼說：「搞那麼多刺激有趣的花招，可是大家都知道叢林貓俱樂部的人只會整天坐著野餐而已。」

「這回又是怎麼回事？」第二名雜工突然在他們身後說：「管子又被企鵝毛堵住了嗎？」

「不是──聽好了──他們說有隻小恐龍在俱樂部裡亂跑，咬破了其中一根管子，大肆破壞水管裝置。」

史黛拉倒抽口氣，兩名少年探險家從柵欄邊火速轉身。

「不好意思。」史黛拉往欄杆踏近說。

兩名工人抬起頭，看到她身上藍色的探險家俱樂部披風。「什麼事，小姐？」

「那應該就是我的恐龍。」她說：「牠今天稍早從我身邊溜走了，牠超愛亂咬東西，包括水管。你才剛解決掉一個問題，牠就會再造別的亂。」

兩名雜工重重哀嘆。「萬一那樣的話，咱們得在這裡待一整天，晚上也回不去了。我之前還跟老婆保證說，今晚會去冰雪怪餐廳吃浪漫晚餐呢。」他說：「這下子我一定會被趕到狗舍裡了。」

「這條水管是不是通到俱樂部裡頭？」史黛拉指著問。

「當然啦。」其中一人表示：「直接通到鹹水浴池。」

「那麼你最好讓我們進去。」史黛拉說：「巴斯特一定在那邊某處，或許我能在牠造成更多破壞之前找到牠。」

「你覺得你能辦得到嗎？」男子急切的問。

「值得試一試，不是嗎？」史黛拉說：「尤其如果能讓你趕上冰雪怪餐廳約會吃飯的話。」

男子看來有些猶豫，他說：「那裡頭很溼，你不會想弄髒衣服的。」

「噢，我有很多備用的衣服。」史黛拉答道，畢竟探險家都是做好萬全準備的。

「那下頭到底有多臭多髒？」伊森狐疑的探看鐵柵問：「我受不了又髒又臭

的地方。」

史黛拉用手肘重重去頂伊森的肋骨，他怪叫一聲，以示抗議。「我父親上次來寒門時，也是到冰雪怪餐廳吃午飯。」她不顧一切的說：「他跟我說那裡有做成雪怪形狀的魔法布丁，會在桌上亂跑，為你唱歌，而且還戴著小領結。」

「好，就那麼辦吧。」第一位雜工拍著腿說：「我老婆一定會很高興。」他爬出柵欄，他的夥伴緊跟在後。「你進去吧，小姐，任何努力都值得一試。」

「我會逮到牠的。」史黛拉答應說：「你別擔心。」

說完，她趁伊森還來不及抱怨，便趕緊催他爬下梯子。

*

很不幸的，管子裡真的很臭，史黛拉得拉高灰色洋裝的裙襬，衣服才不會泡入腳邊急速流動的髒水裡。伊森自然一路上怨聲載道，但史黛拉在上次遠征時，已習慣對他的牢騷充耳不聞了，因此幾乎沒怎麼留意，只是專心在地道中走著，一邊注意巴斯特的蹤影。

最後水管通到一面牆壁，牆上有道梯子，兩人爬上去，移開頂端的鐵柵，爬進一個放乾水的俱樂部鹹水浴池裡。另一個巨大的池子，在高高的玻璃圓頂天花板下冒著蒸氣；白色的大理石柱延伸到地板上；華麗的牆壁瓷磚上，飾有北極熊及俱樂部的官方徽冠。幾十盞點亮的蠟燭在玻璃瓶內和北極熊狀的燭臺上搖曳。

由於聽說俱樂部有訪客，對外關閉，因此史黛拉以為房中不會有人，但事實上，裡頭有兩位探險家。兩個人都穿著泳褲，鬢鬚在白茫茫的熱氣中，膨脹到嚇人。幸好他們都忙著驅趕那群不肯離開按摩浴缸的企鵝，無暇留意到史黛拉和伊森。

「我簡直**無法相信**，竟然又有人讓企鵝跑進這裡了！」其中一人埋怨說。

「太讓人生氣了。」另一人同意道：「我們是進來放鬆泡澡的，結果竟然碰到一群搞得人壓力山大的企鵝。我們沒有精神崩潰，真是奇蹟。」

他從牆上拿起一根救生鉤去戳其中一隻企鵝，可是企鵝只是憤憤的對他怒吼，還是不肯移動。

「不是那樣弄！」第二位探險家說著，從他同事手中搶過鉤子。「你得**這樣**戳牠們才行。」

「不不不，那樣全錯了，麥斯梅林。」另一位探險家抱怨說：「戳企鵝得更有技巧，你瞧好了，讓我來示範。」

伊森和史黛拉輕手輕腳的從兩個爭執不下的人身邊走過，神不知鬼不覺的溜到走廊上。

「奇怪。」伊森說：「我還以為俱樂部閉館了？」

史黛拉搖搖頭。「我們趕快去地圖室，一邊找巴斯特。」

他們走下寬大的走廊，發現俱樂部顯然並未閉館。撞球間裡，有好幾位探險家正在喝白蘭地、抽雪茄，爭論什麼才是避開憤怒雪怪的最佳辦法。而且其他房間也清晰的傳出低語聲，史黛拉和伊森必須快速衝過房門口，才能避免讓人瞧見。

幸好他們很快來到地圖室的入口，兩人連忙鑽進去。偌大的地圖室裡，都是深色的木頭、鑲著皮革的大書桌和綠色的閱讀燈，這令史黛拉想到圖書館，連飄在房中的書香都不例外。一張張的桌子之間擺著巨大的地球儀，牆上掛著一排排有美麗畫框的古老地圖和圖表。

兩名探險家正在地圖室裡，爭論一個叫蛙腳島的地方。

「跟你說島並不在那兒，賀瑞托。」其中一人說。

「你亂講！我明明親眼看到的，我甚至踏到島上了！」

「呃，可是我按正確座標抵達，那裡除了海，什麼都沒有。」

「不可能！」

史黛拉和伊森靜悄悄的從爭執不休的兩人身邊溜過去。換做其他時候，史黛拉一定會好好仔細探索這個房間，伏在地圖上，聞著那些圖表，坐在旋轉椅上轉圈圈，可是今天沒那種時間。她和伊森一旦找到女巫山地圖，就要馬上閃人。地圖都整整齊齊的放在木架上，按字母的順序排列，因此他們並未花太久時間，就找到捲放在皮製地圖筒中的正確地圖了。史黛拉把筒子掛到肩上，然後出發尋找戰利品展示間。

可惜兩位少年探險家到俱樂部的次數都不多，還沒摸熟門路，兩人都不太確定擺放史黛拉頭冠的戰利品展示間在哪裡。他們努力尋找，結果來到福格主席辦公室外的走廊。

明智的做法應該是立即從那邊溜開——因為他們最不希望的，就是被福格主席撞見——可是兩人躡著手腳經過時，史黛拉清楚的聽到辦公室裡有人提到她的名字，伊森也聽到了，於是兩人都留下來把耳朵貼到門上。

「如果那個女孩的恐龍在這裡，那麼她一定也在這兒。」一位男士的聲音說：「門房說，她一個多小時前，曾試圖進入俱樂部。」

「但被拒絕在門外了，溫德。」福格主席回答。

「溫德！那是叢林貓主席的名字。」史黛拉想起自己在信上看到的名字，便悄聲告訴伊森：「他提出正式抗議，說不該讓我成為俱樂部會員。」

伊森對她露出擔心的神色。「我們該走了。」他說：「聽起來他們已經起疑了。

福格主席一定記得巴斯特，他會把事情拼湊起來的。」

史黛拉嚴肅的點點頭，她必須在離開前找到她的恐龍，而巴斯特有可能在任何地方闖禍。她和伊森匆匆奔下走廊，繞過轉角，結果隨即一頭巨狼迎面而來。這匹狼比一般動物大了許多，牠一身黑毛，一對聰明的銀色眼睛熟悉的看著他們。

「柯亞！」伊森和史黛拉雙雙大喊。

史黛拉好高興看到大狼，巴不得能環手抱住牠的脖子，可惜柯亞是頭影子狼，因此沒有實質的肉身。

「如果柯亞在這裡，那麼謝伊一定也在某處。」伊森說。所有獸語者都有自己的影子獸，而柯亞從來不會離開謝伊太遠。

「你能帶我們去找他嗎？」史黛拉急切的問影子狼說。

柯亞立即扭身穿廊而去，兩位少年探險家緊跟在後頭。大狼很快帶兩人來到戰利品展示間，裡面都快被玻璃展示櫃給擠爆了，這些櫃子展示探險家們從各種冒險中帶回來的奇珍異品。上方的天花板，掛著一條巨大的雪鯊標本，櫃子裡擺滿各種物品，從永不融化的雪球、長毛象牙的化石到雪怪的牙齒，不一而足。

不過史黛拉並沒有太多時間細看這些櫃子，因為在房間中央看著一只玻璃櫃的正是他們的兩位探險家朋友，謝伊・史佛頓・吉卜林和班傑明・桑普森・史密斯（朋友都喊他豆豆——因為他超愛吃果凍豆）。

「這櫃子鎖得死緊。」豆豆邊查看櫃子邊說。豆豆喜歡依賴舒適的舊東西，今天他穿了一件針織毛衣，史黛拉認出那是他母親織的，毛衣前面有隻獨角鯨——那是豆豆最喜歡的動物。他叔叔一定是拿果凍豆賄賂他，說服他去剪頭髮了，因為豆豆的頭髮比上回史黛拉看見時短了些。這表示你可以清楚的看出，豆豆的耳朵有點尖。豆豆是精靈的混血，從他纖瘦的身材和尖耳，就能看得出來。

「不知道他們把櫃子的鑰匙收在哪裡？」史黛拉答說，狼語者穿著他的藍色探險家俱樂部披風，但袖子捲起來了，露出其中一隻手腕上的巧克力色皮手環，手環上飾有銀色的狼形珠子。

史黛拉好高興看到他們兩人，便跑過去，伊森和柯亞也緊跟在後頭。她伸出雙手，抱住謝伊，然後朝豆豆揮手。史黛拉雖然也很愛豆豆，可是豆豆不喜歡跟人有身體接觸。

「真高興你們在這兒啊！」史黛拉說：「謝謝你們過來！」

「我們一收到你的信就趕來了。」謝伊告訴她。

「拿去，我想這是你的。」豆豆說。

史黛拉發現豆豆手裡抓著一頭掙扎扭動的小暴龍。「噢，你找到牠啦！」她驚呼。

「牠在圖書館裡。」豆豆表示：「正在撕咬菲力巴斯特隊長的皮裝旅行年曆，幸好那裡只有兩個成年探險家，而且兩個都在扶手椅上睡著了。」

「以後再也不許那樣亂跑了，你這個調皮鬼。」史黛拉責罵恐龍說：「你害我擔心死了，知道嗎？」

小暴龍撒嬌的用長著鱗片的頭去蹭史黛拉的手，史黛拉親了牠一下，發現自己實在沒辦法對牠生氣，畢竟多虧牠咬壞水管，才讓他們得以從地道進俱樂部。

「史黛拉，你知道他們把佩佩做成標本了嗎？」豆豆憤憤不平的指著附近的一個櫃子說。

史黛拉往裡頭一瞧，看到上次遠征時攻擊他們的食人捲心菜，真的被製成標本做為展示了。捲心菜張著大嘴，露出可怕的長牙。

史黛拉不禁一陣寒慄。「呃，至少它不會再咬任何人了。」她說。

「那樣是不對的。」豆豆說：「我挺喜歡那顆捲心菜，如果他們把朵拉做成標本，你一定會不高興，對吧？」

史黛拉嘆口氣。「那根本不是同一回事，豆豆。好了，現在既然大家都到齊了，就別浪費時間。我們得拿走頭冠，然後出發上路。」

「櫃子鎖住了。」謝伊說：「我們根本不知道他們把鑰匙放哪兒。」

「哎呀！」史黛拉喊道，巴斯特扭著身體，用爪子抓史黛拉的手。「別再亂動了。」史黛拉一邊對牠說，一邊將巴斯特放到玻璃櫃上，巴斯特趾高氣揚的在櫃子上走來走去。

「我們不能毫無頭緒的四處亂找。」史黛拉說：「菲利克斯現在說不定已經抵達女巫山了，我們得去追他，而且要快。」

「雷克斯．小眨眼．史密斯爵士，」豆豆立刻接著說：「在女巫山被黑巫術殺害，那時是……」

「我不要聽任何巫師的死亡紀錄！」史黛拉抬起一隻手阻止他說：「拜託，等我們救出菲利克斯後再說。」

可惜豆豆的記憶力超強，記得多年來探險家們的各種死法，而且老是很不識時務的在不對的時間和不對的地點，與別人分享這些訊息。

「他的名字真的叫雷克斯．小眨眼．史密斯嗎？」伊森問：「我敢打賭，他一定是叢林貓的探險家，對吧？」

「你怎麼會知道？」豆豆問。

「他們全是丑角。」伊森說：「只有叢林貓的探險家會取這種可笑的名字。」

「現在先別管那些了。」史黛拉說：「我們得想辦法，看怎麼把這東西弄出來。」

她指著頭冠，大夥看著它，巴斯特也是。璀璨的頭冠擺在玻璃櫃中的白色天鵝絨墊子上，墊子繡著毛茸茸的紫色長毛象。巴斯特立刻開始隔著玻璃櫃，對長毛象咆哮，史黛拉只得拍拍牠的頭，要牠別再亂叫。

「噓，別再叫了。」她說：「我們大家正在想辦法。」

頭冠本身美得出奇，閃著冰白的寶石和鑽石，雖然史黛拉一想到她若過度使用頭冠的法力，心就會變冷酷，忍不住覺得頭冠的美有點打折。

「爸爸說，戰利品展示間裡，所有上鎖的櫃子都加裝了警報器。」謝伊說：「我們不能冒險弄響警報器，否則我們永遠無法離開俱樂部。」他瞄著史黛拉。「我知道這件事很煩，小火花，但我們必須找到鑰匙。萬一我們被關起來，就無法去救菲利克斯了。」

史黛拉嘆口氣，謝伊說的對——弄響警報器，把守衛和探險家引到他們身邊，是最糟糕的事。

「好吧，」她說：「我想我們應該先從秘書辦公室找起，感覺上，他們可能會把鑰匙保管在——」

可惜她沒機會往下多說了，因為此時巴斯特再次朝長毛象大吼，然後突然衝向玻璃櫃，用牙直接咬穿玻璃，十幾道裂痕立即像蜘蛛網似的，從牠咬下的地方竄裂開來。

「噢，糟了。」史黛拉倒抽口氣，一手拔起暴龍。

可惜破壞已經造成了，下一秒鐘，整個櫃子就塌成無數的碎玻璃。

警報器立即在房中發出巨響。

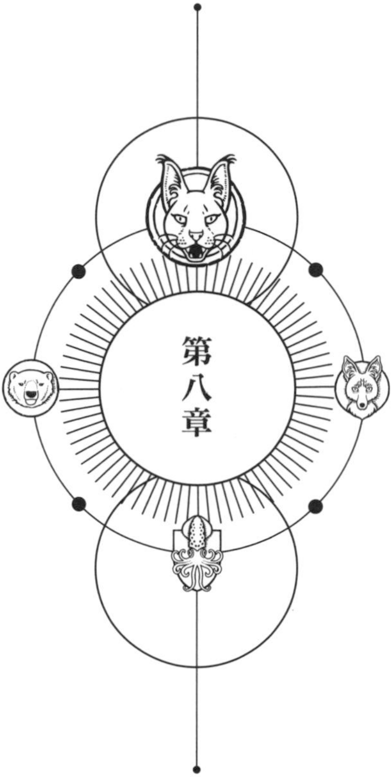

第八章

叢林貓探險家

少年探險家們一時之間陷入愁雲慘霧，面面相覷，接著謝伊大喊：「史黛拉，門！」

大夥轉頭，看到一扇鐵門迅速的從天花板上降下來，鐵門一旦蹠到地板，就會切斷他們唯一的逃出口，把他們困在房裡了。

史黛拉用另一隻空下來的手抓起頭冠戴到頭上，然後朝鐵門射出一道冰柱，在鐵門整個降下來之前，將它牢牢凍住。史黛拉跟以前一樣，感覺背部下方竄出一股寒意，凍到她忍不住發抖。

「警衛大概隨時都會趕到這兒！」她驚呼：「我們得動作快點！」

鐵門下的空隙剛好夠他們爬滾出去，來到走廊上——卻發現兩名粗壯的警衛正對著他們奔過來。

「可惡！」史黛拉喊說，她沒想到北極熊探險家俱樂部這麼有效率，她原本希望會是那種糊塗蠢笨，值班時躲在某個舒服地方打盹的警衛，可是這兩個傢伙看起來精明且怒氣沖天，隨時準備用手裡的大棍子大展神通的樣子。

「留在那裡別動！」其中一人吼道。

少年探險家當然不會那麼傻，大夥轉身沿著走廊拚命狂逃。史黛拉根本不知道自己要去哪裡——只是盲目的跑著，警衛緊追在後，直到他們來到一扇門前。史黛拉推開門，大夥全跌到雪地裡，在突來的刺眼陽光中拚命眨眼。

「他們會逮到我們！」伊森驚呼。

史黛拉擔心被他說中，警衛真的就要抓到他們了。他們一開始並未拉開足夠的距離，就算他們真的逃出俱樂部的範圍，但之後呢？他們不可能一路跑到寒門，而不被捉到。那樣一來，菲利克斯的救援行動，還未開始，就腹死胎中了。史黛拉覺得她的心臟在胸口跳得好厲害，幾乎要痛起來了。接著她的眼神落在剛才在門外看到的大飛船上，心中生出一個絕妙好計。

「飛船！」她大喊：「那是我們唯一的機會！」

史黛拉奔向飛船，其他人緊跟過去。

「你想偷走叢林貓探險家俱樂部主席的飛船？」伊森上氣不接下氣的問：「你

一定是在開玩笑吧！」

「你有更好的辦法嗎？」她問。

探險家們衝過雪地來到飛船邊，但警衛同時也追上他們了，一個警衛抓住謝伊背上的披風，另一名抓住了豆豆。史黛拉心中一沉。

「快走！」謝伊對她大喊。

可是就在這時，柯亞從半路殺出來撲向守衛，牠頸毛倒豎，凶狠的咧嘴嘶吼。兩名警衛嚇得大叫一聲，鬆開少年探險家，往後摔倒。謝伊和豆豆充分利用這短暫的優勢，趁隙衝向前，四名小探險家火速爬上梯子，跌入飛船裡。

「繩子！」史黛拉大喊：「我們得把錨鬆開！」

探險家們分別衝往四條固定飛船的繩子，解開，讓繩子掉到地面的停泊處。

「退開！」一名警衛對柯亞喊說：「退開，你這個怪物！」

他朝柯亞扔棒子，可是柯亞並沒有實體，因此棒子當然就直接穿過牠，砰的一聲落在雪地上了。

兩個警衛愣愣的瞅了一會兒。「那是一頭該死的影子狼！」其中一名警衛大喊：「那群臭小鬼裡，一定有狼語者！」

兩人發現大狼無法傷害他們，便立馬往前奔。柯亞則像煙一樣的消失，然後重新出現在飛船甲板上，謝伊的身邊。

「好女孩，柯亞。」謝伊說，柯亞對著他搖尾巴。

其中一名警衛撲上去要抓梯子，但飛船已經飄高了，他的手指僅擦過握桿底下，然後就跌回雪地裡了。

四位少年探險家衝到船側，俯瞰著警衛——以及北極熊探險家俱樂部——快速的越退越遠，沒有人敢相信剛才發生了什麼事。

他們逃掉了——可是現在，飛船往空中越飛越高，寒風在他們四周旋繞，掀起他們身上的探險家披風，吹亂他們的頭髮。史黛拉心想，不知道他們之間有沒有人會駕駛飛船。氣囊在風中抖動，嘩嘩的灑下大批碎霜，凍結的繩索在後方咿咿擦撞。接著天上開始飄雪了，大片白茸茸的雪花在他們周圍旋舞飄浮。

大夥在驚慌、興奮和急迫的逃逸過程中，沒有人曾想過，飛船上可能不是空的。因此當大夥身後突然傳出砰的一聲，有個聲音震驚的說：「天啊！你們是誰？到底發生了什麼事？」所有人全嚇了一跳。

四位探險家轉身看到一名年約十五歲的男孩，伸著四肢躺在木甲板上，看起來像是剛剛從上方來回擺晃的吊床中跌出來。男孩有一頭油亮的栗色頭髮、淡棕色眼睛，以及一張俊美且稜角分明的臉蛋。男孩身上的綠袍有著叢林貓的徽章，因此他想必是叢林貓探險家俱樂部的少年成員。

「噢，天啊！」史黛拉望著他說：「船上不該有任何人啊。」

「把他推下船吧。」伊森提議。

男孩七手八腳的站起來，開始往後退，結果被後方的吊床纏住了。

「來不及了。」謝伊嘆口氣，瞄著船側外。「我們飛太高了，他大概會摔成肉泥。」

「還是值得試試看吧？」伊森滿懷期待的說。

「不行。」謝伊搖搖頭。「不能那樣亂來。」他看著男孩，然後說道：「不好意思，兄弟，可是看來你得跟我們一起走了。」

「你們究竟**是誰**？」男孩大聲叫著，終於從吊床中解套。「現在這是什麼情形？我被綁架了嗎？」

「你冷靜一下，」謝伊盡量用友善的語氣說：「沒有人綁架你，我們只是……」

「我就知道會發生這種事！」男孩說：「我**就知道**！」他用一根指頭指著史黛拉說：「別以為我不知道**你是誰**，你是可怕的女巫！我早跟父親說過，如果他說你壞話，你就會來抓我們！**我跟他說了……**」

「喂！」謝伊大喝一聲，語氣不再有一絲的友善。「說夠了沒？如果你肯先閉嘴，或許會比較清楚狀況。重要的事先說，不准罵史黛拉是女巫，尤其不能當著我的面。」

「或我的。」伊森怒目瞪著這位叢林貓探險家。

「反正她又不是女巫。」豆豆不理解怎麼會跑出這段對話。「她是冰雪公主。」

「我知道她是什麼人。」男孩啐道，再次看著史黛拉，然後開口：「你是壞人。爸爸說你很危險！讓俱樂部顏面掃地！而且，最後你有可能把我們都殺了！」

通常史黛拉很能悍衛自己的立場，可是她想起在菲利克斯書桌上看到的那些雪之女王資料，舌頭彷彿在嘴裡打結，一個字都說不出來。

「聽起來你爸爸好像把事情搞混了。」豆豆皺著眉頭說：「史黛拉根本不是那種人，也許他在你們大家都很喜歡的那種遠征野餐上喝太多泡泡老虎飲料了吧？那種酒喝多了會讓人瘋瘋癲癲的。過去十年，有二十三名叢林貓探險家因為喝太多老虎飲料而瘋掉。」

「我爸爸**不是**瘋子！」男孩說，他的鼻孔張得好大。「你竟敢亂講！」

「說不定是叢林蚊子造成的？」豆豆表示：「牠們會害人產生幻覺。賀瑞托．約旦．瓊斯隊長在帝奇塔奇叢林裡被蚊子咬後，就犯了嚴重的妄想症。他想用香蕉皮幫自己做西裝、帽子和搭配用的陽傘，後來他的大象有點搞不清方向，結果他就不幸……」

「我父親是叢林貓探險家俱樂部的主席，你們一定早就知道了。我猜你們就是因為這樣，才決定綁架我。」男孩說著看向史黛拉。「可是不管你們的要求是什麼，他絕不會向你們屈服。」

「我又沒有任何要求。」史黛拉終於能開口了。「真的，我沒有。」

「他絕對不會付你們贖金。」男孩繼續說道。

「為什麼會有人要幫你付贖金？」伊森不屑的噘嘴問：「老實說，我倒願意付錢叫人一槍斃掉你。」

「我就知道，如果爸爸挺身對抗邪惡的冰雪公主，遭殃的人一定是我。」男孩用手撫著油亮的頭髮說：「我早就料到了。」

「這件事跟你一點關係都沒有，你這個臭屁孩！」謝伊大聲說：「史黛拉才不邪惡，還有，我再說最後一遍，這**不是**綁架。這是一次大膽的逃脫，你只是因為在錯的時間出現在錯的地方，才會不幸的被捲進來而已。這船上有沒有魔毯什麼的，能把你載走？」

「魔毯是屬於沙漠豺探險家俱樂部的！我們叢林貓的人騎大象四處跑。」男孩輕哼一聲。「大象要可靠多了。」

「但很難搬運。」伊森嘆道：「這種情況，還是不要有大象的好。」

「或許我們途中能在某個地方放他下船？」謝伊說著瞄史黛拉一眼。

她嘆說：「那樣一來，就會耽誤追上菲利克斯的時間了，但我想，硬是帶他跟我們去女巫山，也不太公平。」雪停了，但一片雲朵飄過，史黛拉從船側望出去，發現他們已經飛得很高了，四周都是雲朵。「說到這個，」她說：「有人知道怎麼開飛船嗎？」

「我要在某個文明的地方下船。」男孩說：「不能莫名其妙的把我丟到冰凍群島上。」

「如果你不想莫名其妙的被丟包，那就最好快點學會禮貌。」伊森喝道：「你有名字嗎？還是我們叫你臭屁孩就行了？」

「伊森，別那麼凶。」史黛拉說，雖然她並不特別想幫這個叢林貓男生說話，但他們有可能只是一開始不對盤而已。畢竟她第一次遇見伊森時，也不怎麼喜歡他。或許她若真的很友善，待他很好，那他就會明白，她並不是別人所想的邪惡反派了。到時他可以把事實回報給他父親，他父親或許就會撤回對她的抱怨了。

男孩憤憤的瞪著伊森說：「我的名字叫吉迪恩．格拉海．史邁思。」

「我的天啊！」伊森說：「你也太慘了吧。所以你是做什麼的？」他看著男孩時髦的髮型，然後說道：「該不會是遠征隊的理髮師吧？」

吉迪恩拍掉夾克上的雪花，稍挺直腰桿說：「你酸夠了嗎？我是野餐大師。」

其他探險家全盯著他。

「麻煩你再說一遍？」伊森終於開口：「野餐大師究竟是什麼？」

「當然就是受過精良訓練，深諳遠征隊野餐正確規矩和禮儀的人。」吉迪恩答說。

「我的媽呀。」謝伊搖搖頭。「你就只會這個嗎？聽起來對遠征沒什麼太大用處。」

吉迪恩看起來很不高興。「野餐是遠征探險最重要的一環。」他說：「就連像你這樣的小孩子，也應該要知道。」

「呃，你好像已經知道我是誰了。」史黛拉說：「順道一提，我是航海家。這位是謝伊・史佛頓・吉卜林，還有豆豆・桑普森・史密斯，以及伊森・愛德華・盧克，他們分別是狼語者、醫師和巫師。還有那是巴斯特。」她指著正在他們腳邊重重踩著步伐亂走的暴龍說：「牠在附近時，請小心你的鞋帶。」

可是吉迪恩似乎沒怎麼注意聽她說，只是盯著前方的繫泊錨，最後他終於問：「錨呢？」

「噢，在俱樂部那邊。」史黛拉說：「我們為了逃跑，只好解開繫繩。」

史黛拉沒想到，吉迪恩竟然一臉驚恐，張口結舌的看著她：「你們把所有錨都留下來了嗎？」他倒抽口氣說。

「當然。」伊森說：「如果把錨留在船上，船就飛不起來了，不是嗎？」

吉迪恩怒目瞪著巫師。「你們這些**白痴**！那些是**魔法泊錨**，一旦放到船上，就會變得沒有重量。」

「你大概忙著在吊床上睡覺，所以沒注意到，可是我們哪有時間管那些錨。」謝伊說。

叢林貓探險家呻吟說：「你們不懂。那些錨是唯一能讓飛船安全降落的辦法，沒有那些錨，我們就沒戲唱了。」

「這種時候還唱戲是不是怪怪的？」豆豆說：「尤其我們得撞到地面的話。」

吉迪恩瞪著他。「不是，不是的。」他很不耐煩的說：「我的意思是，我們就死定了。」

豆豆擔心的看著他。「我們又沒死。」他說：「也許你從吊床跌下來時，撞到頭部了？也許你應該躺下來。」

吉迪恩生氣的看著他說：「你是在取笑我，還是你真的有病？」

「好了，夠了。」伊森拍了吉迪恩的後腦勺一下，男孩哀叫一聲。「你先是對史黛拉出言不遜，現在又侮辱豆豆。除了我，不許有人羞辱或取笑豆豆。看在老天份上，你給我閉嘴。」

「我們就要墜毀了，」吉迪恩哀號：「過程中有可能大家全部喪命。」

「那樣的話，恐怕我們無法讓你中途下船了。」史黛拉歉然的說：「我們得直接去女巫山，然後祈禱能有好結果。」

吉迪恩再度用手摀住臉。「死定了。」他說：「你害我們大家死定了。」

「你最好拿出女巫山的地圖，開始領航。」伊森對史黛拉說：「否則我們只是在到處亂飄。」

史黛拉取下肩上的地圖筒，正想抽出地圖，這時附近某處突然傳來清晰無誤的鼓聲。

「那是什麼？」謝伊左顧右盼的問。

吉迪恩．格拉海．史邁思重重嘆了口氣，然後默默推開他的吊床，露出吊床底下的四名小仙子。他們跟住在史黛拉家花園裡的小仙子很不一樣，有著綠色皮膚，身穿用葉子製成的束腰外衣，腰帶上還插著彈弓。除此之外，他們耳上都懸掛著可怕的蛇牙，深藍色的頭髮也梳成凶狠的尖刺。其中一名小仙子狂烈的敲著一面小鼓，剩下三人則蹦蹦跳跳的一邊翻筋斗、後空翻，一邊重複不斷的吟唱著：

「**哈呀呀呀，哈呀呀呀，哈呀呀呀！**」

「我的媽呀——他們是誰？」伊森疑心重重的望著他們。

「當然是叢林貓小仙子啦！」吉迪恩不屑的說：「你難道沒看見他們的叢林彈弓嗎？他們住在飛船上，陪父親參與所有遠征探險。」

「呃，他們除了**哈呀呀呀**之外，還會說別的話嗎？」伊森問。

「那是他們的死亡之歌。」吉迪恩鬱悶的說：「每次有厄運降臨時，他們就會那樣唱。」

「能不能拜託你別再說『死亡』兩個字了？」謝伊問道：「老實說，一點幫助都沒有。這些小仙子可有名字？」

「哈米納、哈里耶、哈斐瑞、穆塔發。」吉迪恩分別指著他們說，然後又指著打鼓的小仙子表示：「穆塔發是他們的領袖，因為他的髮型最奇特。」

穆塔發一聽，便傲然的抬起頭。提到頭髮，吉迪恩似乎也想起了自己的頭髮，因為他又開始撫摸自己的頭髮了，接著從口袋掏出一面鏡子，檢視自己的容貌。

「叢林小仙子是遠征時的一大利器，會預先對我們警示危險。」他說，然後收起鏡子。「不管做什麼，別惹他們不高興就對了，否則他們會拿出彈弓，用臭莓果射我們。」

史黛拉嘆口氣，她好想念家中花園裡那些跳舞的美麗小仙子。

「噢，天啊。」伊森說：「希望他們知道我們要去女巫山後，不會生氣。」

「不見得哦。」吉迪恩答說：「大家都說，叢林小仙子是世界上最強悍的探險家，說不定他們到了危機重重的地方，反而會很開心。」這位叢林貓探險家嘆著氣搖頭說：「沒有人能活著從女巫山回來。」

「每個人都那麼說。」史黛拉表示：「可是女巫獵人不就是去那裡嗎？如果女巫獵人能夠活命，我相信我們也可以。」

第九章

雪魔法

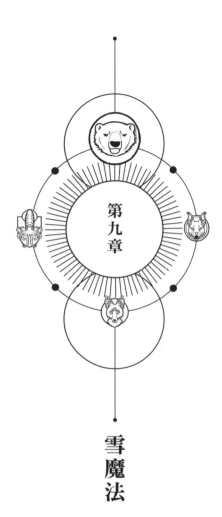

沒有一位少年探險家搭過飛船，而吉迪恩一副不想幫忙的樣子，懶得解釋船要怎麼開。這位叢林貓探險家大剌剌的走開背對他們，站到甲板的另一端。不過幸好謝伊那本破舊的《菲利巴斯特隊長的探險與探索指南》裡，有一大段關於飛行船的章節。

「看起來跟潛水艇的開法很像。」伊森看著圖解表示。圖解極其詳細，有吊纜、進氣口、導流錐，以及其他名稱十分有趣的物件，所有東西都清楚的寫上標示。

「我覺得氣囊很像潛艇的壓載艙。」

「開飛船旅行時，」史黛拉大聲讀道：「最重要的，就是一定要記得關氣閥，否則會導致火花外露。飛船上的火花，經常引發火災、災難，以及可怕的迫降。」

探險家們面面相覷。

「我們絕不希望會發生任何災難性的迫降。」謝伊說。

「有一百零三名叢林貓探險家死於飛船墜毀，自從——」豆豆才開口，便立即遭到其他人制止。大夥都覺得壓力山大，因為他們僅能憑藉著菲利巴斯特隊長的幾張圖解，努力找出駕駛飛船的方法，完全不希望豆豆再來添亂，告訴他們摔船的死亡人數。

幸好四個人把菲利巴斯特隊長的指南傳閱半天，並拚命參照圖解後，終於覺得自己可以應付這部機器，不太可能做出會引起火災或災難的事了。

「幸好我終究還是把**指南**帶來了。」謝伊說著，把書塞回自己的口袋裡。「畢竟上次這本書其實沒那麼好用，對吧？」

「運氣超好的。」史黛拉說，她望著地圖。「所以——如果我計算正確的話，我們應該在早上之前就會抵達，接著只要想出安全的著陸辦法就行了。」

菲利克斯此刻不知人在何方，史黛拉真是心急如焚。萬一他們已經遲了呢？說不定女巫已經抓到他了，而他們只能找到菲利克斯躺在雪地裡的屍體？史黛拉咬牙甩開這個畫面，她不能去想這種事。

太陽下山了，天色很快轉黑，飛船繼續飛過寂靜的夜空。太陽一下山，一群火精靈便甦醒了，在他們的燈籠裡嗡嗡飛繞，放出明豔的紅光。史黛拉原本擔心他們是被抓來，硬關進燈籠裡的，可是當她走過去查看，是否需要釋放他們時，卻看到小精靈全穿著有叢林貓探險家俱樂部冠飾印章的小背心。

「叢林貓探險家俱樂部跟小仙子的關係非常進步。」菲利克斯曾告訴她說：「他們是唯一絕不會把小仙子釘住去做展示的俱樂部，他們跟叢林小仙子建立了非常好的關係，甚至還會雇用火精靈、河精靈、樹妖和寺廟精靈，做為遠征隊的嚮導，並且也都提供很豐厚的報酬。為俱樂部工作一個月，可以餵飽家人一整年。」

於是史黛拉跟火精靈打了招呼後，便讓他們去忙自己的工作了。甲板上很冷，尤其又開始下雪了，昏暗的夜空飄滿雪花。史黛拉以為甲板底下會有船艙，可是謝伊問吉迪恩時，他卻搖搖頭。

「那乘客要睡哪兒？」

「當然是睡吊床了。」吉迪恩指指身後自己的吊床說，這時他才發現，叢林小仙子全忙著在旁邊繫自己的小吊床。「噢，你們非得把吊床綁在那裡嗎？」他呻吟說：「你們整夜在我旁邊打鼓，我最好是能睡得著啦。」

髮型最誇張的小仙子——穆塔發——從他的樹葉外衣口袋中掏出一小顆紅莓果，直接對著吉迪恩射過去。莓果**啪**的一聲打在帥氣男孩的臉頰上，立即散發一股惡臭，甚至比北極熊便便、發霉的起司和毛茸茸的山怪腳加起來都還要難聞。

吉迪恩尖叫一聲轉過身，結果匆忙中他的腳把小仙子們的吊床扯下來了。吉迪恩越過甲板逃開時，穆塔發又裝好了彈弓，準備射出第二發。

「你們願意的話，可以把吊床架到我的吊床邊。」史黛拉連忙對小仙子們說。真的沒有人希望看到臭莓果在身邊四處亂飛。哈米納掙扎著想從罩住她的吊床裡出來，因此史黛拉拎起她頭上的吊床，仔細摺好，然後把吊床還給她。小仙子把吊床夾到腋下，對史黛拉咧嘴一笑。「我待會兒再幫你把床架起來。」史黛拉說：「我以前沒睡過吊床，不過聽起來非常有意思。」

「噢，是啊。」伊森嘆口氣說：「太有意思了，而且好冷，又不舒服。」

他們丟下打理吊床的小仙子，走過甲板，來到吉迪恩身邊，吉迪恩正拿著野餐用的餐巾擦臉，他被臭氣薰到淚水汪汪，而且臉漲得好紅。

「也許你應該聽聽自己的建議，別惹叢林仙子不開心。」伊森開心的調侃。

吉迪恩拿出口袋裡的鏡子，開始把頭髮往後梳理。「喂，你能不能停個五分鐘，別再管你的儀表了？」伊森說。他瞄向其他人，然後表示：「我快餓死了，我們有沒有足夠的食物，能湊一頓飯？」

「我帶了一些果凍豆。」豆豆說：「還有一些起司和麵包。」

「我有一隻冷掉的烤雞。」謝伊說：「還有一瓶烤肉醬。」

伊森看著史黛拉說：「我們路上還剩下一些紫果凍和杏仁蛋白糊，對不對？」

「沒了，都沒啦。」吉迪恩嘟囔說。

大夥轉身看他。「你說什麼？」伊森問，「要是你偷吃掉我們最後剩下的杏仁蛋白糊，我真的會……」

「不是我。」吉迪恩指著肩後說：「是他們。」

眾人瞪著甲板上四名癱在吊床邊的叢林小仙子，他們舔著嘴，鼓著大肚子。大夥的食糧就只剩下幾粒餅乾屑和幾抹烤肉醬了。

「叢林仙子會吃光所有沒固定住或鎖起來的東西。」探險家們正慌忙檢查自己的包包和口袋時，吉迪恩說：「萬一沒東西吃，他們甚至會吃臭莓果，而且他們是非常賊的小偷。你們都不知道嗎？」

「我簡直無法相信！」謝伊翻著自己的袋子說：「這裡本來有**一整隻**烤雞！四隻小仙子不可能把整隻雞都吃掉了吧。」

「千萬不要低估叢林小仙子的食量。」吉迪恩自鳴得意的說。

「你知道嗎？如果你能在他們吃光我們的補給**之前**，就告訴我們，可能會比較有幫助。」謝伊嘆道。

坐在謝伊身邊的柯亞站起身，走過去檢視小仙子。其中一名仙子拿起身邊的彈弓，慵懶而心不在焉的瞄著柯亞，然後嘀咕一聲，把彈弓丟在地上，顯然覺得太費力了。

「船上有什麼可以吃的東西嗎？」巫師問，望著通往甲板下方的梯子。

「當然有了。」吉迪恩把鏡子收回口袋說，然後掰起手指數道：「除了滿滿的食物儲藏室外，我們還有香檳冰室、司康餅屋、一個果醬和醃漬物櫃，還有凝脂奶油奶酪房。」

伊森哼道：「什麼是奶酪房？」

「當然就是我們製作奶酪的地方嘛！」吉迪恩喝道：「司康餅要用的，不然你以為瑪格莉特為什麼會在這裡？」

他對著甲板另一端揮揮手，這時其他人才首次注意到，那邊站了一頭有著黑白花紋的母牛。牠正開心的嚼著草，若有所思的望著飄過的雲朵。

「這種事你不可能自己瞎編吧？你真的掰不出來。」伊森不可置信的說。

「既然現在你們帶來的那一丁點食物，都被叢林小仙子吃光了，我想你們應該會覺得我們的食物補給非常有用。」吉迪恩說：「我去拿野餐用品，到時各位自會明白，探險家野餐時有多麼**文明**了。」

他消失在梯子底下，史黛拉遲疑片刻後也跟下去了。飛船內部亦用火精靈燈照亮，史黛拉看到走廊牆上畫有各種叢林動物，從帶著斑紋的豹、戒心重重的狒狒、飛豹到仙子長頸鹿，應有盡有。甚至有幅河流場景畫著被憤怒河馬攻擊的遠征船，以及一條小小的叢林小仙子船，看似就要被窮凶惡極的食人魚給整艘吞下去了。這些畫看起來凶險又刺激，史黛拉心中暗想，要把叢林也放到她的探險必訪清單上。

她匆匆走過走廊，不久便在廚房——或飛船上所稱的艦廚中——找到吉迪恩了。

「我能幫什麼忙嗎？」她問。

聽到她的聲音，叢林貓探險家驚跳起來，差點打翻手裡的巨大野餐籃，這是他剛剛從櫃子頂層拿下來的。吉迪恩緊張的瞄她一眼。「不用了。」他說：「我不需要冰雪公主幫忙。」

史黛拉嘆口氣。「我其實人滿好的。」她說：「我知道以前的雪之女王都很可怕，可是我保證，我跟她們不一樣。」

「也許你現在不像。」吉迪恩答道：「可是我父親說，所有的冰雪公主最後都會變成邪惡的雪之女王，那只是遲早的問題。」

史黛拉決定試試別的辦法。「你人真好，願意幫我們準備野餐。」她說：「我們真的很感激你……」

「我這麼做不是為了當好人！」吉迪恩厲聲打斷她說：「我這麼做，是因為任何稱職的叢林貓探險家，都會為客人準備豐盛的野餐，**即使**是不請自來的客人！」

說完，吉迪恩鎖上櫃子，拎起柳條編籃，粗魯的衝過史黛拉身邊，害她被迫往後跳到牆邊，才不至被撞倒。史黛拉嘆口氣，比任何時候都希望自己只是個平凡的探險家，而不是冰雪公主。這樣菲利克斯就不會遇到危險了，而那些素未謀面的探險家，也不會在沒見過她之前，便認定她是個危險的壞人了。史黛拉心情低落的走回甲板上，晃過去跟瑪格莉特打招呼。母牛極為友善，牠那對棕色的大眼睛和軟呼呼的鼻子，讓史黛拉的心情好過一些。

「嘿，小火花。」謝伊走到她身邊說：「都還好嗎？」

史黛拉聳聳肩，用手撫著瑪格莉特滑順的毛皮。

「你該不會把那個白痴的話放在心上吧？」謝伊用大拇指比著肩後的吉迪恩說。吉迪恩正叮鈴噹啷的在張羅茶杯，以及把餐巾摺成複雜的河馬形狀。

「他不是唯一那樣想的人。」史黛拉靜靜的說：「最糟的是，他說得對，你也看過上次遠征的狀況了，如果我太常使用頭冠，確實會變得冷酷。我**真的**很危險。」

謝伊抬手搔著瑪格莉特耳後。「任何人遇到必要狀況，都可能變得危險。」他說：「有的時候，一般人才是最危險的。何況，人們總是對不了解的事感到害怕。要不然，你以為我們後來為何非離開我們的村子不可？村民跟野狼發生糾紛——由於我能跟牠們對話——有些人便認為，我一定跟那些攻擊村子的狼群脫不了干係，說不定是我煽動牠們那麼做的。我當然沒有，我怎麼可能會那麼做！可是有時人們一激動害怕，就什麼道理都聽不進去了。別讓那些人影響你，小火花。」他伸出手，緊緊抱住史黛拉。史黛拉聞到謝伊身上熟悉的狼味、大地和皮革的氣味，覺得整個人放鬆下來。

她很感激謝伊能如此相信她，最近連她都不太相信自己了。一聲銅鑼響劃破寒冷的空氣，兩人雙雙驚跳起來。他們轉過身看到吉迪恩在天篷底下，腳邊鋪著野餐。「晚餐好了。」他宣布，二度敲響銅鑼。

兩人走過去和其他人會合，天篷底下有幾尊猴子木雕拎著散發柔光與暖意的火精靈燈，綠白相間的格子布上，鋪設得美麗極了，盤子與茶杯全印有叢林貓探險家俱樂部的徽冠，吉迪恩終於成功的把餐巾摺成河馬狀了。光看著食物，史黛拉的肚子就咕嚕咕嚕叫了。一共有堆疊的酥軟司康餅、閃亮的小仙子果醬、迷你三明治、香腸捲、蘇格蘭蛋，最棒的是形狀完美的象形小蛋糕，甚至還有白糖做成的象牙。

「看起來好棒呀！」史黛拉大喊。

「你們這些野蠻人要不要先去換個吃晚餐的衣服？」吉迪恩要求。

史黛拉首次注意到，叢林貓探險家已經換上有漂亮錦緞裁邊的綠色天鵝絨背心了，背心的銀釦上蓋了探險家俱樂部的冠徽。吉迪恩似乎很得意，不斷用身邊一盞燈籠的玻璃檢查自己的模樣。

「我們沒帶任何漂亮的衣服。」豆豆說：「漂亮衣服在遠征時並不實用。」

「連叢林小仙子都懂得講究了。」吉迪恩指指小仙子，這時其他人才發現，小仙子們都戴上了領結，甚至還有一頂頗為破爛的帽子，在四個仙子之間不斷傳來傳去。

史黛拉轉身對小仙子們說：「你們看起來都好漂亮。」

「哈米納！」吉迪恩說：「快給我從茶杯裡出來！」

叢林小仙子大剌剌的橫躺在其中一隻茶杯裡，吉迪恩將她趕出來時，挺不樂意的嘟囔著。四位叢林仙子在野餐墊邊盤腿坐成一排，拿著從某處弄來的木盤子，滿心期待的對吉迪恩捧著。

可是探險家搖搖頭說：「你們很清楚規矩，除非你們帶來獻禮，否則不能參加野餐。」

小仙子咚的放下木盤子，匆匆奔往別處，幾位探險家則在墊子上坐定。史黛拉拿起一塊象形蛋糕，放到自己的盤子上，可是蛋糕實在太美了，她不忍心吃。

「你們幾個為什麼想去女巫山？」吉迪恩問，「就算是北極熊探險家俱樂部的人，也太誇張了。」

「我父親去女巫山獵巫。」史黛拉說：「我們想去幫他的忙。」

「噢，天哪，我就怕會是那樣。」

這時叢林仙子們回來了，四人合力抬著一個盤子。他們把盤子放到野餐毯子上，史黛拉發現上面堆滿看起來像食人魚杯子蛋糕的東西，蛋糕上有尖利的糖牙和黑黝黝的巧克力魚鰭。

「哇！」她看著蛋糕說：「好別緻啊！」

「我不知道他們把那堆蛋糕藏在哪裡。」吉迪恩嘀咕說：「我翻遍船上，到處都找不到。好吧，坐下。」他對小仙子說，他們期待的捧起盤子，叢林貓探險家在每個人的盤上放了些食物，叢林小仙子便高高興興的開吃了。

大夥安靜的吃著，每個人都各懷心事。吃完後，穆塔發大步走向史黛拉，然後遞上一塊飾有花朵的杯子蛋糕。

「哦，天啊。」史黛拉說：「太謝謝你了！好可愛呀！」

叢林小仙子再次彎腰鞠躬，然後才飛回去加入同伴，他們全對著史黛拉送飛吻。

「叛徒。」吉迪恩嘟囔說。

史黛拉不理他，也對小仙子回送飛吻。

「要喝叢林飲料嗎？」吉迪恩問，突然間拿起一大罐橘色氣泡飲。史黛拉看到裡頭飄著河馬形狀的冰塊，還有一個做成遠征船的特大冰塊，冰船上面甚至站著小小的探險家，還拿著望遠鏡。

「那跟老虎飲料是一樣的東西嗎？」豆豆狐疑的看著酒問，「因為如果喝了會讓人發瘋，那我寧可不喝。」

「這是不一樣的。」吉迪恩用斥責的口吻說：「這頓野餐裡沒有一樣東西會害你變得比你現在更瘋狂。」他頓一下，然後又說：「但格雷斯多克隊長的遠征風味煙燻魚子醬不無可能。」他指著中央一小碗黑溜溜的東西說：「如果吃太多，會有點恍神。」

吉迪恩把印著猴子與香蕉圖案的紙傘，放到每個人的茶杯裡。叢林小仙子也拿出他們頂針大小的木桶子，穆塔發期待的對吉迪恩捧起桶子。

「不行！」吉迪恩斥說：「沒有足夠的酒讓你們喝，你們知道規矩的，客人優先。」

「我才不要喝那種可怕的東西。」伊森對著飲料皺起鼻子說：「小仙子可以喝我的份。」

「可是你們大家一定都得試試叢林飲料。」吉迪恩哀求說。

「你要是那麼喜歡，就都自己喝啊。」伊森對著叢林貓男孩瞇起眼睛。「幹麼非要我們喝不可？」

「我才沒有。」吉迪恩很快的說：「我只是在努力招待客人罷了，不過我實在不懂，幹麼要大費周章的招待北極熊探險家俱樂部的人。」

「不許把我當成北極熊探險家俱樂部的會員！」伊森哼說：「我是海鰍魚探險家俱樂部的人，那是最棒的俱樂部。事實上，海鰍魚在各方面都遠遠勝過你們幾位的俱樂部。」

正當少年探險家們在為俱樂部的事爭執不下時，叢林小仙子已不知從何處拿來一把小梯子，架在飲料罐旁邊了。穆塔發爬到梯頂，拿起木製酒杯往下舀，裝滿後遞回給下頭的哈米納，哈米納貪心的一口乾掉。

吉迪恩突然注意到他們，他憤怒的大叫一聲，伸手推落梯子上的穆塔發。可惜他力道沒有拿捏好，把整罐酒都打翻了。橘色的飲料潑灑在野餐墊上，穆塔發被淋成了落湯雞。

「瞧你們幹的**好事**！」吉迪恩大罵：「你們這幾個壞東西！」

他舉起手臂，那一刻史黛拉好怕他真的要打其中一位小仙子，但謝伊立即抓住他的手腕說：「如果你想找人打架，何不找個塊頭跟你旗鼓相當的人？」

吉迪恩狠狠瞪著謝伊，謝伊只是鎮定的瞪回去。影子狼柯亞在他身邊現身，柯亞顯然沒把叢林貓探險家放在眼裡，因為牠沒有凶惡的露出牙齒。儘管牠並沒有實質的身體，吉迪恩還是慌忙的抽回自己的手。

穆塔發站起來，全身溼答答的一跛一跛走回野餐墊邊緣，看來十分狼狽哀怨。

「噢，心愛的，你從梯子上跌下來，可有受傷？」史黛拉發現他跛著腳時問。

「豆豆，你過來，我想這位小仙子受傷了。」

豆豆不僅在研讀醫學，而且因為有精靈的血緣，天生具有治療的魔力。他直接走過去，對穆塔發解釋說，他若願意的話，自己可以讓他的腿舒服些。小仙子伸出腿，豆豆抬起手放到離腿幾公分的地方，一道綠色的柔光從豆豆指尖發出，環繞了小仙子片刻。

「好了。」豆豆說：「你現在感覺應該好多了。」

小仙子小心翼翼的試了試自己的腿，顯然對結果很滿意，他又跑又跺腳，然後蹦蹦跳跳的回到其他同伴身邊。少年探險家們在收拾剩下的野餐時，豆豆發現四位叢林小仙子正在練習倒立。

吉迪恩告訴大家吊床和毛毯的擺置處，四位探險家把自己的床繫在篷子下，就在吉迪恩的吊床旁邊。這種安排並不是很理想，史黛拉突然好想念自己家裡的床。結了霜的飛船甲板並不舒適，而且她對於即將到來的探險，一點也感覺不到興奮，因為她越來越擔心菲利克斯了。何況他們這回其實不是去遠征探險，而是去救援，直接前往一個他們明知危險叢生的地方。因此沒有上一次的興奮感，只有各式各樣的憂懼。

為了讓自己分心，史黛拉把叢林小仙子們召集過來，幫他們把吊床綁到自己的吊床邊。哈米納和巴斯特起了一點爭執，因為巴斯特在亂抓哈米納的吊床，史黛拉只好拿出一條自己的手帕，幫恐龍做一張牠專屬的小吊床。終於，所有人都安靜下來，準備睡覺了。

軟如羊毛的毯子其實相當溫暖，吊床也非常舒服。史黛拉喜歡吊床輕輕搖擺的感覺，以及繩子細細的擠壓聲，加上叢林小仙子呼嚕嚕的鼾聲，交織成舒緩的背景音，伴著飛船航過靜謐寒冷的夜晚。

她望向吉迪恩，他已換上一件非常華麗的晨衣和同一款的寢帽，舒服的背對大家，躺在他的吊床上了。這位叢林貓男孩實在倒楣至極，才會不巧剛好在船上。他的出現令史黛拉十分不安，此人跟他們顯然不是同路人。她擔心吉迪恩一逮到機會，就會壞他們的事。

「小火花。」謝伊在她旁邊的吊床上悄聲說。史黛拉轉身看他，狼語者挑著一邊眉毛說：「我在想，也許我們應該輪流守夜，看住那邊的叢林貓。」他朝吉迪恩點點頭。「我覺得他有可能一逮到機會，就會出賣我們。」

史黛拉嘆口氣。「我也正在想同樣的事。」她悄聲回說：「我們若能有個守衛之類的，來盯住他……」

話還沒說完，史黛拉的指尖便啪啪冒出藍色的火花了，就像上次在家裡出現雪獨角獸時一樣，火花紛紛落到他們吊床底下的冰霜上，謝伊和史黛拉雙雙往下看。

有個形狀開始在他們眼前從雪中聚形，最先只是一坨，接著生出粗粗的腿和手臂，最後冒出一顆頭來。白雪一陣拂動，變成鬆亂的絨毛，將那東西從頭到腳覆蓋住。銳利的尖牙從那東西的唇邊伸出來，雙手也生出了爪子。毫無疑問，那是雪怪，一隻完全用雪做成的迷你雪怪。真正的雪怪可以高達十八公尺，甚至更高，但史黛拉若站到這隻雪怪旁邊，牠只到她的腰部。

「這是你剛才變出來的嗎？」謝伊瞪著問。

「我……我不確定。」她回答說。

雪怪朝史黛拉眨眨眼，然後慢慢彎下腰，顯然是在對她行禮。雪怪站直身子，然後開始在吊床尾端走來走去，一雙大腳咿咿呀呀的踩著霜雪。

「我想他會幫我們盯梢。」史黛拉說。

「史黛拉，你剛才是怎麼弄的？」謝伊問。「我還以為，你只有戴著頭冠才能施展冰魔法。」

「我不知道。」她答說：「我在家時也發生過類似的事。當時我心裡只想著，如果能有隻雪獨角獸，一定很酷，然後突然間，就出現一隻獨角獸了。」

「你會感覺到寒意嗎？」謝伊問：「就像你使用頭冠時那樣？」

「不會。」史黛拉搖搖頭。「我其實不覺得冷，也許是因為雪魔法比冰魔法來得溫和吧？我真的覺得是那樣，如果……如果真的是那樣的話。」

「也許吧。」謝伊看著雪怪小哨兵。「我想，我們對雪之女王和冰雪公主的事，都還有很多不了解的地方。」

他們留下雪怪負責守衛，各自在吊床中躺下。等他們抵達女巫山後，得耗費全副的心神，而一夜好眠絕對會有幫助。

「我就來了，菲利克斯。」史黛拉喃喃的說：「我要來救你了，不管你喜不喜歡。」

＊

史黛拉才睡著沒多久，便被吼叫聲吵醒了。她猛然坐起，發現亂吼亂叫的，正是她的雪怪。雪怪站在她的吊床尾端，對著寒冷的暗夜咆哮。接著，伊森翻下他的吊床，衝到吉迪恩所站的大舵輪邊。伊森大吼了幾句話，然後兩個人便扭打成一團了。史黛拉七手八腳的從吊床上下來，衝過冰冷的甲板，往他們兩人奔過去。謝伊也在同時間趕到，他把伊森從叢林貓探險家的身上架開。

「你們兩個到底在吵什麼？」他問：「幹麼不讓人好好睡覺？」

「他把飛船調頭了！」伊森指著吉迪恩說：「我就知道他不安好心，我早就料到了！要不是雪怪把我吵醒，說不定他就得逞了。」伊森回頭指向雪怪所在的地方，但雪怪已經融化掉了。

「雪怪是我做出來幫忙守衛的。」史黛拉說。

吉迪恩一聽，臉色刷的一下白掉。「雪魔法。」他呻吟說：「父親說得對。」

「住嘴！」伊森罵道，然後轉向其他人說：「那個喝了叢林飲料的小仙子昏死過去了，你們知道為什麼嗎？因為飲料被下了藥。我可以拿自己的生命作賭注！

所以他才會那麼堅持要大家都喝。」

「就算是又怎樣？」吉迪恩喘著氣說：「我不能去女巫山！山上全是女巫！她們一定會把我變成毒菌，拿去做成難喝的湯！」

豆豆也湊上來了，他戴著自己最愛的毛帽，一臉困惑。「什麼湯？怎麼回事？幹麼每個人都在大吼大叫？」

「他把飛船調頭了。」伊森說：「我們正往女巫山的反方向行駛。」他掙脫開謝伊的手，大步走到舵盤邊奮力一轉，飛船突然往左傾斜，每個人都踉蹌的保持站直。史黛拉清楚的聽到船下傳出乒乒乓乓、茶杯撞碎的聲音。

「你們這些壞人！」吉迪恩喘著氣說：「你們會付出代價的，我跟你們保證。我父親會——」

伊森伸手射出一道光，下一秒，吉迪恩消失了。原地出現一隻鼓著淡褐色眼睛、有著紫色斑點的小青蛙。豆豆立刻打起噴嚏，因為他對青蛙超級過敏。

「我的天！」史黛拉倒抽口氣。「你是故意弄的嗎？」

伊森挺直腰桿說：「當然。」

「你知道嗎？也許你不該那麼做。」謝伊搔著頸背。「現在他只會更生我們的氣了。」

「我才不在乎他有多生氣！」伊森大聲說：「我自己都快氣死了！」

青蛙眨了一下眼，然後開始在甲板上四處亂跳，驚慌的大聲鳴叫。

「唉，別吵啦！」伊森說：「相信我，我本來可以把你變成更糟的東西。」

他手往下一探，撈起青蛙，試圖將他塞到自己的披風口袋裡。由於青蛙死命掙扎，似乎有點難辦，但伊森終於成功的硬把他塞進口袋，牢牢的拉上拉鍊了。

「天啊！」史黛拉看著那坨扭動的蛙形說：「他在裡面不會有事吧？」

「他好得很。」伊森啐道：「至少這樣一來，我們大家可以安心睡個好覺，不必擔心明早一覺醒來，發現我們停在叢林貓探險家俱樂部外面了。」

他轉身大步越過甲板，謝伊搖搖頭。「他真的得好好控制自己的脾氣。」他說：

「我這輩子真沒遇過這麼跋扈的人。」

豆豆聳聳肩，「至少伊森把吉迪恩變成軟趴趴的綿綿蛙——綿綿蛙就算被壓得扁扁的，也不會受傷，所以吉迪恩在伊森的口袋裡過一夜，應該不會有問題。」

謝伊打了個寒顫。「這是什麼話。」他說：「不過我想，算他活該吧。」

探險家們回到自己的吊床，史黛拉發現，關於叢林小仙子的狀況，伊森說得一點都沒錯。巴斯特把哈米納擠出她的吊床，趕到地板上了，但小仙子竟然都沒醒。史黛拉輕輕將她撿起來，放到巴斯特的吊床裡，幫她蓋上手帕，然後才爬進自己的吊床，回去睡覺。

第十章

抵達女巫山

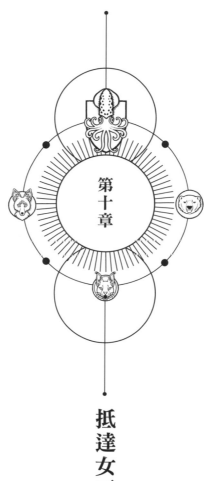

幾個小時後，史黛拉被唱誦死亡之歌的叢林小仙子吵醒了，這實在不是個太好的甦醒模式，尤其在他們遠征首日。

「**哈呀呀呀，哈呀呀呀，哈呀哈呀，哈呀呀呀——**」

「天啊，有沒有開關，可以把這些玩意兒關掉！」伊森在他的吊床裡呻吟說。

「我們抵達女巫山了。」謝伊在欄杆邊說：「若說有什麼適合吟唱死亡之歌的時機，我想就是現在了。」

史黛拉猛然從吊床上坐起，差點跌了出來。她掙扎著下床，匆匆趕到欄杆邊的謝伊身旁，其他人跟在後方。一時之間，四個人站在那兒，恐懼而沉默的望著。回瞪他們的，是幾百張邪惡的面容。飛船在黎明前抵達，女巫山上覆滿了點燃的南瓜燈，橘光映著漆黑的天空，燭光搖曳，透著不祥的氣息。有些南瓜咧嘴而笑，有些面目猙獰，其他的張著雕出的大嘴，像是發出恐怖的尖叫。這地方看起來，並不像是理想的遠征地點。

太陽初升，天空轉成粉紅，燭光在漸出的天光下消失了。陰森詭譎的女巫山十分廣袤，山上罩著白雪和結霜的南瓜，參差的山頭，看起來就像刺破天空的利牙。充滿惡兆的烏雲在女巫山頂旋繞，並時不時的劈下杈雷，看起來超驚悚的，完全不歡迎人們來訪。女巫山的每一件事物，都在叫他們滾回去，別來打擾——包括飄在半山腰的黑色熱氣球上那條懸掛的巨大標示，上面寫著：**勿入！僅限女巫！**

此時在天光下，他們看出女巫山實際上是一座島，四周環繞著冰冷的黑色海水。海岸邊泊著一艘大帆船，隨著湧動的海波起伏不定。

「天哪，希望那不是海盜船。」豆豆低頭望著船說：「如果是的話，他們說不定隨時會對我們開砲，我們一定會被射下去。」

史黛拉從包包裡抽出望遠鏡，瞄準底下的船隻。「那不是海盜船。」她說，大夥聽到後都鬆了口氣。「船上飄著獵人的旗幟，那是獵人的船。」

「呃，很好，這下子我們可以確定自己來對地方了。」謝伊說。

「我想現在只要讓飛船迫降就好了。」史黛拉瞄了伊森一眼，然後問：「吉

迪恩呢？」

「還在我的口袋裡。」巫師答道。

「你應該放他出來了。」史黛拉說：「確定他沒事。」

「他沒事啦。」伊森答道：「我可以感覺他在四處扭動。」

不過伊森還是拉開口袋拉鍊，把掙扎不已的青蛙抓出來檢查一番。「瞧。」他說。

青蛙迅速的對他們眨著大眼睛，史黛拉覺得自己這輩子沒見過比這隻青蛙更倒楣的動物了。

「好，我們明白你的意思了。」謝伊說：「現在把他變回來吧。」

「但我比較喜歡他這個樣子。」伊森說。

「把他變回來，你這個臭蝦子。」謝伊咬著牙再次重申。

伊森嘆口氣，但還是用空下的那隻手朝青蛙輕輕一彈，他的指尖射出魔法，但吉迪恩依舊動也不動的維持原貌——絕對還是一隻青蛙。每個人都期待的注視著他，希望稍後會有反應。

「呱！」吉迪恩叫道。

「哇咧。」伊森皺起眉頭。「奇怪了，那應該有用啊。」

「別跟我們說，你忘記咒語了！」史黛拉喊道。

伊森搔搔頭。「也許我剛才不夠專心。」

他又試了幾次，但依然什麼事也沒發生，其他人都開始責怪他。

「喂，冷靜點！」伊森啐道：「說不定我這樣反而是在幫他。」

「別再把他捏那麼緊。」史黛拉說，看到青蛙的眼睛凸成那樣，害她十分緊張，「你會弄傷他的。」

伊森不屑的瞥她一眼。「我當然不會傷害他。」他說：「你以前沒聽說過綿綿蛙嗎？牠們超級軟綿的，要不然你以為我為何要選擇這種動物？你可以盡量隨意拉扯壓扁牠們，也不會有事。」史黛拉驚恐的看著伊森繼續把吉迪恩擠成一小坨青蛙狀。「其實牠們就跟橡膠一樣。」伊森接著說：「甚至可以當成球來扔，瞧。」

大夥還來不及阻止，伊森已將無助的青蛙往木甲板上一拍。很不幸的，他低估了綿綿蛙的彈力，小小的蛙球直接彈入空中，然後以驚人的速度飛快朝欄杆邊飛落。史黛拉腦中惶恐的閃過一個念頭，小青蛙有可能就此飛出他們的視線外，遁入雲朵中，再也沒有人看見或聽見他了。幸好謝伊一伸手，青蛙啪的一聲落入他的掌心裡。

「鬧夠了吧。」狼語者用空下的手指著伊森說：「別再炫耀了，不許你再把叢林貓探險家俱樂部主席的兒子當成球，在甲板上拍來拍去。實在太沒禮貌，太過分了。而且我們大家都知道，你會選擇把他變成綿綿蛙，很可能只是因為那是你唯一會變的動物，而不是什麼聰明的策略性選擇。」

史黛拉從謝伊手上接過青蛙，小心翼翼的盡量讓他恢復成青蛙的樣子。

「他應該感謝我。」伊森頑固的堅持說：「我的咒語也許能救他一命，當我們這艘飛船迫降，爆炸起火時，他很可能是唯一從殘骸中爬出去，朝向自由跳走的一個。綿綿蛙幾乎是堅不可摧的。」

「你根本就是胡說八道。」謝伊嗆道。

伊森用食指比著吉迪恩說：「你可以在那隻青蛙身上點火，牠也絕對不會有事。」

謝伊用兩手緊抓住頭說：「**千萬別**在青蛙身上放火！你若那麼做，我們絕對會翻臉大吵一架。」他放下雙手。「還有，別再大聲講那種話了，你會害叢林小仙子亂想。」

史黛拉往下一看，發現穆塔發不知從哪兒弄來一根火柴，正高舉著想遞給她。也許他還在氣昨天被吉迪恩從梯子上打下來的事。穆塔發滿心期待的抬頭望著史黛拉。

「不行，穆塔發。」史黛拉說著，緊緊抓住在掙扎的青蛙。「任何人都不許在別人身上放火，即使對方又凶又壞。」

謝伊從她手上接過吉迪恩，放到自己的披風口袋，拉上拉鍊。「從現在起，由我來照顧他。」謝伊說：「我們可以繼續為這件事吵上好幾個小時，而菲利克斯在這段期間可能已經落到女巫手裡了。我們得想想辦法，看怎麼讓飛船降落。」

「我們可以戳破氣囊。」伊森提議：「這樣飛船就會快速下降了。」

「我有更好的點子。」豆豆說：「一個不會讓飛船墜毀的辦法。」

*

一會兒之後，四位少年探險家翻出飛船上所能找到的每一條野餐毯子，最後成功將所有的毯子綁成一大捲繩。

「你們覺得夠長嗎？」史黛拉問，看著擺在甲板上歪歪扭扭的毯繩。「還有這繩子能撐住我們的重量嗎？」

「只有一個辦法能知道。」謝伊說著拿起這一大捲毯繩，扔到船側外。探險家們探身望去，就眼力所幾，毯繩幾乎一路通到地面。

「應該夠近了。」謝伊說：「至少值得一試。不然萬一我們勉強迫降著陸，等救到菲利克斯，也沒辦法逃了。」

叢林貓小仙子已搜刮所有的餐巾，模仿少年探險家們將餐巾全綁在一起。史黛拉試圖跟他們解釋，真的沒必要這麼麻煩，因為他們有翅膀，能自己輕輕鬆鬆振翅飛下去，但小仙子們似乎很想參與，所以大夥決定任由他們去。當小仙子把自己的繩子扔過船側時，僅有一小段長度，但他們還是非常興奮，躍躍欲試。

史黛拉把巴斯特塞進她的披風口袋裡，她怕巴斯特會亂跑出來，所以將拉鍊拉到牠的脖子，僅露出牠憤憤不平的恐龍臉。

「這是為你好。」她拍拍巴斯特的口鼻說：「暴龍無法彈來跳去。」

四位少年探險家背起背包，伊森堅持要幫豆豆照顧他的木獨角鯨，奧布瑞。這是豆豆父親幫他刻的，後來他父親在最後一次橫越黑暗冰橋的探險時失蹤了，之後豆豆便隨身帶著獨角鯨。可是上次他們在爬高時，豆豆差點弄掉奧布瑞，為了救回獨角鯨，還把伊森一起從梯子上拖下來。

豆豆很不情願的把獨角鯨遞過去，然後四個人便開始驚險的下船了。從繩子往下攀，並不像看上去那麼容易，史黛拉的手臂肌肉吃力到灼痛。繩子感覺怎麼都爬不完，加上繩子被風吹得擺來晃去，每次繩子一晃，大家就好怕其中有個繩結會鬆開，整條繩子就散了。

叢林小仙子很快爬完了餐巾繩，他們拍著翅膀離開繩子，決定停在史黛拉肩上，悠閒的晃著腳，不時抬手拍拍史黛拉的頭，以示鼓勵。

過了一會兒，頭上傳來一聲低沉悠長的哀怨**哞叫**。史黛拉抬起頭，看見走到欄杆邊的瑪格莉特，正一臉心碎的用棕色大眼睛望著船側下的他們。

「我們忘記瑪格莉特了！」史黛拉低頭對男生們喊道。

「誰是瑪格莉特？」伊森問。

「那頭母牛。」

「誰在乎一頭母牛啊？」巫師答說：「情況已經夠糟糕了，我們總不能把牛綁在背上爬下繩子吧，辦得到嗎？而且我們可沒有人想在女巫山多做停留，牠不會有事啦。」

「哎呀。」謝伊突然開口，他終於來到繩子底端了。

「怎麼了？」史黛拉喊問。

「沒有繩子了，而且，呃，高度還有點高。」他回喊說。

其他人往下看，史黛拉一口氣堵在喉裡，伊森發出像是窒息的哀叫，豆豆則呻吟起來。「有點高」實在是輕描淡寫了，繩子尾端懸在雪地上方約十五公尺的高度，任何人鬆開繩子跳下去都會受傷，只有吉迪恩除外，變成綿綿蛙的他，一定能毫髮無傷的彈跳。

「這到底是誰的歪主意？」伊森問。

「值得一試。」豆豆鬱悶的說。

「現在怎麼辦？」謝伊問。

「我們得爬回去。」豆豆答說。

史黛拉害怕極了，她爬下來時已經耗掉所有力氣，整個人筋疲力竭。爬上去的難度又更高，她擔心自己沒有力氣辦到；何況，毯子已開始被他們的重量扯到緊繃了，她不止一次感覺到有東西鬆開。那些繩結到目前為止雖然都還綁著，可是只要有一個結鬆開，他們就會像石頭一樣全掉到地上了。

返回飛船，似乎是唯一可行的選擇。史黛拉想起自己剛加入北極熊探險家俱樂部時，發過的探險家誓約：

我會咬緊牙關，保持冷靜，義無反顧的繼續前行……即使在千鈞一髮，死裡逃生之時，因為那是勇敢的紳士探險家在探索全球時不可避免的經歷。

史黛拉在寒風中咬緊牙關，探險家不會無助的吊在繩子上，承認自己被擊敗——他們會繼續挺進，該做什麼就做什麼。於是，史黛拉緩慢而堅定的，一手越過另一隻手，展開攀回飛船這段漫長艱辛的路程。她的手臂像著了火，得傾注所有心力才不至大聲呻吟。當她抬起頭，希望自己快要抵達時，卻發現連半途都還不到，而且還有另一個毯子的綁結在她手底下鬆開，繩子又被拖長了。瑪格莉特的臉從好一段距離之外溫吞吞的望著她。

有股強風把繩子吹得大幅度打轉，史黛拉聽到伊森在她下方重重抽了口氣，大家都抓得死緊，求能保住小命。

「沒有用的。」巫師喊說：「我們永遠爬不上去，繩子快散了。我覺得，我若把大家都變成綿綿蛙，說不定我們還有機會。」

這個建議引來眾人大聲抗議。

「總比**死掉**好，不是嗎？」伊森說。

「是嗎？」豆豆問。「那我們就再也別想當人了，因為可能沒有人可以再把我們變回人類。」

「也許我們可以找個女巫來幫忙。」伊森說：「畢竟我們**就是在**女巫山上。」

「要是有五隻青蛙跳進女巫的洞穴，我不認為她的第一個念頭會是想到如何幫牠們。」謝伊說：「反而比較可能把我們直接丟進滾沸的大鍋裡。」

「你們知道嗎？在綿綿蛙身上放火，真的不會傷到牠們。」豆豆說：「伊森說得沒錯，因此綿綿蛙可能也可以在沸水中活下來。如果女巫把我們丟進大鍋子裡，我們可以毫髮無傷的再跳出來。」

「但還是青蛙。」謝伊指出這點。

另一股強風吹在繩子上，史黛拉拚命抓緊繩子，她的手凍得發麻，連手指頭都沒感覺了。雙手冰凍的史黛拉，聽到眾人的青蛙之爭，開始有點慌亂。但就在此時，她前方突然出現了不知道從哪來的某樣神奇東西——那東西太棒了，史黛拉一時之間還以為是自己的幻想。

那是一張魔毯，靜靜飄浮著，毯子近到她如果鬆開繩子伸出手，手指就能摸得到了。魔毯以上百種不同深淺的紫色編織而成，從淡紫、靛青到紫紅，加上珠光般的青綠和松綠。毯子表面交織著駱駝和神燈的精細圖紋，邊緣是金亮的褶邊，四個角落分別綴著流蘇。魔毯此時以肯定是友善的方式，對史黛拉輕輕搖晃流蘇。

男孩們還在底下你一句我一句的爭執變成綿綿蛙的好處和缺點，史黛拉只得往下大喊，引起他們注意。

「喂！」她大喊說：「看看出現了什麼，就在我們正需要的時候！」

其他探險家停止爭執，抬頭一望。謝伊和豆豆立即大喜過望，但伊森疑心重重的瞇起眼睛。「在你需要的時候，絕不會平白出現好事。」他說：「遠征時才不會有那種狀況，這有可能是陷阱。」

「我們沒得選擇了。」史黛拉下定決心說：「我們總不能永遠懸在這條繩子底端。」

她正打算鬆開一隻手去抓魔毯時，叢林小仙子已經都從她肩上飛過去，坐到魔毯邊緣了。糟糕的是，其中一位小仙子拉開了有巴斯特的口袋，小恐龍也跟著衝過去追他們。可惜暴龍的腿並不適合跳躍，若非穆塔發飛向前抓住牠，巴斯特恐怕就摔死了。

穆塔發把恐龍放到毯子上，然後在眾人還不及阻止前，哈里耶和哈斐瑞便各自抓起魔毯的邊角，往上一翻，快速飛回船上了。

「喂！」伊森在他們身後大喊：「回來呀！混帳東西——他們現在到底在幹麼？」

探險家們愁眉苦臉的看著飛毯飛過船側，消失在視線外，瑪格莉特也不見了。

「我要擰斷他們的細脖子！」伊森狂罵道。

「史黛拉，你何不試著叫喚他們？」謝伊建議說：「他們似乎挺願意聽你的話。」

史黛拉正想叫他們時，魔毯從船的側身直接撞出來，撞擊力道之大，碎裂的木片像下雨似的落在四位探險家身上。魔毯從他們身邊飛過去，載著巴斯特、四位叢林小仙子，還岌岌可危的帶上了瑪格莉特。母牛僅能勉強擠進毯子，對於這種安排，牠似乎不是很開心。瑪格莉特驚慌的哞哞叫聲，從地面傳回眾人耳裡。

「**太誇張了！**」伊森大叫：「這將是探險史上最倒楣的一次遠征。明明奇蹟般的出現了一張美妙的魔毯，結果竟然只救了一頭母牛和一群小仙子！」

「你五秒鐘前才說那魔毯可能是陷阱。」史黛拉嗆說。

魔毯就這樣飛下去，消失在飛船的另一側，真的很難不讓人沮喪。然而不到一分鐘後，魔毯又飛回來了，這回上頭沒有母牛、小仙子和恐龍。

「也許他們被埋伏在底下的怪物吞噬掉了。」伊森說：「毯子上有血跡嗎？有血跡就代表這肯定是陷阱了。」

史黛拉懶得理他，逕自用雙手抓住毯子一拉，把自己拖到毯子上。她坐下時，灰色裙子在四周鼓起，史黛拉可以感覺到毯子被她的體重壓移了一下，但似乎能夠輕鬆載住她。毯子往下飛，去接其他人——史黛拉發現伊森雖然一肚子的抱怨跟懷疑，還是很快爬到毯子上了。謝伊是下一位，最後才是豆豆。豆豆及時踏上來，因為幾秒鐘後，其中一個繩結終於鬆脫了，繩子整坨掉落到地上。

等大夥全坐上魔毯後，毯子火速往下飛去，史黛拉白色的長髮從脖子上飛起，大家全得抓住邊緣才能坐穩。不久魔毯便把他們送到陸地上，就在其他夥伴的身邊。瑪格莉特、叢林小仙子和巴斯特站成一排，正耐心等候他們。

「噢，太好了。」史黛拉說：「我們大家都還在。」她瞄向伊森說：「瞧見沒？我早跟你說，那不是陷阱吧。」

就在同一瞬間，一片陰影突然橫過他們上方。「哎呀呀，」有個低沉的聲音在後方說：「很高興看到我的魔毯，把你們全都找齊了。」

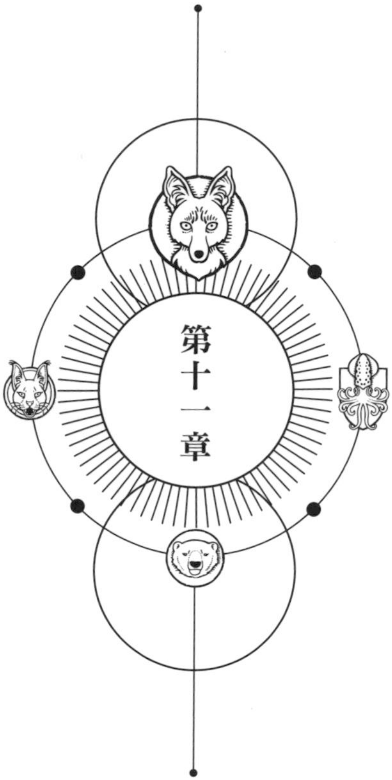

第十一章

公平交易

四位探險家緩緩轉身，抬頭望著一名他們生平所見最魁梧的男子。史黛拉的第一個念頭是，此人一定是海盜。他有黑色的大鬍子，粗壯的手臂上都是美人魚的刺青，凌亂的頭髮上戴著一頂像海盜帽的帽子。

「歡迎。」男子朗聲說：「歡迎各位來到威諾斯交易站——這是一間專門為了滿足各位在遠征及探險這一行中所有需求而設計的美好商場。我叫曼奇．梅德森，在此為您服務。」

他把手臂往身後一揮，四位探險家順著看過去，瞧見雪地上設了一個木造攤位，上頭架著條紋遮雨篷，和一面歪歪斜斜寫著「威諾斯交易站」的招牌。幾張小木桌上擺滿各種物品，包括各式古董來福槍、一箱伊詩邁隊長的蠻牛鹹萊姆酒、幾盞神燈，以及一頭相當**邋遢**的駱駝。駱駝傲慢的看著他們，然後鼻孔一張，大聲的噴吐口水。

史黛拉之前曾聽菲利克斯提過很多次威諾斯交易站的事。菲利克斯告訴她，有個叫威佛瑞．威諾斯的創業家，在全球各地開設交易站，無論地點何其偏僻，只要他認為是探險家、獵人和冒險家可能會經過和需要補給的地方，都會開店。威諾斯交易站可能是及時雨，然而威佛瑞．威諾斯本人是個焦躁不安的矮子，而且是貓鼬語者，菲利克斯說，那表示他人品很差。威諾斯交易站或許能在對的時間提供你所需的用品，但總是得付出代價；可以的話，威諾斯先生會連你的襯衫都從你背上剝下來。

「這裡通常不太會有探險家。」曼奇．梅德森說：「大部分是女巫獵人或囚犯——昨天才有人騎著女巫的禿鷹，迫降在這附近，所以一定是囚犯，這個人注定要被送進大鍋子裡了。」

「噢，那一定是菲利克斯！」史黛拉急切的說：「他看起來什麼模樣？」

曼奇聳聳肩。「他降落的地點太遠了，看不清楚。不過他直接往山上去了，所以我敢打包票，又有個人從此了無音訊啦。女巫會時不時的派她們的禿鷹去把囚犯抓回來，可是跨洋的旅程非常漫長，等禿鷹飛抵女巫山時，往往已筋疲力竭，所以才會用走的上山。當然了，如果發生這種狀況，囚犯通常會逃跑，這個上山的傢伙一定是不想活了。」

史黛拉聽了很高興，她原本擔心菲利克斯會直接飛到山頂，此刻或許正在跟女巫對決，可是看起來菲利克斯只比他們早到了一天。

「前幾天，也有迷途的沙漠豺探險隊經過。」曼奇接著說：「事實上，飛毯就是從他們那兒來的，還有駱駝。你們幾個孩子想不想要駱駝？牠脾氣很差，老是對我跟任何靠近的客人吐口水。」

「我們可以買些補給品。」史黛拉說：「不過得視每樣物品的價錢而定。」

曼奇低頭看著她說：「呃，那都只是細節而已，心愛的，只是細節罷了。我相信我們可以輕鬆達成協議。」他瞥著後方的瑪格莉特說：「不過沒有魔豆了，我猜你們帶著母牛同行，就是想交易魔豆吧[3]。但還是有很多其他你們會想買的東西。」

他把大夥趕到攤子邊，裡頭的補給品、小物件、奇珍異寶和裝備，簡直多如豐富的寶藏。

「我們有相當齊全的魔法箱。」曼奇指指魔法箱所在的角落，果然有不少貨品，而且一眼便能看出它們有魔法，因為箱子全都自己動來動去，有些箱子有翅膀，有的長了腿，有些甚至生著鰭。

「有了這些美麗的寶貝，你們就再也不必自己扛裝備了。」曼奇一邊說著，一邊愛惜的拍了拍離他最近的一只箱子。這些箱子都相當破舊，而且皮面上都貼了一堆趣味十足的貼紙。有的箱子則貼上可怕的警示貼紙，宣稱若未獲得謹慎尊重的對待，它們就會咬拿行李的人。

「這幾個很適合拿來裝珍貴和易碎物品。」曼奇發現史黛拉正在看箱子，便說：「如果你有任何精緻的物品想運上山，那麼這個行李箱很適合你，它會解決掉任何無視『易碎品』標籤，把東西隨便扔到手推車裡的人。」

「箱子都是打哪兒來的？」伊森瞇起眼睛，懷疑的問。

---

3 指童話《傑克與魔豆》中，傑克用母牛換來的豆子。

「交易來的。」曼奇很快的回答說：「跟路過的旅行者買來的。」

「該不會是從死人身上和天數已盡的探險隊那兒搶來的吧？」

曼奇哈哈笑說：「當然不是。」他表示：「沒有人會到女巫山上探險，實在太危險了，就算那些毒兔子還沒來之前，也夠嗆的。」

史黛拉這才發現，曼奇一定就是那個傳遞毒兔消息的商人。

「毒兔子是不是滿山遍野的亂跑？」她問。

「不太可能。」曼奇答說：「連女巫們都很反對這件事，就我所知，那個瘋狂的老女巫只是把牠們當成寵物養而已。」

「是一個雙腳灼傷的女巫嗎？」史黛拉立即追問。

「我不清楚。我從沒見過她，但我跟運送兔子的海盜聊過，他跟我說女巫的名字叫潔西貝拉，就跟野兔一樣瘋狂。不過別管她了，要不要洗泡泡浴？我想你們在途中也許想保持乾淨？」

「泡泡浴好像不錯。」史黛拉說：「可是附近若沒有浴缸，也泡不了澡。」

曼奇搖搖頭說：「不是一般的泡泡浴。」他說：「是魔法泡泡浴。」曼奇往附近一個倒放的頭盔靠過去，撈起一把閃亮的紫色泡泡，又圓又大的泡泡飄著淡淡的醋栗香。「把其中一個泡泡拿到頭上戳破，你就能全身光鮮潔亮，飄散玫瑰花香，久久不散。」他說：「你瞧。」

接著他走到駱駝旁邊，駱駝立即將嘴一掀，凶惡的露出牙齒。

「乖，聽話，尼杰，」曼奇說：「別在我們的客人前面鬧事。」他拿著泡泡舉起手，在尼杰瘦巴巴的頭頂上一擠，泡泡破掉了，駱駝也變了個模樣，原本亂七八糟的毛皮變得油亮光滑，睫毛長而捲翹，牙齒白到發亮，金色的腳環閃閃發光，加了流蘇的頭飾和皮製的鞍座看起來也煥然一新，耳邊的絨毛甚至翹成嫵媚的髮捲。尼杰甩著頭，憤怒的對著曼奇吐口水。

史黛拉渴望的看著泡泡，這在遠征途中一定非常便利，尤其泡泡還能把身上的衣服洗乾淨。上次她的探險家披風很快就髒到不行了，靴子上也都是雪塊和泥。她非常喜歡自己的灰色旅遊服，很希望能保持乾淨清爽。

「假如你們要上山，也許會喜歡這個。」曼奇遞給她一條像發霉舊毯子的東西。

「呃。」史黛拉皺起鼻子。「我要這個東西做什麼？」

「小女孩，你從來沒聽過魔帳毯嗎？」曼奇搖著蓬亂的頭大聲驚呼。「拜託，沙漠豺探險家俱樂部的人愛死這種毯子了，真的。我剛拿到的時候，上面爬滿了跳跳仙人掌，但現在應該都被我清乾淨了。不過最好還是不要把手伸到任何黑暗的角落裡。我家老哥總說，碰到仙人掌還是要小心為妙，以免遭殃。」他搔著自己的頸背，重重嘆道：「後來脆奇被一隻鯨魚吃掉了。」

「我這輩子從來沒聽過這麼多離譜的事。」伊森嘲弄道，他自己的哥哥朱利安在毒觸手海，被一條尖聲亂叫的紅魔鬼魷殺掉了，因此他對深海怪物的故事有些敏感。「你不會真的以為我們會相信你哥哥叫脆奇吧，更別說還被鯨魚吞了。」

「脆奇這名字哪裡不好了？」曼奇一臉困惑的問。

「世界上有二十九種會吃人的鯨魚，你們知道嗎？」豆豆說：「包括從冰凍北海來的吞胖子鯨、伏地的碎頭邪鯨，還有一口吞藍色巨鯨，來自……」

「別再跟我說鯨魚的事了！」伊森厲聲打斷：「我是海魷魚探險家俱樂部的人，知道所有能殺人的危險海洋動物。」

「殺死脆奇的是一頭吞胖子鯨。」曼奇說：「諷刺的是，牠其實是你所見過最瘦的瘦子，瘦到都可以拿來當竹劍了。」

「如果你以為我們會被你的胡說八道唬住，那就想得太美了。」伊森一把從史黛拉手上搶過毯子，對曼奇晃著說：「你真的以為能騙我們相信，這條破布是魔帳毯嗎？」

曼奇輕蔑的瞪他一眼，把毯子從他手上拿回來說：「密語是**響尾蛇樂**。」

話一出口，毯子便神奇的變成一座宏偉的帳子，聳立在他們四周。大到足以容下五個人和整個交易站，甚至還有空間容納瑪格莉特和駱駝。尼杰似乎被突然出現的帳篷惹怒了，生氣的對著牆壁吐口水。

史黛拉壓抑不住興奮雀躍，巨大的帳篷裡擺滿塞得鼓鼓的墊子、大型天鵝絨椅墊、鍍金的腳凳和飄動的絲簾。帳篷中央甚至有個火坑，溫暖的發出啪啪燒柴火聲。牆上排列著地圖，椅背掛著來福槍，角落木釘上吊著木髓帽和遮陽帽，一看就知道這是一座探險家的帳篷。

「小心外來者。」曼奇說完，接著帳子一塌，恢復成他手裡的那條舊毯子。他得意洋洋的看著伊森，「怎麼樣？」他說：「現在你無話可說了吧？」

「這東西會非常有用。」謝伊說：「會飛的魔毯也是，這兩件東西你開價多少？」

「魔帳毯要一百個金幣。」曼奇很快表示：「魔毯則要五百個。」

「我們的錢遠遠不夠啊！」史黛拉說。

「呃，那你們有什麼？」曼奇問。

四個探險家很快檢查自己的包包和口袋，然後史黛拉轉過身說：「我們有五個金幣。」

「還有一隻綿綿蛙。」伊森說著，把吉迪恩從口袋裡拿出來，抓住腳拎著。

「五個金幣！」曼奇一臉驚駭的驚呼：「那連買這個生鏽的舊羅盤都不夠，而且這羅盤還壞了。我以為探險家都很有錢，不是嗎？你們這幾個小孩已經欠我八十塊金幣了。」

「可是我們還沒跟你買任何東西！」謝伊抗議說。

「你們坐了兩趟魔毯。」曼奇豎起兩根手指說：「搭魔毯可不是免費的。還有，某人欠了我一整箱的伊詩邁隊長蠻牛鹹萊姆酒。」

「我們一口酒都還沒喝，你這個土匪！」伊森怒氣沖沖的說。

「你們是沒喝，但他們喝了。」曼奇指著叢林小仙子，他們已經在瑪格莉特背上醉倒成一疊，大聲打著呼了，而且渾身酒氣。「他們是你們的朋友，不是嗎？」

「那些小仙子**不是**我們的。」伊森強硬的說。

「呃，他們跟你們是一夥的，沒有人能短少曼奇的錢。」他說：「誰都不行。威諾斯先生會把我整死。」

謝伊嘆口氣。「我們能把母牛給你嗎？」他提議。

「如果你答應好好照顧牠的話。」史黛拉趕緊補充。

曼奇狐疑的打量著瑪格莉特。「牠是乳牛嗎？」他問。

「最棒的乳牛。」伊森說：「飛船的整個奶酪房，都靠牠填滿各種美味的起司和……」

曼奇彈了一下手指，「那行。」他說：「飛船我要了，就這麼說定，我甚至可以讓出尼杰。」

他指指身後的駱駝。「我們並不需要駱駝——」謝伊才說。

「我也不想要。」曼奇說著便鬆開繮繩交給史黛拉，「駱駝和母牛合不來，這點大家都知道。所以我若帶走母牛，你們就得帶走尼杰。自從這傢伙來了之後，只會給我添麻煩，啥事都幹不了。」

尼杰似乎意識到他們在談論牠，因為牠對曼奇撐起鼻孔，一副很不高興的樣子。不過至少那表示，他們不用自己扛行李了。

「如果你想帶走整艘飛船，就得把魔帳毯也給我們。」謝伊雙臂交疊的說：

「否則這就不算公平交易。」

「當然，朋友，當然。」曼奇說：「威諾斯交易站只做公平生意。況且，如果你們要上山，那這些東西一定很快又會回到我這裡的。」他把毯子扔給狼語者，然後給探險家們一個露出滿口牙齒的微笑。「小夥子們，很高興能和你們做生意。」

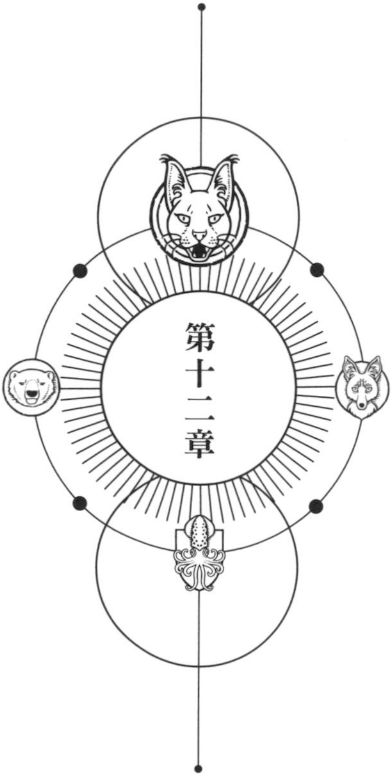

第十二章

未知的洞穴

史黛拉小心翼翼的撈起呼聲大作的叢林小仙子，放到尼杰的駝峰上，然後把一些包包綁在駱駝身上，將巴斯特放回她的口袋裡。眾人查看地圖，但對於找出潔西貝拉居住的地點，地圖的幫助並不大。事實上，地圖根本沒有太多的細節。就像福格主席說的，前往女巫山的探險只有過一次，而且去的人幾乎全數陣亡。地圖上只有幾樣東西，是倖存下來的那名叢林小仙子填上去的，但那次遠征已是二十多年前的事，地形地物有可能早已改變了。

地圖上只有一條蜿蜒上山的小徑，探險家們循著路走，靴子嘎吱嘎吱的踩在深深的積雪中。等他們跟威諾斯交易站拉開一大段距離後，大夥停下來盤點物資。

他們有史黛拉的魔法頭冠、一些綜合食物、一盞火精靈燈、一副望遠鏡、一頭駱駝、一條魔帳毯，以及四個醉醺醺的叢林小仙子。豆豆帶了一袋果凍豆，一直藏得好好的沒被小仙子翻出來，還帶了個醫藥包。伊森說，他把所有可用的物資（從武器到雙筒望遠鏡）都收在包包裡，可惜他拿到了吉迪恩的包包，而不是他自己的，包包裡似乎裝滿了餐巾環、髮梳、幾面口袋鏡和幾罐格雷斯多克隊長的遠征風味煙燻魚子醬。

「唉，現在擔心那些也沒用了。」謝伊說：「我們只能善用手邊的物品。」

「我想這個女巫一定是住在山頂。」大夥出發後，伊森嘀咕著說：「我們運氣也太好了。」

「我們必須非常小心。」謝伊說，影子狼柯亞走在他身側，一對尖耳平壓在頭上，一邊嗅著空氣。「這跟上回不同，這次我們知道前方有什麼，而且並不好惹。」

史黛拉一陣寒慄，截至目前，她還是不太相信，自己真的要跟殺害她親生父母也意圖要殺她的女巫正面交鋒了。這個念頭不禁令她恐懼惶然，她應該要從女巫身邊逃開，而不是去接近她。潔西貝拉一定非常強大，才有辦法殺掉史黛拉的父母，而且是在他們的城堡裡，四周環伺著石頭巨怪的情況下。然而，也正因為如此，史黛拉才無法讓菲利克斯獨自一個人去面對女巫。再說，只要女巫還在四處遊走，她自己也永遠無法感到安寧。

史黛拉抬頭望著女巫山，嶙峋聳峭的山峰刺入狂風暴雨的天際，她不禁納悶，他們只有四個探險家、一隻駱駝和一隻綿綿蛙，究竟能做什麼？

「別去想整件苦差事。」每次遇到太困難，或不知從何下手的事物時，菲利克斯就會告訴她說：「只要專心想著自己該做的第一件事，然後從那裡著手就行了。那就是完成不可能任務的要訣：一次做一點能夠做得到的事。」

史黛拉知道自己該做的第一件事，就是往女巫山爬上一步，再一步，接著再一步，直至找到女巫的藏身處。就算再害怕，也無所謂，反正無論如何她都會去。

「聞起來有魔法味。」伊森抬起尖尖的鼻子嗅聞著空氣。「不是什麼好兆頭。」伊森說得很對，這地方有股焦糖味，濃得像糖蜜似的飄在他們四周。

「這本來就是意料中的事。」謝伊冷靜的說：「我們都知道會在這裡找到什麼。」

史黛拉看著她這些朋友，感到感激又開心，這幫朋友在她需要時，二話不說就趕來幫忙了。面對困難，有好友在身邊，就不覺得有那麼難了。

大夥在雪地中跋涉，裹緊身上的披風防寒。有時路徑會彎繞在山崖邊──他們必須火速把眼光從深不見底的絕壁上移開──有時，路徑則直接通往聳立在上方漆黑陡峭的岩石裡。

他們在其中一道岩石裂口時，伊森突然停下來說：「有沒有人覺得，好像有人在跟蹤我們？」

其他人停下來，回頭看著後方空蕩蕩的小徑。

「你想多了。」謝伊終於開口：「只是被女巫山的把戲給耍了。」

伊森皺眉說：「剛才我好像聽到後面有腳步聲，而且感覺有人盯著我的頸背。要知道，巫師對別人盯著自己的頸背極其敏感，我們可以察覺有人在盯梢。」

「有可能是蝙蝠、老鼠或貓吧。」豆豆說：「女巫山上一定到處都是那些東西。」

「也許吧。」伊森懷疑的說。

大夥繼續上路，結果史黛拉幾乎立即明白伊森所說的了，她也感覺到了──頸背上如有芒刺。有幾次，史黛拉火速回頭看著身後，可是小徑上總是空無一人。

「你們兩位可不可以別再那樣？」謝伊說：「如果每次風吹草動，我們就大驚小怪，這趟路要什麼時候才走得完？」

這時他們繞過小徑的一個轉角，突然面對山洞的入口——事實上，是**兩個**並列的山洞入口。

豆豆哀號：「逢洞莫入。」他說：「在山洞裡有太多種死法了。」大夥已經夠沮喪了，豆豆又開始用手指數著說：「被蝙蝠蹂躪、在岩池裡淹死、被落石壓死、因為飛蛾而窒息、被毛毛腿的蜘蛛吃掉、切成兩半——」

「豆豆，別再說了。」史黛拉表示：「沒有人想聽這些。」

「沒有其他路了。」謝伊說：「也繞不過去。」他看著其他人說：「我們如果想繼續前進，就得穿越其中一個洞穴。」

伊森嘆口氣。「女巫山上的漆黑山洞。」他說：「我想一定沒問題，一點問題都沒有。」

史黛拉從包包裡掏出地圖，大夥圍上去看，地圖上確實畫了兩個洞穴，其中一個寫著催眠白貓洞，另一個寫著「未知」。

「催眠白貓聽起來不太妙，」謝伊咬著下唇說：「我的意思是，我通常挺喜歡貓，但這些是女巫的貓，不是嗎？」

「女巫的貓可能非常危險。」豆豆同意道：「有催眠貓、飄浮貓、抓眼貓、狂吐口水貓。」他皺著眉又說：「有報告指出，安文・馬哲里・邦克斯隊長退休後去卡扎克叢林，決定買一隻催眠白貓。有一天，他沒有起床餵白貓吃早飯，結果貓咪就催眠他，讓他直接走入外頭滿布食人魚的河裡了。」

「怎麼會有人想養催眠貓當寵物？」伊森質問，「感覺是個很糟糕的點子。」

「也許是喝太多老虎飲料了吧？」豆豆說：「畢竟他是叢林貓的探險家。」

「那我們選擇另外一個山洞吧。」謝伊指著未命名的山洞說：「說不定裡頭根本沒有危險的東西，但就我們所知，另一個洞一定是很有問題的。」

「可是柯亞似乎比較喜歡這個洞。」史黛拉說。

大夥一起看向謝伊的影子狼，柯亞確實站在催眠白貓洞的外頭，一臉期待的搖著尾巴回望眾人。

「噢，柯亞很喜歡貓。」謝伊說：「也許牠能聞到洞穴裡的貓味，但牠並不知道牠們是催眠貓。我提議大家走另一個山洞，因為它沒被探索過，所以我們應該走那條路幫忙完成這份地圖。」

大家一致同意，畢竟他們**確實**是探險家，所以在面對這類情況時，應該選擇未知的地方。史黛拉從包包裡拿出火精靈燈，輕輕用指尖推醒火精靈。精靈在燈籠底部伸展原本蜷縮的身子，散開一頭火熱的長髮，立即開始輕快的來回飛著，散發出明亮的的金光。史黛拉低聲向精靈道謝，然後高舉燈籠，四位探險家便帶著駱駝走入洞口了，柯亞心不甘情不願的跟在他們後方。

火精靈燈亮度充足，照亮四周一大部分，他們因此發現這是個大山洞，有高聳的岩頂，一直延伸入黑暗裡。上方垂下冰凍的鐘乳石和冰柱，底下是閃閃發亮的藍色岩池。洞裡飄散著潮溼的冷水味和霜氣。

「我不喜歡那些東西的長相。」伊森指著上方的冰柱和鐘乳石說：「看起來像垂吊的利劍，萬一掉下來，能整個刺穿你。」

豆豆立即表示：「里瑞．禮文斯敦．皮查隊長，就是在東萬佩拉的蝙蝠洞被掉下來的鐘乳石刺死的，那根鐘乳石又大又銳利，直接穿過他的木髓遮陽帽，刺入他的腦袋裡。」

「謝謝你啊，豆豆。」伊森嘆口氣說：「真會幫忙。」

「不客氣。」豆豆一臉高興的說。

四位探險家如履薄冰的往前走，受到監視的感覺也越來越強烈。史黛拉總覺得，在燈籠的光暈之外，黑暗中似乎有幾百隻看不見的眼睛在窺看他們。山洞裡沒有雪，他們的靴子在結凍的卵石上踩出聲來。一會兒之後，伊森拍了拍史黛拉的肩膀，史黛拉看著他，伊森朝他們後方的小徑點了點頭，史黛拉也聽見了，絕對是腳步聲不會錯。那聲音幾乎被他們一夥人的腳步聲蓋過去了，史黛拉推測那細微的聲音也許只是回音，但也有可能是某個跟蹤他們的人或東西。

他們繼續前行，不久來到一座大石橋邊。凶險萬狀的鐘乳石從底下的裂隙冒上來，中間穿插著藍色的岩池，池子表面時不時的浮起一顆又大又肥的泡泡，然後啵的破掉，像是底下有什麼大型生物在呼吸。

「我看我們非過橋不可。」史黛拉說：「至少這道橋看起來夠結實。」

不過橋上沒有扶手，探險家小心翼翼的踏上潮溼的石頭，一步步謹慎走著。

一開始，史黛拉以為是搖曳不定的精靈燈光讓她覺得上方有黑影掠過，但史黛拉越來越覺得，眼角已能瞥見上邊有東西在移動了。她試著稍稍舉高精靈燈，斜眼往上瞧，可惜天花板太遠了看不見，史黛拉只能看到晃動的影子。

「我覺得上面有東西。」她終於開口。

「也許是蝙蝠。」豆豆說：「世上已知的蝙蝠類型有九十三種，其中九十一種若受到刺激會攻擊人類……」

「幸好我們沒有刺激任何人。」伊森說，他把尼杰的繮繩攥在手裡，輕拉一下，讓不太想動的駱駝繼續跟著。史黛拉本以為尼杰會吐口水，但奇怪的是，駱駝似乎很喜歡伊森，牠低下頭，愛憐的輕咬著伊森的頭髮。

「走開！」伊森將牠趕走。「噁心！駱駝的口臭好臭！幸好我從威諾斯交易站抓了一些魔法泡泡浴，我才不要在整趟旅途中渾身散發駱駝的口臭。」

「你偷東西嗎？」豆豆大叫，看起來很生氣。「偷竊是不對的，而且曼奇對我們那麼好。」

伊森揮手不理他。「曼奇根本是在坑我們。」

探險隊大約走到半途，底下的岩池突然開始如沸騰般冒出泡泡。四個孩子往下看著岩池，出於本能覺得大事不妙。柯亞背上的毛全豎起來了，接著彷彿進一步證明似的，叢林小仙子也醒了，而且立即唱起死亡之歌。

史黛拉轉身看到穆塔發在尼杰的背上拚命打鼓，而哈米納、哈里耶和哈斐瑞則炫燿的做著倒立和後空翻。駱駝不耐煩的抽著耳朵，甩動身體想把小仙子們從身上甩掉，可是仙子們牢牢的待在牠身上。

「各位，」史黛拉說：「我覺得我們應該……」

史黛拉話還沒說完，底下其中一座岩池便炸出一片閃亮的白色水花和凍寒的泡沫，只見一條近兩公尺長的鯊魚從水裡跳出來——張大了嘴，露出可怕的巨牙。正常的鯊魚應該會跌在岩石上擱淺，可是這條鯊魚卻高高竄入空中，彷彿那就是海水。牠抖動著灰滑的身體肌肉，穿越空中朝石橋游來，對他們張開利牙，掠過眾人頭部。探險家們機警的迅速低下身子，然後抬頭一望，看到駭人的景象。

上方的空氣中突然游滿鯊魚，史黛拉確定牠們一定就是稍早她注意到的那些陰影，只是這會兒牠們游得更低了。魚群在鐘乳石間惡狠狠的穿梭，用冰冷死灰的眼睛俯望著探險家們。至少有二十隻鯊魚——有的體形龐大，有的稍微小一點——但都有著一排排閃亮的利牙，而且全往他們的方向游過來。

「——跑啊！」史黛拉驚聲喊道。

四個人七手八腳的卯起勁，衝過剩下的橋段，底下岩池裡衝出更多鯊魚了。尼杰憤怒的嘶鳴，蹄子踢起一堆碎石；叢林小仙子則繼續**哈呀呀呀**的吟唱。鯊魚群立即全數從上方和底下朝他們攻過來，游掠空中的速度快得嚇人。

雖然探險隊已全速衝刺，跑到肺都快炸了，但速度還是不夠快。其中一隻較大的鯊魚幾乎追上他們時——滿口橫牙、左右搖尾，只差幾公分就要咬掉可憐的尼杰一大塊屁股了——伊森猛然扭身，往肩後射出一道魔法。咒語正中鯊魚的臉，立即將牠變成一隻綿綿蛙，愣頭愣腦的沿石橋一路跳著。很難分辨尼杰究竟是不小心踩到那隻青蛙，還是故意的，不過伊森說過綿綿蛙幾乎是堅不可摧，他說得一點都沒錯——青蛙瞬間被踩扁在地上，下一秒就又恢復成青蛙狀，跳到最近的一座岩池裡。

那道咒語幫探險隊爭取到所需的時間，他們來到了石橋盡頭，可是大家驚慌的發現，洞穴並未如預期中的那樣延伸下去。石橋的盡頭是死路——只有一面連著尖頂的岩壁。而眼前的裂溝，就算沒有滿滿的鯊魚岩池和會刺死人的尖利鐘乳石，也因為太深了根本不可能往下跳。唯一的逃脫之路就是循原路回去——越過石橋——而現在已經不可能了。整座橋上擠滿了鯊魚，牠們龐大的身軀來來回回游動，先朝一邊，再往另一邊。

謝伊握著回力鏢，卻似乎不太願意扔出去。史黛拉猜想，回力鏢若擊中鯊魚的鼻頭，說不定無法真的造成傷害，反而只會進一步激怒牠們。「你能把牠們全變成青蛙嗎？」狼語者看著伊森問。

「只要牠們一次只來一隻，就可以。」巫師答說：「而且速度不能太快。」

「我可以凍住其中一些鯊魚。」史黛拉表示，一邊伸手拿頭冠戴到自己的白髮上。

史黛拉說話的同時，一片陰影從側邊衝向他們，史黛拉舉起手將鯊魚凍成冰塊，鯊魚在空中停頓一會兒後便跌到地面，在底下的岩石上撞成碎片了。史黛拉不禁感到難過，因為鯊魚想吃他們並不是鯊魚的錯，只是出於本性罷了。可是隨著跟來的鯊魚越來越多，史黛拉在凍結第二隻，接著第三隻鯊魚後，罪惡感也慢慢消失了，寒意在她的背脊下流竄，頭冠開始發威，讓她的心腸變冷酷。

柯亞站在他們前方的橋上，齜牙低吼，對著鯊魚咆哮。可惜柯亞無法像在北極熊探險家俱樂部時那樣嚇阻守衛，引開鯊魚。牠們似乎能感知柯亞並無實體，魚群直接穿過牠往探險家們奔去。

史黛拉知道身旁的伊森接連又把兩頭鯊魚變成青蛙；不幸的是，吉迪恩偏在這要命的結骨眼上，從謝伊的口袋裡掙脫了。牠笨拙的掉落在橋上，隨即往其他青蛙跳過去。也許他變成青蛙太久，誤把其他青蛙當成自己的同類了。不管原因為何，橋上很快出現三隻綿綿蛙，而且糟糕的是全長得一模一樣。豆豆撲向青蛙，把牠們塞到自己的口袋裡，奮力拉上拉鍊，伊森和史黛拉則忙著跟游過來的鯊魚奮戰。可是數量實在太多了，又來得太快，鯊魚一隻接一隻的朝他們衝過來。

「這樣不行。」史黛拉喘著氣說：「太多隻鯊魚了！」

史黛拉的背部緊貼住石壁，及時避開一頭張口要咬她的巨長鯊魚。探險隊慌忙的四下張望，尋找逃生口，但他們確實被困住，眼看就要完蛋了。他們到女巫山還不到五分鐘，就要被魔法鯊魚吞掉了。

就在此時，山洞對面傳來清晰的聲音：「留在原地別動！」

史黛拉立即抬頭，看到一位身穿靴子、破舊披風和戴寬邊帽的人，蹲在一塊露出的岩石頂端。一條飛鯊游過岩石底下，那人從石上一躍而起，直接騎到鯊魚背上。鯊魚前騰後扭，企圖甩掉對方，但騎士將靴子上的馬刺刺入鯊魚體側，同時低伏在牠背上，緊抓住魚鰭，將鯊魚導往探險隊的方向。等高度齊平後，那人從鯊魚身上跳下來，身後披風翻揚，接著那人在他們腳邊朝地上扔下一瓶裝有豔紅液體的瓶子。瓶子摔碎的那瞬間，鯊魚全部從空中翻落而下，有些水花四濺的跌回岩池裡，有些則拚命掙扎的摔落在鐘乳石之間。

「別浪費時間。」新來的人說，史黛拉訝異的發現她是女生，而且年紀不會比自己大。女孩有著深棕色的皮膚、甜美的笑容和一對棕色的大眼睛。

「你是誰——」伊森才開口問。

「紅瓶子裡有重力咒語，但效力不會持續太久。」女孩打斷他說：「那些鯊魚很快就會再度從岩池裡衝出來了，等牠們回來時，一定會大發雷霆。這邊某處應該有個女巫洞，她們總得進洞裡來餵鯊魚。啊！原來在這裡！」

女孩從牆邊拖開一顆大石頭，大夥驚奇的發現，石頭後方有個探入石裡的洞口，像滑梯一樣的伸入漆黑之中。

「你**到底是誰**？」伊森質問：「那個洞通向何方？我們怎麼知道這不是某種死亡陷阱？」

女孩回瞄他們一眼。「噢，你們沒聽說過我嗎？我是凱蒂．莎拉．索特，女巫獵人高手。」她頓了一下，才又說：「或者至少是受訓中的女巫獵人。」她指著身後的洞說：「這是你們唯一逃脫的機會。」

此刻傳來一聲怒吼，五十隻鯊魚從底下的岩池衝出來，紅色液體原本的效用，此時已經蕩然無存，鯊魚直接竄入空中，飢餓的咬著牙，針對探險隊而來。凱蒂扭身抓住帽簷，對他們咧嘴一笑說：「各位若想活命，最好跟我來。」

說罷，女孩腳朝下的躍入洞中，其他人七手八腳的跟著跳進去，後面還拖著一頭駱駝。

第十三章

女巫獵人

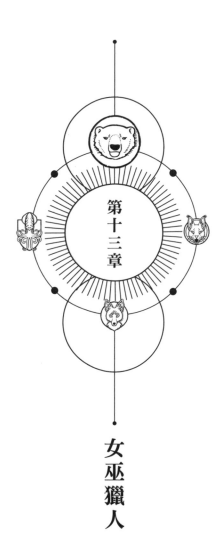

尼杰超討厭女巫洞，牠在石洞裡滑好長一段路了，問題是，駱駝天生不適合滑梯。

「過去十年，有十二名沙漠豺探險家，不小心被駱駝踩死！」豆豆尖著嗓說，大夥拚命閃躲尼杰亂踢的蹄子。

這數據實在無法安撫到任何人，幸好他們很快就滑出通道尾端，重重落在一片巨大的南瓜田裡了。南瓜被他們撞得粉身碎骨，橘色的殘片飛得到處都是。

「女巫是怎麼從那個洞爬上去的？」伊森呻吟著，整個人攤平躺在南瓜田中說。

「女巫是往上滑，而不是往下滑的。」凱蒂說著邊站起來，拍掉身上的灰塵。

「她們就是那樣詭異。」

尼杰笨拙的伸展長腿、蹄子和駝峰，努力從地上站起來後，立即開始生氣的朝每個人吐口水。凱蒂火速摘下帽子，擋去駱駝的口水。原本被帽子壓住的棕色髮絡，一下子披散在她的背上。

「天啊，你們的駱駝也太傲慢了吧？」

「我想大部分的駱駝都相當傲慢。」史黛拉說著站起來，拍掉探險家披風上的南瓜碎片。她檢查自己的口袋，確定巴斯特還在裡頭，然後表示：「菲利克斯說，駱駝也相當自負。呃，剛才滿好玩的呢，我從來不曾從女巫洞滑下來，或看過會飛的鯊魚……」

她停下話，發現凱蒂．莎拉．索特正瞅著自己。

「怎麼了嗎？」史黛拉緊張的問，希望凱蒂跟大部分人一樣，只是因為第一次看到她的白頭髮和皮膚而單純的打量她──或者是因為有一片南瓜從她耳朵上突出來之類的──可是自從吉迪恩在飛船上對她做出那種反應後，她擔心很可能是因為自己被認出來是冰雪公主。畢竟就連女巫獵人也是會讀報紙的。

「你就是她，對不對？」凱蒂問，史黛拉就怕是這樣。「你就是冰雪公主。」

史黛拉渾身一僵，感覺身邊的探險家朋友全跟著不動了。

「你怎麼認出我的？」她一邊努力擠出笑容，一邊忙摘下髮上的頭冠，塞回口袋。

史黛拉準備好要面對凱蒂的出言羞辱或驚嚇，但還是往後退開一步。因此當對方直接躍過被撞碎的南瓜，張開雙手緊緊抱住她時，史黛拉簡直驚呆了。

「噢，謝謝你！」她說：「謝謝你，謝謝你，謝謝你！」

「謝什麼？」史黛拉問。

凱蒂笑容燦爛的退開，她比史黛拉高出許多，史黛拉必須仰起頭，才能看著她的眼睛。「當然是因為你讓所有那些老古板俱樂部看到，女生的探險能力就跟男生一樣好啊！」她說：「獵巫是不錯啦，你可以稍微旅遊一下，遇到一些有趣的人等等。可是我真正想要的，是成為一名探險家。」她拍拍史黛拉的背。「因為你，我終於可以圓夢了！我向所有的俱樂部提出申請，呃，所有現在願意接受女生申請的俱樂部。」她看著伊森的黑色海魷魚探險家長袍，然後說：「你們俱樂部的人超奇怪的，對吧？上個月我親自去拜訪海魷魚探險家俱樂部，看能否申請成為他們的會員，結果門口有個可怕的傢伙對我揮著一根觸角，叫我滾開，實在有夠不文明。」

「海魷魚探險家俱樂部是世界上最棒的探險家俱樂部！」伊森推開又開始嚼他頭髮的尼杰說。他嘆口氣，接著補了一句：「可是他們對女會員的看法是錯誤的。」

「這位門房告訴我，等海星全飄入太空的那一天，海魷魚探險家俱樂部就會接受女生入會——嗯，太空探險，挺不錯吧？居然沒有外星人探險家俱樂部，是不是太可惜了？或許有天會有吧。」

「你的話很多呢，對嗎？」豆豆說。他習慣劈頭對人說出自己的直觀，有時會得罪人，但凱蒂似乎並不介意。

「女巫獵人都獨自工作。」她說：「所以難得有夥伴時，就會拚命聊個不停。」

「你該不會一個人來女巫山吧？」謝伊說：「那樣不是太危險了嗎？」

「噢，是的，獵巫真的非常危險。」凱蒂回答：「可是我受過很多年的訓練，我要趁這次機會，成為成熟的合格女巫獵人——我要獨自逮捕一名女巫。」

「你若願意的話，可以協助我們抓住一名女巫。」史黛拉說：「那正是我們到此的目的。」

「我猜，你是要追拿那位殺害你父母親的女巫吧？」凱蒂說著從口袋裡拿出一枝筆刀，開始清理自己的指甲。「報紙上都大肆報導了。」

「是的，沒錯。我父親，菲利克斯已經自己先來追她了。」

凱蒂搖搖頭。「那樣做太傻了，唯有訓練有素的女巫獵人才能獨自狩獵。山上有很多危險的事物。」她朝飛鯊洞點點頭說：「各位剛才也發現了。」

「你能幫我們嗎？」謝伊問。

她對謝伊又是咧嘴一笑，「當然可以，我的朋友。哇，我喜歡你的狼手環！」

她指著謝伊纏在腕上釘著狼珠的皮繩說。

「我是狼語者。」謝伊表示：「謝伊．史佛頓．吉卜林，樂意為您效勞。對了，非常感謝你在山洞裡拔刀相助，沒有你，我們就像甕中之鱉了。」

豆豆搔著頭說：「我們才不會變成甕裡的鱉。」他說：「我們就是完蛋，被鯊魚吞掉了。過去二十年，有三十三名探險家被鯊魚吃掉，可是那些全是雪鯊或海鯊。我以前從沒聽說過有飛鯊。」

「那位是班傑明．桑普森．史密斯。」謝伊指著他說：「他比較喜歡別人叫他豆豆，豆豆是少年醫生，所以萬一你有擦傷瘀腫，他會幫你醫治。」謝伊轉向伊森說：「那位是巫師伊森．愛德華．盧克、駱駝尼杰，還有四位在尼杰背上吟唱的雜技員是穆塔發、哈斐瑞、哈米納和哈里耶，他們是叢林小仙子，擅於提早發出死亡警訊。」

穆塔發站起來，開始拚命指著自己，於是史黛拉說：「穆塔發是他們的領袖——因為他的髮型最亮眼。」

穆塔發開心的看看她，然後回到夥伴裡。

「還有，這位是吉迪恩．格拉海．史邁思。」豆豆說著打了個噴嚏，從口袋掏出一隻青蛙。「他是叢林貓探險家，也是位野餐大師。」

「那隻青蛙**真的是**吉迪恩嗎？」謝伊嘆口氣問：「那裡頭的青蛙一時之間應

該不太能搞得清楚吧。」

豆豆將青蛙抓高，拎起一隻腿晃盪著仔細打量，青蛙朝他眨動一雙凸眼。

「你知道嗎？真的很難辨別。」豆豆終於表示。他從口袋抓出另外兩隻青蛙，然後說：「**其中一隻**，一定是吉迪恩。」

「來，把青蛙給我。」伊森說著伸出手，「我會照顧牠們，直到我想起咒語。」

豆豆再次打個噴嚏，把青蛙遞過去。

「我們沒時間了。」史黛拉說：「我們得趕緊去追菲利克斯。」她看著凱蒂問：「你大概不知道潔西貝拉住在哪裡吧？」

「我不知道，不過如果她犯了罪，可能會住在山頂某處，因為被通緝的女巫賞金較高，所以她們會待在山頂。女巫山到處都有機關、陷阱、怪物和危險，要走的路越長，失敗的機率也越高。」

「想到就開心不起來。」伊森鬱悶的說。

「你的影子狼呢？」凱蒂問謝伊：「所有狼語者都有影子狼，不是嗎？」

柯亞似乎聽到她的話了，突然在謝伊腳邊現形。雖然坐著，但柯亞的體形大到頭部和謝伊的腰齊高。

「牠來了。」謝伊說。

「天啊。」凱蒂輕聲說：「太美妙了。那，既然我們在做自我介紹，我也有個夥伴得介紹給各位認識。」她把兩根手指放到口中，發出一記尖刺巨大的哨音。史黛拉好佩服，心想等他們一起旅行一陣子後，得請凱蒂教教她。「蓋思！」凱蒂雀躍的呼喚：「過來，孩子！」

從他們所站的地方，除了被毀的南瓜田外，其實看不太到什麼，不過山徑在角落拐了個彎，凱蒂正朝著那個方向凝望。史黛拉不確定自己會看到什麼東西應獵人的召喚前來，因此做好了接受任何東西的心理準備。從大象到魔毯都有可能，而她比較希望能看到北極狐或企鵝，甚至是獨角獸。獨角獸是史黛拉的最愛，當然還有北極熊，但事實上，以上皆非蓋思。

連滾帶爬繞過角落的，是一頭超過三公尺長的巨大海象，正用兩隻扁平的腳蹼把身體往前推，肚子趴地的滑過冰層。牠肥嘟嘟的龐大身軀上覆著粗短的紅棕色鬃毛，看起來有點像巨大的海豹，只是臉上的髭鬚更多，像是長了鬍子，史黛拉忍不住想到北極熊探險家俱樂部的主席。蓋思嘴中還冒出兩根巨大的白牙，背上綁了好幾個袋子，還有一個怪異的鞍座，而且奇怪的是，海象頭頂伸出一根長棍，在海象搆不著的地方，懸著一條爛兮兮的魚。

史黛拉在家中菲利克斯的書上看過海象的插圖，可是她從沒見過真實的海象，沒想到竟然是如此龐然大物，甚至比葛拉夫巨大。不過這隻海象有點異常，牠的兩隻眼睛稍稍偏往不同的方向，而非直視前方。

「這就是蓋思。」凱蒂驕傲的說。

「牠好棒！」史黛拉雀躍的驚呼。

「為什麼要在牠頭上用繩子吊一條魚？」謝伊問。

「噢，那是我下來找你們之前綁上去的。」凱蒂說：「我看到你們的船抵達時，人在較高處，我想過來瞧瞧你們，又不希望蓋思跟著。」她看著海象。「那樣做其實有點殘忍，因為牠搆不到魚，牠會用腳蹼四處拍擊的玩上幾個小時，這樣牠就不會亂跑，害自己惹麻煩了。」

蓋思似乎察覺到大家在討論牠，便發出一聲巨吼，朝著他們滑過冰地。海象的視力顯然很差，因為牠差點撞到伊森。等蓋思發現那裡有人時，便好奇心大起，立即抬起身子，在伊森的頭髮上到處亂嗅，把牠髭鬚橫生的柔軟臉龐貼過去，湊在巫師的頭側。

「我的媽呀，這比北極熊還糟！」伊森大喊：「我的眼睛會被他的白牙戳瞎！」

「不，才不會！」凱蒂生氣的說：「牠只是用鬍鬚幫忙，把你看得更仔細罷了。」

蓋思堅持用這種方式，檢視每一位探險家。等輪到史黛拉時，她忍不住雙手一環，給牠一個大擁抱，蓋思開心的哼著鼻子。不過當牠試圖跟尼杰打招呼時，駱駝只是憤怒的朝牠吐口水，蓋思似乎不特別在意，逕自晃回凱蒂身邊，凱蒂在牠脖子上親了一下。

「你為什麼會有海象？」伊森問。

「你為什麼會有駱駝？」凱蒂反嗆。

「牠是硬被塞給我們的。」伊森說：「不過牠其實沒那麼糟，我挺喜歡牠的。」

「呃，蓋思可不是硬塞給我的。」凱蒂說：「是我挑中牠的，獵人學徒去冰凍群島獵巫時，都可以挑選自己的海象。海象超級適合運送所有物資和物品，而且在冰風暴中還能幫忙保暖。海象對獵人應該很有益處，因為牠們在冰上滑行時幾乎沒有聲音。當時沒有人想要蓋思，因為牠有點奇怪，但比起那些驕傲高貴的海象，我更喜歡牠。」

「我看，你應該挑一頭高貴的海象，而不是這種怪怪的。」伊森說。

「別那麼沒禮貌。」史黛拉說：「還有，別說人家怪怪的，你會害牠難過。」

「噢，蓋思不會介意的。」凱蒂答說：「牠被數落過更難聽的話。總之，你們跟我們在一起一定會更安全的。我對女巫山略有了解，以前來過幾次。像是我本來可以叫你們走催眠白貓洞，別走飛鯊洞，那樣會輕鬆很多。」

凱蒂把帽子戴回頭上，調整出一個俏皮的角度。「我願意當你們的嚮導。」

「那你想要什麼回報？」伊森問，因為他總認為每個人都有自己的盤算。

「推薦信。」凱蒂立即答說：「還有證明書。爸爸說，這些俱樂部依然不太能接受女生，而且他們可能認為，獵人不具備探險家該有的技巧。所以，如果我能在這裡證實自己對你們有用，那你們就都可以幫我寫推薦信了，好嗎？」

「挺公平的。」謝伊同意道。

「那我們就這樣說定啦。」

「如果你想的話，在我們帶女巫去魔法司法庭之前，你也可以先拿她去領賞金。」史黛拉說。

「啊，沒有那個必要，我已經逮捕一名女巫了。」凱蒂說：「我在你們抵達之前就抓到了，可是我看到你們的飛船，還有母牛跟飛毯，心想你們一定是探險家，因為沒有人會那麼瘋癲，用魔毯把母牛從飛船上載下來。別擔心，我們途中會再經過我的女巫那邊。」

「同時有兩名女巫囚犯，會不會有點難應付？」史黛拉問。

凱蒂揮揮手。「我不需要帶女巫回去。」她說：「只要帶回她的一束頭髮，做為證明就行了。你知道的嘛，就像樵夫得把公主的心臟帶回去給壞皇后看。」她瞥了一眼史黛拉，然後說：「唉呀，抱歉，我沒惡意。」

「沒關係。」史黛拉答說。

天空傳來一聲巨響，每個人都嚇一跳，大夥及時抬頭，看到一隻巨大的禿鷹在山上盤旋。禿鷹拍了幾下翅膀，然後大鳥的形狀便逐漸散去。史黛拉發現原來那是由成千上百張小紙片匯聚成的，紙片四下散開，落向遠處的地面。

「**那是**什麼？」伊森問。

「應該是女巫在尋找她的禿鷹。」凱蒂答道：「是這樣的，昨天有隻禿鷹迫降在這裡，剛才那是尋找咒語，讓女巫知道禿鷹的位置。我想，牠應該是走上山的。」

「那麼菲利克斯應該就在那附近了。」史黛拉說：「至少他並沒有領先我們太遠。」

凱蒂把她的包包扛到肩上，然後指著穿過南瓜田的羊腸小徑說：「我們應該繼續前進。」她說：「最好在日落前走出南瓜田，因為它們會咬人，一旦它們的燈點亮，就會活過來咬你。萬一一個不小心，腿會被咬掉一大塊肉。」

由於沒有人希望腿被凶惡的南瓜咬掉一大塊肉，探險家們火速收拾東西，出發上路。蓋思開心狂吼，跟在眾人後方的尼杰則偶爾嘶鳴抗議，一副嫌棄的模樣。

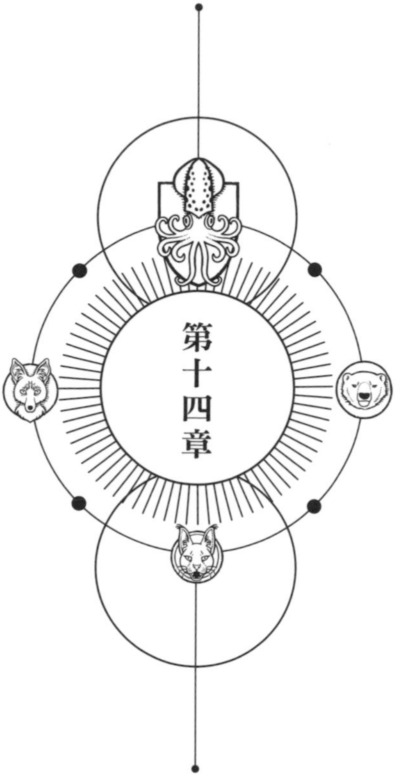

第十四章 雪手攻擊

山路並不好爬，每當坡度過於陡斜，他們就會在雪地上打滑。有一度，他們行經一小團魔法禿鷹的碎紙，每張小小的禿鷹紙片都在拍著翅膀跟飛。

「它們會跟著禿鷹走過的路線。」凱蒂指著紙片說：「咒語的效力終究會開始變弱，紙片先在地面上跳一陣子，最後才恢復成一般的紙片。我們邊走，大家可能會在地上邊看到一些。」

大夥自然而然的瞄著周圍的路面，接著豆豆說：「噢，看哪，那個尖叫的南瓜連一顆牙齒都沒有！」他轉向史黛拉說：「你覺得我該不該把它帶回去送給莫伊拉？那樣說不定她就會參加我的派對了。」

莫伊拉是豆豆的表妹，她在豆豆上次生日時，宣布自己再也不會參加他的派對了，因為豆豆很奇怪，她不喜歡他。

「忘掉莫伊拉吧！」史黛拉嘆道：「她一直都對你不好，我真不明白你為何這麼拚命想跟她當朋友。」不過史黛拉發現，豆豆還是撿起南瓜，仔細地把它綁到尼杰的鞍座上。

一行人終於走出了南瓜田，小路也變平坦了，從山緣繞開，帶引他們進入山區的峭壁裡。

「你能不能讓牠閉嘴？」伊森問說，用大拇指比著蓋思。自從他們出發後，海象幾乎就吼個沒停。

「牠開心的時候，喜歡自言自語。」凱蒂答說。

「牠會把我們的行蹤洩漏給任何碰巧從旁經過的女巫。」伊森嘀咕說：「除了海象的叫聲跟叢林小仙子的死亡之歌，我們這群也是嘈嘈嚷嚷的，乾脆大家一起吹喇叭，昭告天下我們的位置好了。」

「我們又沒帶任何喇叭。」豆豆不解的看了伊森一眼。「而且無論如何，我都不覺得那是個好點子。」

他們以這種狀態走了幾乎一整天，往山上越爬越高，周圍的空氣也越來越冰冷刺骨。

眾人行至傍晚時分，謝伊突然抬起頭問：「那是什麼？」

「我沒聽到什麼啊。」史黛拉答道，但話還沒說完，便聽到空中隱隱傳來嚎叫。

「噢，糟了。」凱蒂停下腳步說：「是巫狼，牠們通常天黑才會出來。」

「巫狼是什麼？」伊森問。「聽起來不像善類。」

凱蒂轉過頭，臉色蒼白的看著大夥說：「牠們確實不是善類。」連女巫獵人都會擔心，害其他人也有些不安，尤其凱蒂先前跳到飛鯊背上時，連一絲恐懼都沒有。「牠們專吃靈魂。」她說：「但我們現在還有另一個麻煩，看那邊。」

其他人循著她的食指一望，立即看到一群女巫。她們有六個人，在遠處上方的峭壁頂端站成一排，黑色的剪影動也不動，全穿戴著長裙和尖帽，但史黛拉相當確信女巫們正盯著他們這夥人看。她們身旁的山上有個大標示寫著：「**若敢擅闖，將被稻草人吞食。**」

「那些女巫永遠都在那裡。」凱蒂說：「日以繼夜，風雨無阻，我覺得她們應該是守護者之類的吧。傳說她們一旦看見你，你就完蛋了。」

豆豆驚嚇的發出細細的尖叫，伊森則哼說：「胡說！她們以前見過你，不是嗎？而你現在不是還活得好好的跟我們講這件事？」

凱蒂微笑，調整自己的帽子。「是啊，但我是獵人。」她說完跳到附近一塊岩石上，就在這時探險隊腳下的雪開始移動，積雪形成長長的手指，緊緊抓住了孩子們的腳踝。

這一定是女巫的手。雖然是雪做成的，但探險家們看得出來那些手指扭曲變形、指甲髒汙，而且指節上還長著疣。被雪手緊緊握住時，寒氣滲入他們的骨頭裡。

「是女巫的手。」凱蒂指著峭壁上的守護女巫說。其中一名女巫舉起掃把，直指著探險隊。

回去！有個飄渺的聲音穿空飄來，**回去！**

「休想！」史黛拉驚喘道：「除非帶上菲利克斯。」

凱蒂還來不及提供逃脫的建議，史黛拉已經從包包裡掏出一盒火柴，擦亮其中一根後丟到雪手上了。火柴直接穿過雪手的手腕，燒出一個冒煙的洞，雪手立即縮回去。其他探險家跟著史黛拉的示範，火速拿出自己的火柴，一一擊退雪手，只有伊森除外，他用的是有法力的火。叢林小仙子也來幫忙，他們躲在尼杰的駝峰後，拿彈弓瞄準。臭莓果的臭味超級強大，遭擊中的雪就跟火柴燒著的地方一樣融開了。不久後幾隻雪手全沒了形狀，地上只剩下抽動的雪塊而已。

「你應該早點警告我們！」伊森怒瞪著凱蒂大聲說。

「我只是想確定你們可以照顧自己。」獵人答道：「若是沒辦法，我必須要請你們回家。因為如果你們無法隨機應變，女巫山萬萬去不得。不過算了，我們最好快一點，雪手很快會重新長回來，等它們變得更大更強壯後，就很難逃脫了。我們得離開女巫們的視線。」

無需多做叮嚀，探險家們加快速度，很快繞過小徑的彎口，慶幸他們離開後方峭壁上女巫們的監視。

「謝謝你們幫忙。」史黛拉對叢林小仙子說，他們正在彼此握手道賀。穆塔發對史黛拉深深鞠躬，髮尖都擦到尼杰的駝峰上了。

大家聽到細微的喧鬧聲，往回一看，瞧見雪手已經再度聚形，正往他們伸過來，長長的手指在空蕩蕩的地方猙獰的抓著。

史黛拉覺得渾身冰冷，但與天氣無關。為了驅走寒意，她努力裝悍的說：「那點小伎倆，豈能嚇得住我們。」

「老實說，我覺得那點小伎倆還挺嚇人的。」豆豆靜靜表示。

史黛拉不再虛張聲勢，如果豆豆能勇敢的承認害怕，她也可以。「你說的對。」她嘆口氣，輕輕拍了拍這位朋友的背。「確實很可怕。」

更糟的是，巫狼又開始在遠方「嗚嗚」的嚎叫了。

謝伊用兩手摀住耳朵，緊緊閉起眼睛。「好吵啊。」他喘著氣說：「牠們一定知道我在這裡，全都同時試著跟我說話。」

眾人依舊看不到狼群，只能聽見遠方的狼嚎。

「巫狼以前原本是人類。」凱蒂說：「他們被女巫下了詛咒，現在困在狼形裡，被迫只能一直在山裡流浪，尋找其他人的靈魂吞食。牠們喜歡水，或許是因為牠們的血管裡流著冰，並有顆凍結的心。」她看著史黛拉，然後幾乎是歉然的說：「就像雪之女王。只要被咬上一口，你也會跟著變成巫狼。」

史黛拉發著抖，萬一菲利克斯被咬到呢？萬一已經出事了呢？他很可能就是他們聽到的其中一個叫聲。史黛拉聽到一聲低鳴，垂眼看向柯亞。柯亞顯然也受到巫狼的影響，因為牠正縮在謝伊腳邊的地上。史黛拉以前從沒見過影子狼這般害怕，這令人很不安。柯亞通常非常冷靜泰然，牠沒有實質的肉體，因此沒有什麼能傷得了牠，可是柯亞看起來嚇壞了。看到謝伊的手也在發抖，史黛拉難過極了。

「來吧。」伊森扶著狼語者的手臂說：「我們該走了，拉開跟狼群的距離。我們只要離牠們遠點就好了。」

一行人繼續往山上走，不久便把狼叫聲拋在腦後了，但史黛拉注意到謝伊在雪地裡絆了幾次，這一點都不像他，他的腳力通常非常穩健。

「你還好嗎？」史黛拉問，發現謝伊的手仍在發抖。

謝伊望著她，一雙黑眼透著困惑。「不知道。」他說：「我覺得不太好，自從那些狼開始跟我說話後，我就頭痛欲裂。」

「醫療魔法可以治頭疼。」豆豆說。大夥停下來，小醫師脫下手套，舉起手放到謝伊的頭旁邊，空中竄滿了嘶嘶作響的綠色火花，謝伊如釋重負的鬆了口氣。

「謝謝。」他說：「好多了。」但他皺著眉又說：「不過柯亞不太對勁，我可以感覺得到。」

四處都看不到影子狼的身影，但史黛拉知道，即使看不到柯亞，謝伊和牠還是連結著的。

「你能聽懂狼群在說什麼嗎？」她問。

「不太確定。」謝伊答說：「只聽得出牠們被困住了，而且飽受折磨。」

「我們該走了。」凱蒂說：「我們越早找到你們要找的女巫，就能越早離開女巫山。」

史黛拉拿出她的探險家羅盤，上頭沒有標示東西南北，倒是寫了雪怪、溝壑、食物和危險等有趣的字樣。她把羅盤調到「女巫」。後續的傍晚時分，大家便靜靜的繼續走著。每個人都在擔心巫狼對謝伊和柯亞的詭異影響，眾人豎著耳朵聆聽狼嚎，擔憂萬一狼群回來，會發生什麼事。

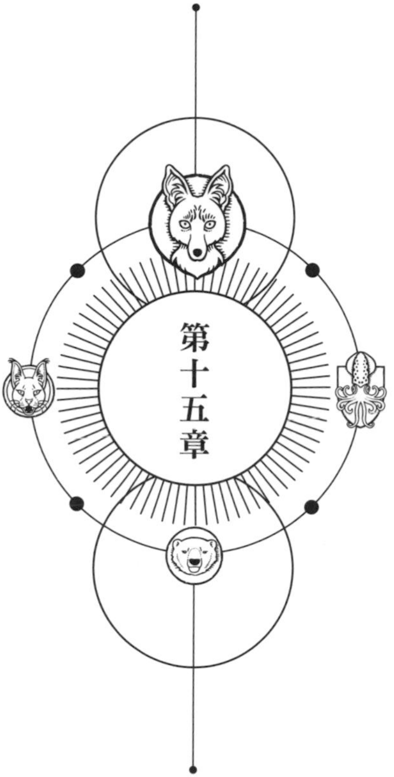

第十五章

在女巫山的第一晚

夜幕初降，眾人走了一段路後，史黛拉用手肘輕推凱蒂問：「那是什麼？」她指著地平線上，一顆突起的岩石後升起了幾團縈繞白煙。

凱蒂咧嘴一笑，說：「去瞧瞧。」

探險家們、駱駝、叢林小仙子和海象，一一穿過多岩的峽谷，來到豁然開朗的空地，地上有幾十根冒著煙的冰塔，大部分冰塔都有著寬大的底部，然後越來越細，以歪斜的角度傾斜著，直到變成尖端，史黛拉覺得很像巨大的女巫帽。

「這些叫冰噴氣孔。」凱蒂告訴大家說：「裡面住著冰龍，所以才會冒煙。」

史黛拉驚呼說：「太神奇了！我從來沒見過龍，連菲利克斯都沒看過，他說龍非常罕見，牠們危險嗎？」

凱蒂聳聳肩。「我想應該不會。」

「我不記得有任何探險家被龍殺死。」豆豆說：「很多探險家是被發狂的大象踩死，還有被河馬、北極熊、雪怪、魷魚、水母和叢林貓弄死的，但目前就我所知，沒有人被龍殺死。雖然詹姆森·柯比·史密斯中士在阿拉巴探索黑胡椒洞時，被困在龍穴裡，得派搜索隊把他從洞穴裡挖出來，但他們並未看見龍的蹤影。」

「呃，你們在這裡也看不到。」凱蒂說：「我跟我父親來這裡好幾回了，他說他連龍爪都沒見著。冰龍非常離群索居，有些人甚至認為牠們已經絕種了——冰塔之所以還會冒煙，是因為龍穴裡還留著餘燼。不過我喜歡想像龍群還住在裡頭。」

「噢，我真的好想看到龍。」史黛拉渴望的看著冒煙的冰塔說。

「我的天。」謝伊壓低聲，用手肘輕推了史黛拉一下說：「史黛拉，你看。」

他指著最近的一座冰塔，大夥驚奇的看著一個長著鱗片的小鼻子從塔頂探出來，緊接著露出一顆蜥蜴般的頭、前腿、翅膀和一條長尾巴，冰龍從噴氣孔裡爬出來了，牠低頭看著他們時，嘴鼻裡還噴著氣。

牠從鼻子到尾巴，渾身全是冰，冰龍用一對漂亮的淡藍眼睛，好奇的盯著他們。當牠朝著他們爬下冰塔時，每個動作都使牠在夕陽下閃閃發光。

四周有更多的龍從冰塔裡爬出來，探險隊小心翼翼的彼此緊聚，擔心遭到突襲。然而事實上，從冰塔上攀滑而下的龍群，似乎嘻鬧多過凶惡，牠們的爪子在雪地上亂扒，要不就是攤開翅膀，從上空降落。這些龍的個頭很小——約莫狐狸大小——而且似乎都對史黛拉特別感興趣。

一開始，牠們聚集在雪地上，窺視探險家們。然後，終於有一隻龍離開其他龍群，直接走向史黛拉，在她腿上蹭著，像撒嬌的小狗一樣，把嘴鼻湊到史黛拉手中。

「也許牠們能感知到你是冰雪公主？」謝伊說。

冰龍對其他人來說過於凍寒而沒辦法觸碰。凱蒂試著撫摸其中一隻時，手被冰給凍傷了，只得由豆豆幫她治療。但史黛拉發現自己可以毫無困難的應付牠們。冰龍們爬到史黛拉臂彎中，用鼻子蹭她的臉，爬到她肩上，把嘴鼻探到她的口袋裡。當牠們在其中一只口袋發現巴斯特時，還嚇了一跳。

太陽快速西沉，探險隊決定就地紮營過夜。噴氣孔能幫忙稍稍遮風，而且凱蒂說龍群的出現有助於防範巫狼靠近。

天黑後，他們發現冰龍的體內深處有小小的光斑，像小星星似的亮了起來。大夥從尼杰和蓋思身上卸下行李時，冰龍為探險家們表演了一番，像煙火秀似的轉著圈，在頭上旋繞。整座山散發出朦朧的橘光，因為地面被所有萬聖節南瓜燈照亮了，它們在黑暗中發出火熱的光芒，尼杰背上的那顆南瓜也射出明光。史黛拉很高興看到柯亞回來了，牠坐在謝伊身邊，用一貫的冷靜表情望著龍群，牠似乎恢復正常了。

龍群終於返回冰塔過夜休息了，謝伊從他的包包裡拿出魔帳毯。「好了，」他說：「我們也該睡了，我不知道你們怎麼想啦，不過我很期待躺到那些軟墊上。」

史黛拉想到那些鍍金的腳凳、大型天鵝絨椅墊，以及劈啪作響的火堆，便等不及想進魔法帳裡過夜了。他們之前僅在帳子裡很快的瞥了一眼，史黛拉很想四處仔細看一輪，說不定她運氣好，還能在角落找到一棵曼奇沒看到的跳跳仙人掌。

「響尾蛇樂。」謝伊大聲說。

大夥盯著他手裡的毯子，依舊是破舊且乏味的模樣。

謝伊眉頭一緊。「我沒說錯密語吧？」他說：「曼奇講的就是那幾個字嗎？」

「是啊，沒錯。」豆豆答說：「也許你得講得更熱情一點。」

「不管你用什麼方式說，」凱蒂表示：「只要你說的是正確的密語，魔法帳就應該出現。」

「那根本不是魔法帳！」伊森輕蔑的表示：「那只是一條破爛的舊毯子！曼奇調包了，給你的是假魔法帳。我早就說過了，他是個大爛人，欺騙了我們。」

「哼，要是你什麼都知道，幹麼一開始還讓他騙我們？」謝伊問，憤憤的把毯子塞回自己袋中。「當時你怎麼不講？那樣才叫有幫助，平常不是都沒人能讓你閉嘴嗎？」

「我什麼都沒說，是因為沒有必要。」伊森冷冷的表示，同時伸手到自己的披風中，然後大手一揮，掏出一條舊毯子。「這才是真正的魔帳毯，我趁著曼奇在解開尼杰的轠繩時，從他口袋調包的。**響尾蛇樂！**」

毯子立即變形，魔法帳在他們四周豎了起來，帳篷真的非常大——大到可以輕鬆納入探險隊和所有動物，包括蓋思。這頂魔法帳以前顯然屬於某位沙漠豺探險家俱樂部的人，因為牆上掛滿各種沙漠的地圖，包括蠍子沙漠、狼蛛沙漠，以及灼砂沙漠。椅背上還掛了幾條防沙披風，桌上有木髓帽，鉤子上掛著遮陽帽。之前的主人一定是在非常匆忙之下離開的。史黛拉想起曼奇告訴他們，最近有一隊沙漠豺探險隊經過女巫山，所以他才會獲得魔毯和這隻駱駝。這頂魔法帳一定也是同時間交易到的，至少史黛拉希望那是買賣得來的。她忍不住想起伊森說過從死人身上和天數已盡的探險隊那兒劫財的事。

不過有一點跟他們上回看見帳子時不同，那就是火堆上的掛鉤掛了一只大鍋子，裡頭有沸滾的燉肉。謝伊望著鍋子皺眉說：「之前並沒有這口鍋子，對吧？這裡該不會有人住吧？」

「不可能。」豆豆立即接口：「魔法帳變回毯子的形狀時，根本小到裝不下人。通常探險家或動物會被自動趕出來，不過倒是有一起事件紀錄，說魔法帳在倒塌前魔法出了問題，未能將探險家們趕出來。」

「後來那些探險家怎麼了？」凱蒂問。

「噢，他們都被壓扁了。」豆豆說：「徹底壓個粉碎，什麼都不剩。後來他們回到帳子裡，只找到一些碎屑……」

「但那種情況非常罕見吧？」史黛拉嚇到發抖，打斷他問。

「極度罕見。」豆豆跟她保證：「事實上，被吐口水的駱駝或橫衝直撞的海象殺死的機率，比被魔法帳壓死的機率高。」

每個人都轉頭去盯著尼杰和蓋思看，牠們兩個則天真無辜的回望著大家。

「很好。」謝伊搖搖頭。「可是這裡頭若沒有人，那這個又該如何解釋？」他指指那鍋正在燉煮的食物。

「我不知道。」豆豆說：「也許那只是魔法帳的一部分法力？」

「可是你們看這裡。」史黛拉指著桌子說：「那是替我們擺設的，就好像有人知道我們要來。」

史黛拉說得對，長桌上有一部分放著亂七八糟的地圖和頭盔，但其餘則清空出來，擺了五個碗和五根湯匙。

「看哪，甚至有一張為小仙子擺設的桌子。」

史黛拉指著一張放在他們大桌上的小桌子，周圍有四張椅子，還有四個小碗。

「說到小仙子，如果我們打算吃這鍋燉肉，動作最好快一點，免得他們吃光光。」謝伊說。

探險家們轉過身，正好看見叢林小仙子已經拿著他們不知從何處弄來的湯匙，在進攻鍋子了。四位小仙子坐在鍋子邊緣，雙腿懸晃著，向前彎下身子把湯匙伸進燉肉中，唏哩呼嚕的吃著。

「我的天啊！」伊森大叫一聲，將他們趕開。「別這樣！走開！這鍋食物是給大家吃的，不是只有你們要吃！」巫師厭惡的趕走他們。「好噁心，其中一個仙子的腳泡到燉肉裡了！我想就是哈米納！哈米納，別那麼討人厭行不行！我們沒有人想吃裡頭有仙子毛毛腳的食物！」

小仙子們內疚的奔回自己的桌子邊——其中一人在身後的地板上留下一道沾

著燉肉的腳印——立即開始戴上他們的領結，並爭相吵著戴那頂唯一的帽子。

「噢，別那樣大驚小怪。」凱蒂邊說邊開心的去拿勺子。「小仙子的腳從來都無傷大雅，把碗拿過來，我幫大家盛。」

大夥趁小仙子還來不及回到鍋子前，快速的吃著燉肉。那是史黛拉吃過最美味的食物之一，尤其在一日漫長的旅途後，就是需要來這麼一碗。

吃完燉肉，小仙子從某處端出一盤食人魚杯子蛋糕，以示感激（不過即使沒有杯子蛋糕，探險家們也會和他們分享燉肉）。哈米納顯然對於自己把腳伸進燉肉感到過意不去，因為她特意親送杯子蛋糕過去給伊森。

巫師嘆了口氣，說道：「但願你沒在這上頭沾到鼻涕或任何可怕的東西。」

「有的時候，只要單純接受人家的好意就行了，小蝦子。」在桌子另一端的謝伊說。

史黛拉覺得狼語者比平日安靜，她趁其他人享用杯子蛋糕時，悄聲問謝伊是否還好。

「我只是在擔心巫狼的事。」他告訴她說：「該怎麼說，我總覺得牠們好像……好像可能會傷害柯亞。」他垂眼望著安靜坐在他腳邊的影子狼。

「可是要怎麼傷害？」史黛拉問，「我的意思是，柯亞是影子狼，不是嗎？所以牠並沒有實體。」

「話是沒錯，但巫狼也不是一般的狼。凱蒂說牠們會吃靈魂，不是嗎？有些人認為，獸語者的動物，是獸語者靈魂的一部分，我以前從來沒看過柯亞露怯畏縮，從來沒有。牠那麼怕巫狼，這讓我非常憂懼。」

「噢，天啊，真抱歉。」史黛拉難過的說，把手探向下頭的柯亞，柯亞嗅著她的手指。「要不是為了我，你也不會來到這裡，柯亞更不會接近巫狼了。」

謝伊立即抓住她的手，用力握緊。「別感到抱歉，小火花。我並不後悔，除了在這裡陪你，我並不想去別的地方。女巫山太危險了，沒有朋友陪在身邊，你根本無法應付。我們必須想辦法處理這名女巫，這樣你才不必再活在恐懼裡，而且我們也絕不容許菲利克斯出任何狀況。」

史黛拉突然覺得熱淚盈眶，不知道是因為謝伊這番豪氣干雲的話，或是因為擔心菲利克斯，還是兩者皆有。

「不過你會如何呢？」她眨掉淚水問：「我是指，萬一柯亞受傷的話？」

謝伊搖搖頭，用一隻手把長長的黑髮往後撥。「老實說，我也不知道。柯亞一直都在，我們兩個是連結在一起的。我知道我若覺得痛，牠也能感覺得到，所以我猜，反之亦然吧。」他很快對史黛拉一笑，說道：「但願我們不必知道。」

眾人吃完飯後，穆塔發立即拿出他的鼓，其他小仙子也開始在桌子中央唱起了死亡之歌。

「他們真是奇怪的小東西，不是嗎？」凱蒂把一大把捲捲的髮辮撥到後方。「你們覺得，他們老是那樣唱歌打鼓，會不會無聊？看起來有點太重複了。」她突然彈指說道：「不知道他們喜不喜歡旗子，我覺得他們看起來好像會喜歡揮舞旗子。有人有紙和色鉛筆嗎？」

豆豆帶了一些鉛筆，萬一要在女巫山地圖的空白上填入任何標示時，可以用到。他還有一本素描本，用來畫任何途中發現的有趣事物，目前已經畫了好幾頁的飛鯊和冰龍。他撕下兩張紙給凱蒂，凱蒂畫了四面小旗子，畫完後剪下來，將旗子各自黏到一根細枝上。

「我們來看看會如何。」凱蒂說著把第一面旗交給穆塔發。

叢林小仙子小心翼翼的接過凱蒂手中的旗子，盯著看了一會兒，然後困惑的搔著頭。

「旗子是拿來揮的呀。」凱蒂告訴他說：「像這樣，看。」她拿過穆塔發手上的旗子，來回揮動。穆塔發的眼睛立即一亮，一把搶回旗子，開始熱烈的揮了起來，非常開心。

「看吧，我就知道他們會喜歡。」凱蒂高興地看著其他小仙子衝過去拿自己的旗。

「噢，你在旗子上面畫了探險家俱樂部的徽冠。」史黛拉挨近去看，發現哈米納在頭上揮動的旗子，畫有北極熊探險家俱樂部的徽飾。

「我想，或許他們能幫我決定該參加哪一個俱樂部。」凱蒂答說，「當然啦，前提是有任何俱樂部願意接受我的申請的話。」

伊森斜眼看著小仙子，然後說：「並沒有外星人探險家俱樂部這種東西。」

「確實沒有，可是做海魷魚俱樂部的旗子並沒有意義，不是嗎？」凱蒂問，「反正他們不收女生會員。」

這件事似乎很令伊森光火，他一把搶過豆豆手上的素描本，乾脆自己動手做旗子。

「那是海魷魚探險家俱樂部的徽冠嗎？」謝伊等伊森畫完後，看著旗子問。

「沒錯。」伊森回說。

謝伊咧嘴一笑說：「你問我的話，我覺得那條魷魚看起來比較像香蕉皮。」

「沒有人**問你**意見。」伊森說，然後把旗子遞給穆塔發。小仙子拿到兩把旗子，更加興奮了，他狂喜的拿著旗子四處亂蹦。

「我們先四下逛逛，探索一下。」伊森邊宣告邊推開素描本。「我得幫尼杰找點食物，而且我們應該盤點一下這裡有什麼。」

探險家們非常樂於探索魔法帳，餐桌位在類似廚房的區域，有許多櫃子，他們發現裡頭擺滿罐頭食品和乾貨。伊森把手伸入抽屜時引起一陣小小的騷動，因為他立即遭到跳跳仙人掌的攻擊，那基本上是一球牢牢刺入他皮膚裡的凶惡倒鉤。最後大家好不容易拔起刺球，豆豆施了一點治療法術，並從背包拿出一個北極熊OK繃給伊森。不過還不錯的是，跳跳仙人掌竟然是駱駝會吃的東西，尼杰很快把跳到伊森身上的仙人掌吃掉了，然後在帳子裡四處走動，用嘴鼻探索各個角落，撿食曼奇落掉的其他仙人掌。

帳子裡除了廚房和客廳之外，還有休憩區，裡頭放了一排乾淨的窄床，全掛上了蚊帳。

「好吧，這裡一定有人來過。」伊森望著說：「瞧，剛好擺了五張床，甚至放了四個鋪好手帕的火柴盒，給叢林小仙子睡覺。」

除了鋪好的床，還有五雙擺放整齊的拖鞋，上面全有沙漠豺探險家俱樂部的徽飾。看起來真的好像有人跟著他們在這帳篷裡，可是看不到任何人的蹤跡，而帳子裡只有這兩個房間。

「哈囉？」史黛拉喊道，四下張望。「有人嗎？」

沒人回答。

「也許他們躲起來了？」凱蒂說：「或許他們很害羞？」

「呃，不管他們是誰，我們都得把他們趕出去。」伊森說：「如果附近躲了不認識的人，我才不要在這兒睡覺。說不定我們全會在床上喪命，很可能給人絞死。」

「我不認為他們打算那樣做。」史黛拉說：「迄今為止，他們只是幫我們煮晚餐，以及打理睡覺的地方。」

眾人退回客廳區，桌上竟然出現五個裝著熱巧克力的馬克杯。

「這太荒謬了！」伊森大叫說：「就好像我們一直錯過他們，可是他們究竟都躲去哪兒了？」

「哈！」豆豆在角落高喊說：「我應該找到了！」他轉過身，手裡拿著一只精靈瓶。「瓶子裡一定有精靈。」他說：「精靈瓶在沙漠豺探險家俱樂部很流行，不是嗎？」

其他人也湊過去看瓶子，深金色的瓶子底部鑲滿各種寶石。

「呃，把瓶子擦一擦。」謝伊提議：「拿到精靈瓶，不都該那麼做嗎？」

由於他們之前都沒有人接觸過精靈，因此沒有人確定該怎麼做。豆豆試著按照建議摩擦瓶子，可是沒什麼作用，於是他拔開瓶蓋，往裡頭窺看。

「他就在裡頭耶！」豆豆大叫：「精靈就在裡面！我可以看得到他！」

其他人相互推擠著想瞧上一眼，史黛拉看到精靈瓶裡有個小小的大理石浴室，她驚喜的倒抽口氣，浴裡室還有貓腳浴缸，精靈正在裡頭泡澡，水面上飄著一隻亮黃色的橡皮鴨。

「呃……哈囉？」豆豆開口：「精靈先生？」

一聲到豆豆的聲音，精靈嚇了一跳，肥皂水濺了一地，都灑到大理石地板上了。下一刻，淡藍色的煙瞬間從精靈瓶口冒出來，一位實體大小的精靈渾身溼淋淋的站在大夥面前。他有藍色皮膚和極為彎曲的黑鬍子——北極熊探險家俱樂部的主席一定會非常欣賞。精靈戴著一條相當華麗的頭巾，腳穿捲尖頭的鞋子，還披著飾有沙漠豺探險家俱樂部徽冠的浴袍。史黛拉可以清楚的看到，小黃鴨從袍子口袋露了出來。

「噢，」她說：「哈囉，我們不是故意要……」

「不，不，別告訴我。」精靈抬起一隻手。「是小棉花糖對吧。我就知道我漏了某樣你們探險家**一定要**的東西了，我就知道會有某個很重要，連一下子都不能等的東西。我早就料到自己沒辦法好好的泡澡了，真的，我不知道自己怎會那麼樂觀，竟然直接跑去放洗澡水了。我真該到外頭去，在沙地裡亂滾。」

「我們現在是在女巫山。」豆豆說：「外頭沒有沙子，只有雪。」

「那就在雪地裡打滾。」精靈打斷他說：「原來我們在冰凍群島，難怪老覺得這麼冷，所以我才會想到要泡澡，讓自己暖起來。」精靈走到廚房區，開始在櫃子裡乒乒乓乓的忙起來。

「真的很抱歉打擾到你。」史黛拉追上去說：「我們只是很好奇究竟是誰幫我們準備晚餐和張羅其他的，就這樣而已，我們並不想打擾您洗澡。」

「你們想要響尾蛇棉花糖，還是蠍子形狀的？」精靈問。

「噢，天啊，只有那些選擇嗎？」史黛拉問，試著從精靈肩後探看櫃子裡。「我想，你大概沒有獨角獸形狀的吧？」

「那就蠍子棉花糖。」精靈開始往每個馬克杯裡丟棉花糖。

「實在太感謝你了。」史黛拉試圖緩頰說：「我的名字叫史黛拉．星芒．玻爾，您是……？」

「魯貝克。」精靈答道，他轉身面對這群探險家，似乎第一次將他們看個仔細。

「天哪，探險家怎麼好像越來越年輕了！不過沒關係，我接下來要對你們說的話，跟我之前對羅普特．班迪克．阿諾爵士說的話，並無不同。那就是，我只是魔帳毯裡的精靈，負責照顧這個地方和各位的溫飽。我可以讓你們達成小小的願望，包括一些特定的要求。」他彈彈指頭，手中便出現一大袋獨角獸形狀的棉花糖，一聲不吭的交給史黛拉。史黛拉不禁希望，精靈能在把蠍子棉花糖放到她的馬克杯**之前**，就變出這些。「我很樂意提供指定的特殊形狀棉花糖、鴨子形狀的熱水瓶，或是異國口味的早餐，還是更鬆軟的毯子；我可以提供編織的鼻罩、足部按摩或溫熱的熱水澡。可是我沒辦法完成任何重大的願望，萬一有人被毒蛇咬傷，我沒辦法用法力清除毒液；若硬要我移除你們身上的跳跳仙人掌，保證一定留疤。還有，我真的沒有辦法彈彈手指，就把侵入各位內衣褲裡的狼蜘變走。」

「媽呀！」伊森驚呼：「聽起來，沙漠豺探險家俱樂部好像不是人待的地方！」

「還有，」精靈接著說：「如果各位被困在深谷或埋在沙塵暴中，還是在峽谷之類的地方動彈不得，請務必架起帳子避難，不過可別指望我能變出飛毯，護送大家到安全的地方。好啦，這是各位的早餐菜單。」精靈從袍子口袋掏出五張卡片。「請勾選您想吃的品項，在午夜前放到桌上。今晚各位若還有別的事需要我服務，麻煩使用精靈召喚鈴，別再把各位的超大鼻子塞到本精靈的私人空間裡了。」他對著放在帳子角落桌上的藍金色鐘鈴揮揮手，然後，在大家還來不及講半個字前，便化為煙霧，鑽回精靈瓶裡了。

史黛拉其實很想繼續跟精靈聊天，可是他似乎心情欠佳，眾人便不再打擾他洗泡泡浴，逕自張羅準備過夜了。

史黛拉發現豆豆又把他父親的日記帶來了，日記是在被遺棄的遠征帳篷裡，從他父親的遺物堆中找到的，那時他們正在跨越黑暗冰橋的途中。豆豆總是仔細閱讀，希望從中找到可以解釋父親失蹤的線索。

豆豆還是信誓旦旦的想成為第一位橫越惡名昭彰的冰橋的探險家，但史黛拉並不覺得那是個好點子。據說冰橋受到詛咒，無數的探險隊在企圖跨越冰橋時失去蹤影，從此再也沒人看見或聽見他們。或許世上還是有些地方，實在受過太多詛咒、被遺棄荒置，根本不該再有人擅闖冒險——即使他們是探險家。

史黛拉不打擾要睡前閱讀的豆豆，去取來一頂木髓帽，跟凱蒂聯手把帽子戴到蓋思的大頭上。蓋思已經好幾次撞到東西，兩個女孩擔心他會受傷。

「我覺得牠戴這頂帽子還挺帥的。」史黛拉拍拍海象的背說。

「你知道嗎？我同意你的看法。」凱蒂看了史黛拉一眼，然後說道：「當公主是什麼感覺？真的很棒嗎？」

史黛拉嘆口氣。「不盡然。當探險家真的很棒，可是當冰雪公主，大部分時間都不太好玩。」

「天啊，但我願意付出一切來擁有魔法。」凱蒂說：「聽起來就超有意思的。」

「應該是吧。」史黛拉說：「但我若是使用太多法力，我的心就會凍結，變成邪惡的雪之女王，那樣就一點意思都沒有了。即使我只使用一點點頭冠的法力，我也能感覺到自己變得更冰冷，更殘酷。」她打著哆嗦。「我會不再關心自己所愛的人，那種感覺很可怕，很寂寞，簡直糟糕透了。」

蓋思似乎感受到史黛拉的悲傷，便靠向前，給她一個溼答答的大吻，將她側臉全給親了。史黛拉哈哈大笑，搔了搔海象的耳後。兩人離開，回自己睡床上安頓下來，留下蓋思在鏡子前顧影自賞，從各個角度欣賞自己的帽子。

不過史黛拉對於稍早驚擾到泡澡中的魯貝克，十分過意不去，因此幾分鐘後，她躡手躡腳的回到客廳區，營火仍旺盛的劈啪燃燒著。她想做點什麼來補償精靈，於是掏出口袋裡的圍巾，小心的纏到精靈瓶上。這條圍巾是幾年前菲利克斯送她的，用白色雪怪毛製成，上面繡著淡藍色的北極熊和獨角獸，十分漂亮。魯貝克之前提到他覺得冷，把精靈瓶包裹起來，或許能幫瓶子裡的精靈保暖。

不過史黛拉還是覺得不夠，她想起自己不知怎麼變出來的冰雪獨角獸和雪怪，以及她手指冒出來的法力。史黛拉想了一會兒，然後走到房間另一端的精靈召喚鈴旁，抬起手，凝神想著自己想做的事。

果然，一束束發亮的藍色魔法，從她的指尖嗞嗞射出，片刻之後，一整個妖精家族——不會比叢林小仙子的個頭大——便站在她前面的桌子上了，他們全是用雪做成的。妖精有大大的腳掌和橫七豎八的絨髮，而且每個妖精都拿著一塊牌子，上面寫著：**精靈休憩中，請勿打擾**。

「好了。」史黛拉滿意的說：「這樣應該就行了，別讓任何人搖鈴喔。」她對妖精家族說，他們全期待的抬眼看著史黛拉。「可憐的魯貝克跟我們其他人一樣，都該睡一晚好覺。」

妖精們對她點點頭，然後緊握著牌子，開始大步來回巡邏。結果證實，這一招很管用，因為就在史黛拉回床位途中，伊森出來了，直接往鐘鈴走過去。他決定想要鴨子造型的熱水瓶，可是當他伸手拿鈴時，其中一名妖精用力咬了他的手指一口，然後對他奮力揮動牌子。巫師若真想對付妖精，應該也能辦得到——例如把他們全部變成綿綿蛙——可是他看到史黛拉從臥室門口看著他，只好氣呼呼的聳聳肩，大步走到史黛拉身邊。

「你又沒戴頭冠。」他說：「這些妖精是怎麼變出來的？」

「我不知道。」史黛拉回答：「我似乎不需要戴頭冠，就能施展雪魔法。」

「那代表什麼意思？」伊森問。

史黛拉搖搖頭。「我也不清楚。」

第十六章

魔幻掃帚森林

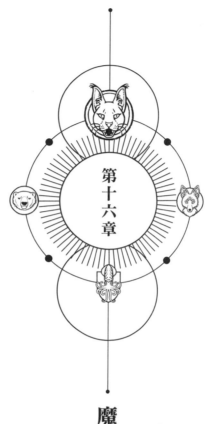

翌日早晨，少年探險隊醒來後，各自在床尾發現一隻橡皮鴨，全是亮黃色的，而且每隻鴨子都戴著不同的帽子。史黛拉的鴨子戴了頭冠，凱蒂的是寬邊牛仔帽，豆豆的是針織毛帽，伊森的是尖尖的巫師帽，而謝伊的鴨子則戴了一頂印著狼頭的鴨舌帽。

「不知道這些鴨子是做什麼用的？」凱蒂拿起她的橡皮鴨說。結果她的手指一碰到鴨子，床鋪四周便彈起一道簾幕，床不見了，取而代之的是一個裝滿氤氳熱水的貓腳浴缸。

「天呀，這才是真正的服務嘛！」她大聲說：「裡頭甚至放了我最愛的泡泡浴！覆盆子香味的！」

其他人連忙拿起自己的小鴨子，發現他們各自擁有專屬的熱水澡。史黛拉超喜歡她的，因為泡泡聞起來像杏仁蛋白糊，肥皂是北極熊形狀的，水裡甚至漂著玩具企鵝和小小的冰山。

等探險家們全部洗好澡，換妥衣服後，大夥來到餐桌邊，魯貝克已經把大家所點的早餐都準備好了。史黛拉要的是鬆餅，她走過去，高興的看到精靈幫她準備了獨角獸形狀的鬆餅。

「早安，史黛拉小姐。」魯貝克出現在史黛拉身邊說：「請容我為你拉椅子，希望你對早餐還滿意。」

「非常謝謝你。」史黛拉眉開眼笑的對他說。

精靈穿了一件繡著金、藍華麗圖紋，飾有翠綠衣襬的袍子，脖子上還俏皮的圍著史黛拉的圍巾。

「以前從來沒有人送過我禮物。」精靈說。

史黛拉原本只是想出借圍巾，沒有要送他的意思，可是看精靈那麼高興，她實在無法開口把圍巾要回來。史黛拉知道菲利克斯會諒解她為何把圍巾送人。

「天啊，從來沒有嗎？」她問。對史黛拉而言，從來沒收過任何人的禮物，必然非常悲傷。「那太可怕了！」

「精靈是僕人，小姐。」魯貝克靜靜的說：「至少沙漠豺探險家俱樂部的人是那樣看待我們的。沒有人會送禮物給僕人。」

「對我們來說，你並不是僕人。」史黛拉連忙要他放心，她腦中突然閃過一個可怕的念頭。「你該不會是這裡的囚犯吧？」

「噢，不是的。」魯貝克答說：「精靈的服務報酬很好，而且我很久以前就不受神燈的束縛了。最近還會被拘囚的精靈已經不多了。」他高傲的輕哼一聲。「但那也未必表示你會被以禮相待。」

「嗯，我們不會期望你要隨傳隨到。」史黛拉說著，指指精靈燈旁邊的雪妖精，他們似乎團抱成一個大球，毛腳交纏的睡著了，而且都張大了鼻孔。「你若不想被打擾，隨時請妖精們拿起他們的牌子就行了。」

「你人太好了。」精靈說著對史黛拉鞠躬行禮。「一位名副其實的淑女。」

「其實，史黛拉是公主。」豆豆說：「冰雪公主。」

「太棒了！」魯貝克說：「很高興為您效勞，公主殿下。」

「哎呀，你真的不用那樣稱呼我。」史黛拉回說：「拜託，請叫我史黛拉就好了。」

「如你所願。」精靈答道。

精靈彈彈手指，然後冒著泡泡的熱巧克力鍋便出現在每位探險家的盤子邊。每只鍋子旁都有位小小的玩具女巫，拿著糖掃把，攪拌熱熱的巧克力。

大夥就坐，很快吃著早餐。史黛拉一心想快點出發，他們**必須**趕上菲利克斯。攪動熱飲的玩具女巫令史黛拉更急著想走，尤其當其中一個女巫還騎上掃帚，在屋中飛繞。

凱蒂注意到史黛拉的表情，便問：「怎麼了嗎？」

「只是在想女巫的事。」史黛拉朝玩具女巫的方向比了比，努力不要顫抖。「她們實在太可怕，太惡毒了。」

凱蒂的表情有些吃驚，連史黛拉都被自己凶惡的語氣嚇一跳。但她父母被女巫殺害了，而現在那名女巫更威脅到菲利克斯，因此她真的覺得自己有很好的理由去恨她們。

眾人不再耽擱，火速收拾行囊，讓魔帳毯縮回毯子的模樣，然後跟藏在噴氣孔裡噴煙的冰龍們道別，出發上路，往女巫山進一步攀高。在待過溫暖舒適的帳子後，冷空氣感覺異常刺骨，大家都慶幸自己穿了雪靴和厚披風。

不過史黛拉發現自己並未如預期中的那麼寒冷，上回探險時，她跟其他人一樣，套了一層層的羊毛衫和保暖褲，但大部分時間依舊覺得寒冷。女巫山的冰雪不見得較少，但史黛拉不像上次那樣還穿上探險家外衣。在披風下，她僅穿了灰色洋裝。這件旅行洋裝雖是羊毛製的，史黛拉也在下半身加穿上有晶亮雪花的厚實緊身褲，但這樣的穿著，在冰凍群島應該不足以保暖。其他人直打哆嗦，搓手跺腳的次數遠高過史黛拉，她甚至不需要戴手套，這令她很擔心，因為此事必然與冰雪公主有關，而且若從她的新法力來看，她越來越像冰雪公主了。

「上方就是魔幻掃帚森林。」凱蒂環視眾人說：「我就是得去那裡找我稍早逮到的那名女巫，並取走她的一束頭髮。」

「森林再過去呢？」謝伊問：「接下來是什麼？」

凱蒂聳聳肩。「我跟你一樣不知道。」她說：「我以前從沒越過森林。」

「這座森林安全嗎？」豆豆問。

「不算安全。」凱蒂答說：「畢竟是女巫山的魔幻掃帚森林，裡面有各式各樣的危險事物。」

「很好。」伊森說：「聽起來很好玩。」

「我覺得聽起來一點也不好玩。」豆豆憂心忡忡的說。

「事實上，真的很好玩。」凱蒂咧嘴笑說：「如果裡面很安全，就沒什麼意思了。」她爬上蓋思背上的鞍座。

「那頭海象戴上木髓帽後，看起來更詭異了。」伊森搖著頭說：「如果你是騎那玩意兒去海魷魚探險家俱樂部的話，難怪被拒收了」

凱蒂對巫師吐了吐舌頭說：「至少蓋思不會對人亂吐口水。」

尼杰立即朝附近一顆南瓜燈吐口水，一臉顯然很討厭那顆南瓜的表情。

大夥沒走多遠，便來到魔幻掃帚森林了，你不可能錯過這片林子。森林聳立在他們面前的山上，乍看之下就像是普通樹林，可是等大家更靠近時，便看出那些長長的棕色樹幹，原來不是樹，而是巨大的掃帚棍。上方也不是葉子或枝幹，而是有如枯枝的粗硬刷子刺入天空。密密麻麻的掃帚遮蔽了天空，使得森林即便在大太陽下，也幽幽暗暗，陰影幢幢。這裡的氣氛詭譎死寂，缺少了一般會在森林裡聽到的窸窣聲、沙沙響和啁啾鳥語。大夥都察覺到這點了，柯亞緊挨在謝伊身側，耳朵往後豎著，通常這不是好現象。史黛拉忍不住想，泰迪熊一定不會到這種森林裡野餐。

不過凱蒂似乎不在意，她回頭看著肩後，給其他人一個大大的笑容。「走吧，夥伴們。」她眨眨眼說：「最好保持警覺。」

就在此時，天空傳來一聲爆炸，大夥驚覺另一批標示菲利克斯位置的紙片禿鷹，就在他們前面山上。紙禿鷹在魔幻掃帚森林的另一側，證實了他們走在正確的方向上。

探險隊、女巫獵人、駱駝、影子狼和海象，安靜且戒慎恐懼的進入森林裡，連蓋思似乎都知道不能發出任何聲響，而忍住平時的吼叫。可惜探險隊裡有四位不懂得低調行事的天兵，叢林小仙子沒多久便吟唱起死亡之歌了⋯⋯

「**哈呀呀呀，哈呀呀呀，哈呀呀呀！**」

「哎呀。」凱蒂四下張望，盯著窩在尼杰雙峰間唱歌的小仙子。「各位，我不會讓他們唱下去的，森林裡有各種東西，最好別讓它們知道我們的位置。」

伊森伸手搶過穆塔發的鼓，小仙子生氣的朝他揮舞拳頭。巫師也立刻對他揮舞拳頭說：「你們這些豬隊友，會害我們全變成毒菌！」他嘶聲說。

「快，把旗子給他們。」史黛拉趁小仙子拿臭莓果射大家之前說。

凱蒂從她的口袋掏出探險家小旗子遞過去，穆塔發故意把海鮋魚探險家俱樂部的旗子扔掉，但他們仍拿著另外四支旗子，意思意思的揮幾下，鬱悶多於興奮。

眾人繼續往森林深處前進，四周的掃帚柄極為高長細瘦，長度達九十幾公尺，甚至更高，聳入天際。棍柄上方的鬃毛也密實到連雪和光都透不進來，大夥發現他們的靴子嘎嘎作響的踩在從上面脫落的脆硬鬃毛上。空氣中飄著溼木的味道和霉味，不幸的是，還加上駱駝的口臭——尼杰吃進去的那些跳跳仙人掌，似乎很難消化。

森林裡實在太暗了，史黛拉只得從包包裡拿出火精靈燈，將精靈戳醒，幫大夥照路。他們沒辦法清楚的往上看到粗枝的頂端，但時不時的會聽見某種東西移動的沙沙聲。

「那上面是什麼？」謝伊一邊盯著掃帚看，一邊悄聲問凱蒂。

「也許是蝙蝠。」獵人答說：「也可能是貓頭鷹，女巫山有很多蝙蝠和貓頭鷹。別擔心，牠們不會傷害你們。」

「那兔子呢？」史黛拉問，「聽說潔西貝拉把毒兔子引進女巫山了。」

「真的嗎？我從沒在這裡見過兔子。」凱蒂答道。

「對探險家來說，魔法森林從來沒好事，即使森林不在女巫山上。」豆豆說：「我覺得這裡可以找到各種可怕危險的東西，從岩妖、吞食怪，到……」

「應該經過這裡就能找到我的女巫。」凱蒂帶著蓋思穿過鬈枝林。

眾人來到一小片空地，看到一間史黛拉所能想像的，最窄小歪斜的薑餅屋。屋子傾斜的角度，讓人懷疑它怎麼還能屹立不倒。巧克力瓦屋頂、麥芽糖窗、薑餅牆和枴杖糖圍籬，完全像是出自童話裡的薑餅屋。

「來吧。」凱蒂說：「她應該在後邊等著。」

探險家們跟隨女巫獵人來到房子另一側，那裡有一座石造花園、一個裡頭都是胖蟾蜍的石砌小池塘，還有一座看起來像許願井的東西。

「別往許願井裡扔任何錢幣。」大夥經過時，凱蒂警告。

「為什麼？」伊森問。

「因為裡頭住了一隻妖精。」她答說：「如果人們對他扔骯髒的舊錢幣，他會大發雷霆。」她回頭瞄了一眼後說：「噢，還有，我不會讓叢林小仙子狼吞虎嚥的吃薑餅屋，因為屋子下過咒，吃了會生重病。」

四位探險家連忙把叢林小仙子從房子邊拖走，凱蒂從蓋思背上滑下來，大步走向一根掃帚樹，鞋子的馬刺噹啷響。樹上的鬚枝間有一間岌岌可危的樹屋，凱蒂拾起腳邊的圓石，精準無比的朝樹屋扔過去。樹屋顯然也是薑餅做的，因為石子一擊，薑餅屑便嘩嘩的灑落在獵人身上，害她打了個噴嚏。

叢林小仙子對大薑餅屋情有獨鍾，四位探險家得全員出動，才勉強把他們拉開。史黛拉抓住穆塔發，他剛剛成功從窗臺上弄下一大片薑餅。史黛拉必須承認，薑餅聞起來確實非常可口，像是剛出爐的。

「別吃。」她警告穆塔發，試圖搶下他手裡的薑餅。

可惜小仙子動作太快，已經把整片薑餅塞進自己嘴巴裡了。

「噢，穆塔發。」史黛拉嘆著氣。「凱蒂說這會害你生病，你真的不能相信女巫的薑餅。」

但叢林小仙子顯然不那麼想，因為他心滿意足的一口吞掉薑餅了。

「哈里耶好像也吃了一些。」謝伊看著他手裡的小仙子說。

「我們只能祈禱叢林小仙子的胃腸比人類強壯。」史黛拉表示：「最好先牢牢抓住他們吧。」她低頭看著穆塔發說：「我很抱歉，可是你再掙扎也沒用。」

她告訴他：「這是為了你好。」

探險家們跟著凱蒂來到樹屋底下，女巫獵人的帽簷上積了許多先前被圓石砸下來的薑餅屑。

「杜絲拉！」她說：「你在哪裡？」她看了其他人一眼，然後說：「可惡，我想她一定跑掉了。」

「你該不會隨便把她丟在這裡吧？」史黛拉訝異的問：「至少有將她綁起來吧？」

「沒有，不過她答應會在這裡等。」凱蒂回答。

「女巫的保證你也信。」

凱蒂聳聳肩。「算了，她不可能跑遠，我們若繼續往下走，也許會遇到她。」

探險隊繼續上路，他們幾乎才離開薑餅屋，就遇到一片惡臭四溢的沼澤。濃稠的綠色液體「啵啵」的滲流著，散發出腐爛的臭蛋和骯髒的腳臭味。地底下肯定有溫泉，因為沼澤表面冒著蒸氣。臭氣強烈甚至影響到掃帚樹，這裡的樹不高也不直，而是歪七扭八的彎成奇怪的角度，連上方的鬃枝都受到影響，變得更長且雜亂，像一坨厚毛繩似的朝沼澤垂去。

「別把手伸到沼澤裡。」凱蒂低聲告訴其他人：「沼澤裡住著妖精，一逮到機會，他們就會把你拖進去。」

「你一定覺得我們很無腦。」伊森一手摀著鼻子說：「哪個腦子正常的人，會把手伸到那種髒東西裡？我寧可死，也不想用腳趾去沾。」

一會兒之後，路面陡升，通到一處極高的岸邊，然後就沒有路了。大夥發現前面有一座史黛拉生平見過最殘破不堪的橋。菲利克斯曾跟她說，危橋是探險的一部分，未知之境的橋，從來都不會是堅固新穎又牢靠的，而總是搖搖晃晃，一副不穩固的樣子，這幾乎已經是江湖規矩了。

「就是這樣才有意思。」菲利克斯說。

可是史黛拉對這條橋實在沒把握，橋上的腐木用兩條看起來隨時可能散開的繩子繫著，兩端分別綁在彎曲的掃帚樹上，而橋下就是一大片冒泡的綠沼澤。

「這一定是某種殘忍的玩笑吧！」伊森哀號說。

「看起來這是唯一能穿越沼澤的路。」凱蒂雀躍的說。她捲起袖子，把一頭髮辮甩到肩後，對這情況似乎興致勃勃。

她催促蓋思前行，但伊森火速擋到海象前面。「不行，不行，不行。」他說：「你不能先過橋，我的意思是，你看看蓋思，牠大得跟頭象一樣！這條橋絕對撐不住牠的重量。」

「呃，只有一種辦法能揭曉答案。」凱蒂回答：「萬一發生最糟的狀況，蓋思把橋弄塌了，那麼我們可以全騎到牠背上，蓋思會游過去的。他非常擅長游泳，即使是在這種沼澤。」

「尼杰很難騎到牠背上吧？」伊森指著被沼澤的臭氣熏到嘴唇直掀的駱駝說：「而且你剛才不是說有妖精嗎？」

「好，既然你那麼聰明，」凱蒂嗆說：「那你有什麼建議嗎？」

「我先走吧。」伊森堅定的說，他抬起一隻手表示：「我知道我一直很自私，我很抱歉。可是每當有人把重量加到那座橋上，橋就會變得更脆弱，更可能隨時塌掉。既然我是那個受不了骯髒的人，那麼由我率先過橋，似乎很公平。」

「我也不喜歡骯髒。」史黛拉憤憤不平的抗議。

「可是你並不介意身上都是北極熊的口水。」伊森回嗆，「我們應該一次一個人過橋，我要先過去。」

其他人還來不及抗議或跟他爭辯，伊森已踏上橋了。他的靴子才碰到第一道板子，橋便開始令人擔憂的在他腳下搖晃呻吟，並發出咿咿呀呀的聲音，巫師只得伸出雙臂保持平衡。看到伊森前方的橋段還如此之長，史黛拉忍不住懷疑他能否走到盡頭，尤其是橋上並沒有扶手可用。

「伊森，我不太放心。」她喊道：「也許我們應該找其他過去的辦法。」

「太遲啦，我已經在過橋了。」伊森答道。

他在橋上走了幾公尺，快到半途時，豆豆突然在他們下方說：「我找到另一條路了，沼澤底下有條地道，我們不需要過那座橋。」

其他人全轉過身，看到豆豆爬下岸邊，來到底下沼澤的草地中，他真的找到了地道入口——隱藏在一棵掃帚樹垂下來的厚實鬚枝後方。而這會兒他們都看得出來，地道直接通到沼澤底下，只是裡面太暗了，看不出是否通到沼澤的另一端，不過大家都同意值得一試，因為沒有人想帶著一隻傲慢的駱駝或傻氣的海象過那座橋。

史黛拉高喊伊森的名字，想告訴他大夥找到另一條路了，可是伊森連頭都不回，只是煩躁的對她揮著手臂。

「能不能別煩我？」他罵道：「這樣別人會以為你想害我跌下去！」

「別管他。」謝伊告訴史黛拉說：「他都已經走一半了，而且我們不確定地道安不安全，或能不能通到對面。」

眾人手忙腳亂的爬下岸邊和豆豆會合。豆豆看看凱蒂，然後問道：「地道裡也住著妖精嗎？」他緊張的扯著自己的毛帽。「你要知道，妖精對探險家來說是很危險的，四個探險家俱樂部全有過與妖精相關的傷亡事件。住在沙漠的沙妖害沙漠豺探險家俱樂部的人深受折磨；有腳蹼的海礁水妖會攻擊海魷魚探險家俱樂部的潛艇。冰妖對北極熊探險家俱樂部所造成的破壞，僅次於雪怪；而住在猴子叢林，會挖鼻孔和吃鼻屎的叢林妖精，毀掉很多次叢林貓探險家俱樂部的野餐。」

他看著地道說：「所以你覺得，裡面會不會有妖精？」

獵人聳聳肩。「很難說，我以前在女巫山，從沒鑽過任何地道。」

「我想很可能跟山洞一樣，有各種風險吧。」豆豆憂心的數著手指說：「會咬人的蝙蝠和老鼠、毒蛇、毒蜘蛛、毒——」

「噢，不對，不對。」凱蒂笑呵呵的說：「你有可能在正常的山洞裡找到那些東西，可是在女巫山的山洞，更有可能遇到飛鯊或催眠白貓、瘋癲的蟲眼小鬼，或是令人窒息的舞菌，還是……」

「可以了。」謝伊抬起手說：「我們了解了。」他瞥了豆豆一眼，豆豆從頭到腳趾都在打哆嗦，而且再次緊張的扯著自己的毛帽。「很難說，搞不好地道裡根本沒有危險或可怕的東西。」他走過去想拍拍豆豆的背，卻在最後一刻及時想起這位醫生不喜歡人家摸他，於是謝伊說：「只要專心想著獨角鯨和果凍豆，我們很快就會從另一頭走出去了。」

一提到獨角鯨，豆豆便想起父親送他的木雕，他從口袋拿出雕刻緊緊握住，以求安心。史黛拉伸手拉起尼杰的韁繩，並把發亮的精靈燈稍稍舉高，四個孩子踏向前，走進漆黑的地道入口。

地道裡飄著溼氣與寒石的氣味，綠色的地衣沿著壁面攀爬而上，腳下溼滑的青苔覆著一層閃亮的冰霜。

「嗯，這裡之前一定有小鬼來過。」凱蒂指著牆壁說：「這些是小鬼的洞沒有錯。」

史黛拉舉起火精靈燈，大夥盯著在石壁鑽出的許多孔洞。

「不過看起來，他們已經不在這兒很久了。」凱蒂四處張望著說：「如果小鬼還住在這裡，附近應該會有更多小骨頭。」

蓋思輕鬆的在溼滑的苔地上滑行，似乎很高興能進入地道。不過幸好她們幫牠戴了木髓帽，因為蓋思興高采烈的在他們前面狂滑，結果一下就撞到前方彎道上的石壁了。海象甩著頭，看來有些撞糊塗了，不過大致上沒受傷。

地道往右拐去，眾人一繞過彎口，就發現不再需要火精靈燈照明了，因為光線穿牆而入，這邊的牆並非堅固的石牆，而是透明的。

「這是什麼？」史黛拉看著牆面問：「是玻璃嗎？」

「巫石。」凱蒂答道。

巫石窗戶占去了大部分地道，包括屋頂，因此他們能看到環繞在四面八方的沼澤。

「為什麼這片沼澤會這麼明亮？」史黛拉問，大夥把鼻子貼到巫石窗上，想看個仔細。「沼澤從上面看起來，明明是很密實的綠色。」

「奇怪。」凱蒂說：「那裡一定有什麼會發光的東西。」她轉向豆豆問：「你似乎很懂妖精，你覺得呢？有沒有會在黑暗中發光的妖精？」

豆豆皺著眉說：「我才不是妖精專家。」他說：「到目前為止，在已發現的世界裡就有超過三百種妖精了，我只記得其中六十二種的習性與棲地。也許我應該請班尼迪克叔叔在耶誕節送我一本妖精書？」

「走吧。」謝伊說：「不管那裡有什麼，可能都不是好東西，我們應該繼續前進，否則伊森會以為我們被妖怪抓走了。」

眾人繼續沿著地道走，窗口時不時的滑過一道陰影，但來去極快，史黛拉根本無法看清楚是什麼東西。不過她相信謝伊說得對，女巫山的沼澤裡不太可能住著善類。

「看，伊森在那兒。」豆豆指著通道牆頂上的巫石窗說。

大夥抬頭一望，果然看到巫師在他們正上方。從他們的位置，可以看到伊森的靴子踩著上面的橋，看起來伊森就快抵達沼澤另一頭了。

「這裡的光好像更亮了。」豆豆說。

史黛拉發現他說的對，伊森位置正下方的水，格外的明亮。

「糟糕。」凱蒂說。

「怎麼了？」謝伊嚴厲的盯著她問。

「我想我知道那個光是什麼造成的了。」獵人指著窗外說道：「是發光食人魚。」

史黛拉順著她的手指望去，驚訝的倒抽一口氣。果然有一群面目猙獰的魚兒直接游到伊森下方。牠們看起來幾乎全身是牙，一排又一排的利齒直接從魚兒口中突出來，還彎過魚唇，看起來凶惡極了。牠們的魚鰭發出銀光，亮到足以透過渾濁的沼澤。魚群專心致志的盯著伊森，滿心期待的張咬著牙。

「我的天呀！」謝伊大叫，「萬一他跌進沼澤裡，鐵定會翹辮子。」

「他又沒有辮子。」豆豆皺著眉頭說：「萬一他摔入沼澤裡，就會變成一名死掉的巫師，那樣才對。一群發光食人魚，能在一分鐘內把一名成年人的血肉全部啃光。」

正當大夥覺得事態不能再更糟時，一大片白色的物體突然重重撲在通道的屋頂上，探險家們全嚇到往後跳。他們發現自己正瞪著一隻蒼白妖精的眼睛，妖精四肢瘦長、眼睛窄小、毛髮如海草般雜亂。牠用長蹼的指頭，像章魚觸手似的吸附在巫石上，這隻可怕的妖物隔著水，對他們發出嘶嘶聲，露出一排排針似的利牙。

「那是蹼指吸血鬼。」豆豆說：「牠們會吸食血液，經常住在發光食人魚附近。」

「媽呀！」史黛拉說：「沼澤裡爬滿各種怪物！快！我們得警告伊森！」

眾人拔腿狂奔，駱駝的蹄子踏在石地上噠噠作響，尼杰因被迫奔跑而生氣的發出嘶鳴。大家在快速奔馳途中，看到越來越多蒼白的吸血鬼妖精，游過被食人魚照亮的水裡。

大家慌亂的匆促逃出通道盡頭，這時伊森也剛好下橋了。看見大家，他一臉吃驚的問：「你們是怎麼——」

「地道！」史黛拉喘著氣回答：「是豆豆找到的。」

「幹麼不早點告訴我。」伊森惱怒的說。

「如果你能等一等，別急著搶先過橋，就能跟我們一起安全的走了。」謝伊答道。他朝柯亞伸出手，柯亞在他指間輕輕蹭著。「你知道嗎？小蝦子，自私不見得總是好的。」

史黛拉指著沼澤說：「沼澤底下爬滿怪物，你真的非常幸運！」

巫師輕蔑的瞥她一眼說：「那跟運氣一點關係都沒有，而是因為本人平衡感一流，步履穩健。」他瞪著謝伊繼續說：「還有，不許罵我自私！我是在幫大家的忙，萬一橋不安全，我會第一個知道。」

「現在已經無所謂了，別再吵這件事了吧。」謝伊嘆口氣，伸出手去扶伊森的手肘說：「我們還是專心設法離開這個充滿怪物的沼澤吧。」

伊森不肯接納謝伊伸出的手，巫師啐道：「別碰我！我不需要你的幫忙！」

他拍開謝伊的手，可是這個動作害他的腳跟在沼澤邊緣的軟泥上打滑。謝伊衝向前，卻僅抓住伊森的指尖，巫師往後倒，指尖立即從謝伊手中滑開，整個人直接掉進水裡。

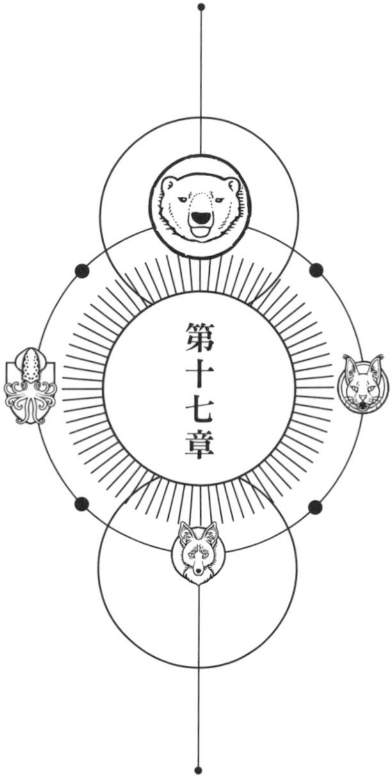

第十七章

新夥伴加入

前一秒巫師人還在，下一秒就被咕嚕嚕的拖到水面下了。史黛拉彷彿聽到豆豆在地道裡說的話：**萬一他摔入沼澤裡，就會變成一名死掉的巫師，那樣才對。一群發光食人魚，能在一分鐘內把一名成年人的血肉全部啃光……**

她腦中閃過從綠色水中拔出一具骷髏的可怕畫面，因為伊森只剩下枯骨了。等他們回到家，拿出一袋骨頭交給柴克里．文森．盧克時，他一定很不高興。可是他們沒時間驚慌或乾著急了。菲利克斯總說，探險的首要原則，就是在遇到危機時保持冷靜。

「萬一每次探險隊裡有成員被沖到瀑布裡或被雪怪抓走，還是被雪崩埋住，探險家就驚慌失措，那我們不就隨時跟無頭蒼蠅一樣了嗎？」他說。

不過，當你的隊員掉進一個游滿發光食人魚和吸血妖精，而且飄著惡臭的沼澤時，要保持鎮定真的有點困難。不幸的是，豆豆已經完全失控，開始一邊背誦與食人魚相關的探險家死亡事件，一邊扯著自己的毛帽；凱蒂雙手摀著嘴，驚恐的瞪著水面；謝伊和史黛拉則立即採取行動。

他們合力抓住一根橫空的毛茸樹枝，將它往下拉。樹木咿咿呀呀的抗議，他們必須奮力扯，才能把樹枝壓到水面下，但這招奏效了，因為伊森立即抓住樹枝。兩人鬆開手，樹枝登時「啪」的往回彈，猛的將巫師從水裡拉起來，綠色的稠液隨之噴濺。伊森降落在岸上，全身都是可怕的綠泥，而且詭異的是，同時有幾十隻綿綿蛙在他身上又爬又跳。不過等青蛙發現自己在陸地上後，便從巫師身上跳下來，跳回沼澤裡。

「我都不知道那裡頭有綿綿蛙！」凱蒂說。

「那些不是青蛙！」豆豆倒抽一口氣，指著最近的一隻說：「那隻從嘴裡凸出牙齒，那邊的背上有鰭。我覺得牠們是食人魚，伊森一定是對牠們施咒了。」

「吉迪恩不是在伊森的口袋裡嗎？」謝伊問。巫師還躺在岸上咳嗽。

大家心頭一慌，連忙去抓青蛙，免得牠們跑走。有些青蛙依然看得出來食人魚的特徵：牙齒、鰭、發光，或只是一種凶殘的野性，但其他的看起來全像正常青蛙，任何一隻都很可能是吉迪恩。

史黛拉抓了幾隻青蛙放到裙子上，卻被臭氣薰到皺起鼻子，因為這些青蛙當然也全沾了沼澤的水。凱蒂一把脫下帽子裝了幾隻青蛙；謝伊塞了幾隻到他的袋子裡，豆豆則是用他的毛帽。等大夥把抓來的青蛙全倒進謝伊的背包時，每個人身上也都沾滿了黏呼呼的沼泥，但沒有人比伊森嚴重。他渾身被沼泥浸透，整個人還躺在生苔的草地上大口喘氣。

當謝伊將裝滿青蛙的包包拉上拉鍊時，巫師踉踉蹌蹌的站起身，看起來滿像一隻沼澤怪物。他拚命擦掉眼睛上的綠泥，他的頭髮都是黏液，指間也淌流著，而且還從頸背上滴下來。

「天啊，我從沒遇過比這更慘的事了！」他喘著氣，差點憤怒到哭出來。「我真不敢相信，都這種節骨眼了，你們竟然還在管青蛙！」

「要不是你固執又白目，一開始也不會跌到沼澤裡！」謝伊說：「我從沒見過像你這樣老是自討苦吃的人！」

「我本來打算跟大家分享的，不過衝著你剛才那句話，你自己去找你的魔法泡泡浴吧！」伊森罵道。

說完，他從口袋掏出一把從曼奇那裡偷來的紫色泡泡。

「噢，那就是泡泡浴嗎？」凱蒂盯著它們問。

「這些都是我的！」伊森咆哮著說。

「沒問題，但我要是你，我不會一次用十顆……」

「都是我的！」伊森重申一遍。「如果你們想要用，當時就該趁機從威諾斯交易站偷一點。」他凶狠的瞪著謝伊，「你居然敢罵我老是自討苦吃，隨便你，可是在我看來，我才是我們之中唯一有先見之明的人。」

「問題是，如果你一次使用超過一顆，結果就會變得有點……」凱蒂才開口，就被伊森打斷了。

「你休想騙我跟你們分享！你以為我有那麼蠢嗎？」

說著他舉起手，一口氣把十顆泡泡全拍到自己額頭上。

史黛拉記得曼奇在尼杰身上才用了一顆泡泡，駱駝就變得清潔溜溜，修剪得美美的。但那是一小顆泡泡對一大隻駱駝的效果。十顆泡泡用在一個男孩的身上，效力應該很不同吧。史黛拉以為伊森會恢復原狀，只是變得更乾淨而已，但事實上他整個人消失了。他們一開始還以為伊森真的不見了，接著豆豆看到草地上有個紫色的東西，大夥全趕過去仔細檢視。

那是一顆肥皂——約莫史黛拉的手掌大小——而且是巫師的形狀，以及尖尖的巫師帽、飄逸的袍子，甚至還有一根魔杖和一臉大鬍子。眾人默默盯著肥皂看了一會兒，然後謝伊說：「他真的把自己變成一顆肥皂了，對吧？光憑他的愚蠢。」

「我想，沒有什麼比肥皂更乾淨的了。」凱蒂說：「我從來沒看過有人會一次使用**十顆**泡泡，膽子真的有夠大。我有個朋友曾經一次用三顆，結果洗完後整整一個小時，每次講話都會冒出肥皂泡泡。」

「這不會是永久的吧？」豆豆擔憂的問：「我的意思是，他還活在肥皂裡頭嗎？」他伸出手小心翼翼的戳著巫師皂，肥皂上面應該還殘留一些法力，因為豆豆一碰到它後，全身立即變得清潔溜溜——所有在他衣服和皮膚上留下的沼澤痕跡，都完全消失了。

其他人連忙也過去摸巫師皂，史黛拉開心的發現，她披風上的噁心沼泥不見了，全身充滿宜人的醋栗香。

「但願法力會慢慢消散。」謝伊斜眼望著巫師皂，說完便伸出手把肥皂拿到尼杰的鞍座上，用其中一根流蘇將它固定住。叢林小仙子全好奇的聚到肥皂旁，但又連忙退開，因為哈斐瑞一碰到肥皂，頭髮立即捲起來，指甲裡的泥巴都不見，腳趾也修剪好了。

「我們只能祈禱他最終能恢復原狀。」謝伊邊看著其他人邊說：「現在我們真的得努力設法離開這座魔幻森林了。」

經過沼澤事件後，大夥都深表同意。謝伊拿起裝青蛙的包包，眾人繼續上路，一心想盡快遠離那座沼澤。

他們循著小路前進，不久沼澤已落在後方，掃帚森林再次變得又高又直。他們持續穿越森林，一陣子之後，凱蒂表示：「我想我們可能快抵達森林邊緣了，我看見前方變亮了。天知道我的女巫出了什麼事！希望各位也能幫忙留意她。」

凱蒂說得沒錯，小路前方果然有光影，可是一行人趨近後發現，那並不是他們原先所希望的天光，而是南瓜燈的光。路徑兩旁都列著南瓜燈，南瓜咧著嘴笑，張大口望著他們。

「它們好像是在引路，要通往某個地方。」豆豆悄聲對史黛拉說。

「說不定是出去的路？」她滿懷期望的回答。

結果南瓜指引的，並不是離開森林的路，而是通往另一片空地的路。探險隊繞過一個彎道後，突然之間就到了。空地上長滿紅白斑點的毒菌、青苔、幾十顆閃著亮光的南瓜燈，還有……泰迪熊。

眾人前方大概有一打的泰迪熊，形狀大小全不一樣。史黛拉看到一隻有長鬍鬚的巨大粉紅熊、一隻四肢有精緻關節的小白熊、有雙明亮藍眼的黑熊，甚至有隻長著巨掌的毛茸茸綠熊。每隻泰迪熊都戴著尖尖的女巫帽，圍坐在一張有黑貓花紋的橘色墊子邊，墊子上頭擺了史黛拉生平見過最奢華的野餐。

有巧克力掃帚、溢著滾燙糖汁的太妃鍋、貓咪造型的杏仁蛋白糊、蝙蝠造型的甘草糖、青蛙造型的棉花糖和糖鼠；挖空的南瓜當成杯子盛滿熱巧克力，上面還放了掃帚棍形的棉花糖。

史黛拉想起她剛踏進森林時，還覺得這裡實在不適合泰迪熊野餐，不過當然了，這些並不是普通的泰迪熊。首先，一般泰迪熊通常無法自己移動或眨眼，還是站起來，可是這些熊卻突然全體肅立，掌中拿著一小根魔法棒，以威脅的態勢齊集將棒子指向探險隊。

「不好意思，」史黛拉抬起手說：「請別介意我們，我們無意打擾各位，只是路過而已。請繼續享用你們的野餐。」

熊熊們沒說什麼，可是南瓜燈的燈火在牠們敵視的玻璃眼珠上晃動，有種說不出的詭譎邪惡，而且泰迪熊們全戴著女巫帽，看起來頗令人不安。

「我們馬上就走，好嗎？」史黛拉說：「沒有必要對我們施咒之類的。」

她緩緩繞過空地邊緣，其他人跟著她，泰迪熊繼續轉頭緊盯著他們，但並未

做出任何阻止他們離開的動作。

就在史黛拉覺得應該能安然過關時，突然「啵」的一聲巨響，伊森變回活生生的巫師了。他看起來跟平時幾乎一模一樣，除了頭髮（通常他會一絲不苟的往後梳整好，並塗上髮膠固定）此時在耳邊垂成細小的髮捲，很不幸的讓伊森看起來像個女生。

尼杰被這突來的變化嚇著了，驚恐的用後腿直立，大聲嘶鳴。結果其中一隻泰迪熊受到驚嚇，從魔棒尖端射出一道火咒，幸好沒擊中駱駝，但咒語從駱駝身邊擦過，射到附近一棵樹，樹便著火冒煙，悶燒了起來。

接下來，他們只知道泰迪熊集體對他們發射咒語，像放煙火似的照亮了空地，空中瀰漫著爆炸物的氣味。探險隊被迫躲到掃帚樹後找掩護。

「真要命！」伊森大叫著撥開眼睛上的頭髮。「這裡究竟出了什麼事？**為什麼**我的頭髮會變成小髮捲？還有，剛才攻擊我們的是**泰迪熊**嗎？」

「那些小傢伙好凶，是不是？」凱蒂答說：「記得杜絲拉曾經跟我說，若是打擾到泰迪熊野餐，牠們會非常不爽。」

泰迪熊朝眾人逼近，於是豆豆伸手到口袋裡，抓出他能找到的第一件物品，結果碰巧是精靈給的橡膠鴨。豆豆把鴨子往地上一丟，隨即出現一個浴缸，裡頭裝著果凍豆香味的熱騰騰泡泡浴，水面上飄著一群獨角鯨。

泰迪熊們停下來，對著浴缸看了一會兒，然後拚命用魔咒攻擊浴缸，浴缸被炸成碎片，水和獨角鯨嘩啦啦的流到他們前方的地面上。

「我只能凍結牠們了。」史黛拉說著伸手進口袋裡，繞過巴斯特要掏出頭冠。

「否則我們大家會被炸死。」

她把閃亮的頭冠戴到頭上，從樹後走出來面對泰迪熊，指尖已經冒著閃閃發光的藍色魔法火花。就在她正要朝泰迪熊施放冰魔法時，有個女孩衝到空地上。

「抱歉我來遲了！」女孩大喊：「對不起！可是我帶薑餅來啦！」

所有人轉過去看著她，女孩顯然是名女巫。史黛拉覺得她應該只有十歲，女孩身穿一件黑色洋裝，衣邊飾著蕾絲，頭戴尖頂帽，腳穿黑橘相間的條紋襪，以及一雙有著亮金鞋釦的小粗跟黑鞋。她一手拿著掃帚，另一手端著一盤薑餅人。

泰迪熊們集體轉身，跑離探險家身邊，衝向女孩，擠在她腳邊，用熊掌拉著女孩的裙子，而且終於開口說話了。至少史黛拉覺得牠們是在說話，不過聽起來像是胡言亂語——一種混合著吼叫、尖嚷和打呼的奇怪聲音。

「杜絲拉！」凱蒂大喊。

「噢。」女巫盯著眼前的景象問：「嗨，凱蒂。這些人是誰？」她舉起盤子說：「他們要不要吃點薑餅？我做了很多，夠客人吃。」

「你跟女巫**交朋友**？」史黛拉驚駭的看著凱蒂問。

女巫獵人聳聳肩。「是啊，我們是朋友。」她說：「要不要我幫你們介紹一下？杜絲拉，這位是史黛拉．星芒．玻爾，她是一名冰雪公主，還有——」

「可是女巫都很邪惡！」史黛拉大聲打斷她說：「你怎麼可以跟女巫交朋友？」

「我覺得那樣講話太刻薄了。」杜絲拉說。她大步走過空地，憤憤的抬頭瞪著史黛拉，帽尖勉強到史黛拉的肩高。「而且超沒禮貌的。公主不應該這麼失禮，應該要很可愛才對。」她用掃帚棍戳史黛拉說：「你為什麼這麼不可愛？」

「史黛拉非常可愛。」豆豆一心護友的說：「她是我認識最可愛的人。」

「嗯，我怎麼覺得聽起來不像。」杜絲拉說著指指後方說：「泰迪熊說你們打擾牠們野餐，還無緣無故的以施展冰魔法威脅。」

頭冠在史黛拉髮中閃著光，她的手還伸著，指尖尚有嗞嗞作響的藍色法力。

「我倒不認為是無緣無故。」謝伊講理的說。

「是牠們先攻擊我們的。」史黛拉朝肩後點點頭說：「看看那些樹。」

杜絲拉瞄著還在冒煙的燒焦掃帚樹。

「哼，這不能怪牠們。」她說：「是你們嚇著牠們了。」

「我們並不是故意的。」謝伊說：「我覺得我們有一點小誤會。」他伸手輕輕拉住史黛拉的手腕，把她的手拉回她身側。「不過大家都沒有造成真正的傷害，對吧？我相信沒有人會無緣無故的用魔法攻擊任何人。」

「你們的小仙子為什麼病了？」杜絲拉瞇起眼睛懷疑的問：「他們是不是吃了我的屋子？他們最好沒吃喔。」

史黛拉轉過身，看到叢林小仙子果然病得一塌糊塗，他們正抓著尼杰的駝峰，朝旁邊猛吐。

「噢，天啊。」史黛拉說：「不過，至少他們就不會在野餐上搗亂了。」

杜絲拉把裝著薑餅人的盤子放到地上，小小的人形餅乾立即從烤盤上站起來，開始四處亂跑。泰迪熊追著薑餅人，想趁它們還沒逃進森林前捉住它們（雖然有一兩個爬到掃帚樹上，安全的躲起來），然後帶回野餐墊上。

「各位，這位是杜絲拉。」凱蒂朗聲說：「她是女巫，但也是朋友，我相信各位若給她一點機會，相處後一定都會很喜歡她。」

「但她若是你的朋友，你怎會去抓她來證實你的獵人資格呢？」史黛拉問。

「小杜只是在幫我忙而已。」凱蒂說：「何況我已經跟你說過了，我寧願當探險家，而不想做獵人。」

「我剛才想起來，冰雪公主的心不是冷如冰霜嗎？」杜絲拉戒心重重的看著史黛拉問。

「這位不會。」凱蒂瞄向史黛拉後說：「並非所有的冰雪公主都是壞人，對吧？所以啦，也不是所有的女巫都很邪惡。」她拍拍杜絲拉的肩膀說：「大部分的女巫只是喜歡貓和魔法罷了。這位女巫有時雖然調皮了點，但絕對不是邪惡的壞人。」

史黛拉垂眼看著面前的小女巫，她必須承認，杜絲拉看起來真的不邪惡。她亮綠色的眼睛閃著好奇的光芒——微翹的鼻子上有一些零星雀斑，一頭豔紅的頭髮在尖帽底下散開。

史黛拉抬手摘去髮上的頭冠，塞回自己的披風裡。她幾乎能在腦中聽見菲利克斯的聲音，斥責她認定所有女巫都很邪惡。她自己不也深受他人的偏見所苦嗎？那些認定冰雪公主都很惡毒，連看都沒看過她，便對她妄加論斷的人。

突然之間，史黛拉為自己感到汗顏，「噢，天啊，我真的很抱歉。」她說：「我小時候跟一名女巫有過很不好的經驗，但我不能以此為藉口而撻伐每位遇見的女巫。希望你能原諒我，好嗎？」

杜絲拉對她展顏一笑，「別放在心上。」她說：「我已經原諒你啦。熊熊們說，你們若是願意，可以留下來跟牠們一起享用野餐。」

「就在五秒鐘前，牠們還想轟掉我們的腦袋呢！」伊森大聲說。

「熊是不會記仇的。」女巫答道。

「但巫師會。」伊森嘀咕。

「謝謝。」史黛拉表示：「通常我們會很樂意，可惜我們無法逗留，我父親去追一名住在這裡的女巫，她非常凶惡。我們得在他找到女巫之前追上他。」

「你們真是太勇敢了。」杜絲拉說：「雖說女巫不全是壞人，但女巫山上還是住了很多超危險的女巫，更別提巫狼了。」

史黛拉發現，在提到巫狼時，身邊的謝伊顫抖了一下。她伸手握緊他的手。

「可惜小杜你不能同行。」凱蒂說。

「為什麼不行？」豆豆問。

「寶寶女巫不許越過魔幻掃帚森林。」凱蒂說：「大概是因為住在山頂的女巫都非常危險，所以不希望小孩子在上頭亂跑。」

「沒錯，不過我已經不再是寶寶女巫了。」杜絲拉開心的笑說：「你沒注意到我有什麼不一樣嗎？」

凱蒂端詳一會兒，然後倒抽口氣，摀住嘴說：「你有自己的女巫帽了！」

杜絲拉點點頭回答：「咒語妖精昨天晚上跑來找我，我現在是見習女巫啦！」

「太棒了！」她看著其他人說：「寶寶女巫變成見習女巫時，會有咒語妖精去拜訪她們，並賜給她們幾項禮物。」她數著手指說：「一頂尖尖的女巫帽、一雙魔法鞋、一把會飛的掃帚和一顆親信蛋。」

「什麼是親信蛋？」謝伊問。

杜絲拉從口袋裡翻出一顆光滑的小蛋，看起來像黑色大理石做成的，蛋上布滿白色的旋紋。

「咒語妖精把它留在我的鞋子裡。」杜絲拉說：「很棒吧？當女巫真是太美妙了。」

「不過就是一塊石頭嘛。」伊森嘀咕說：「有什麼棒的？」

杜絲拉翻了白眼。「這不是石頭。」她說：「是一顆蛋。我得小心照顧它，等它孵化。」

「孵化？」史黛拉驚呼說：「蛋裡頭是什麼？」

「我不知道。」杜絲拉說：「那就是最棒的部分！女巫的親信可能是貓、蝙蝠、烏鴉、狐狸、青蛙、蠑螈、貓頭鷹或猴子，不過得等蛋孵出來才會知道。」

「你不會真的以為那玩意兒可以孵出猴子吧？」伊森懷疑的看著那顆小小的蛋說：「猴子又不是從蛋裡孵出來的。」

「蝙蝠、青蛙、蠑螈、狐狸或貓咪也不是。」豆豆說：「除非是姆嘎姆嘎的飄流島上，嘶嘶蛋孵出來的斑貓，那樣就非常危險了。你知道的，牠們會直接攻擊人的眼睛。」

「女巫的親信動物跟一般動物不一樣。」杜絲拉解釋說：「牠們具有魔法，會協助女巫編製咒語。咒語妖精在送你蛋時，會決定哪種蛋最適合你。我希望自己拿到的不是蠑螈。我姊姊柯蒂莉亞去年就拿到一顆蠑螈親信蛋，那隻蠑螈的脾氣壞透了，有時會沒來由的把舌頭伸到你的穀片裡，不過我想那很合理，因為柯蒂莉亞就是那種人。」

「她有時會沒來由的把舌頭伸到你的穀片裡嗎？」豆豆瞪大眼睛問。

「不是啦，我的意思是，她的脾氣跟賀柏一樣壞，賀柏就是那隻蠑螈的名字。」她嘆道：「我真的好希望能得到一隻狐狸，一頭有蓬鬆大尾巴的狐狸，讓我晚上能夠在床上抱著睡覺。」她看看史黛拉，然後說：「我想你應該有隻獨角獸能在床上抱著，對不對？畢竟你是公主。」

「我確實有一隻獨角獸。」史黛拉同意：「可是牠睡在馬廄裡。我有一隻侏儒暴龍，有時會抱到床上。巴斯特超好抱的。」她把手探進口袋，揉揉巴斯特頭上的鱗片。

「天啊，這也太棒了吧！有一隻獨角獸，**還加上**一隻恐龍！」杜絲拉驚呼。「當公主一定很棒。我相信咒語妖精知道什麼適合我，也挑了我最熟悉的動物。」她瞄了手上的掃帚一眼後說：「不過我還不太會用這個東西。」

她的話才勉強說完，掃帚便直直往空中竄飛幾公尺，杜絲拉依舊緊抓著掃帚，因此腳也跟著一起離地，整個人吊在半空中。「哎呀。」她說：「這掃帚有時候好像有自己的想法。」掃帚開始緩緩帶著杜絲拉繞著空地飄。「我根本分不清自己是要來，還是要離開。」她抱怨說。

「呃，我們得走了。」凱蒂說：「我們得去完成拯救任務。」

「跟我來吧。」杜絲拉回頭往肩後喊說：「我送你們通過女巫門，不過得先帶大家離開這座森林。別擔心，我知道最好的路，能避開沼澤侏儒、唱歌的魔獸和可怕的妖臉樹。」

杜絲拉仍然掛在她的掃帚上，但已經漸漸離開空地了。其他人只得手忙腳亂的跟上去，留下泰迪熊們平靜的繼續野餐。

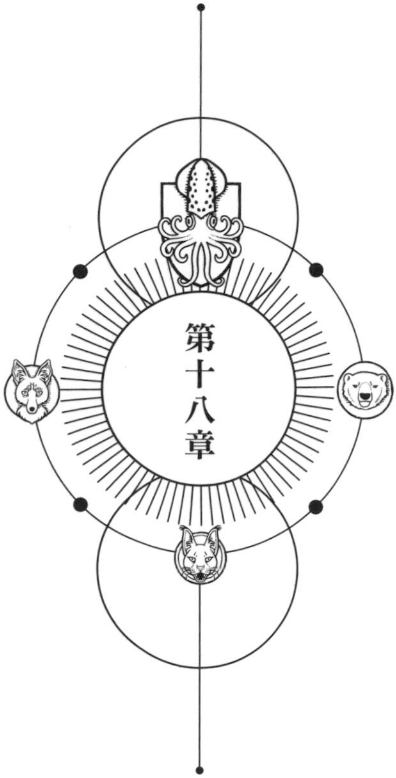

第十八章

女巫門

大夥繼續穿越森林，豆豆跳到尼杰背上照顧那些叢林小仙子，他們哀聲嘆氣，抱著肚子呻吟，哀怨到不行。豆豆用口袋裡的幾條字母手帕做成小毯子，還拿出北極熊探險家俱樂部的醫藥箱，裡面有兩隻迷你救援狗，脖上繫著裝了白蘭地的桶子。

「我們努力警告過你們，別吃施過咒語的薑餅。」豆豆告訴他們：「也許喝點白蘭地，會讓你們舒服一點？」

叢林小仙子對白蘭地似乎沒太大興趣，但他們很樂於擁抱狗狗。

一會兒之後，大夥走出掃帚森林，在雪地反射的刺眼陽光中拚命眨眼。之前林子裡實在太過幽暗，史黛拉都快忘記現在是白天了，不過此刻他們來到山腰，四周是結霜的優美樹林，以及更多結冰的南瓜。在被森林沼澤的惡臭折磨之後，能再次吸到冰涼的凜冽空氣，感覺真舒服。他們面前有三條小路。

「我們得走那一條。」杜絲拉用空出的手，指著左邊那條路說。

「那另外兩條路通往哪裡？」豆豆問。

「中間那條通向一片愛爭論的蘑菇。」杜絲拉說：「它們真的很惡劣，而且有毒，你不會想跟它們扯上關係的。它們一逮到機會，就會讓你長霉菌。右手邊那條路則通到一個很陡的落差，下方是無底的山谷，所以**千萬**別摔下去，尤其在墜落途中有長著利齒的咬人石頭。不過左邊的路則通往女巫門，從那裡可以直接上到山頂。」

「那條路很安全吧？」伊森問。

「呃，你要知道，在女巫山沒有什麼是**絕對**安全的。」杜絲拉說：「但那條一定是最不危險的路。」

「最不危險。」伊森複述，「唉，好吧。」

說罷，杜絲拉的掃帚開始沿小路飄飛，小女巫仍懸掛在掃帚下。

「你一路都要吊在掃帚下面嗎？」伊森問。

「如果是呢？」杜絲拉轉頭朝肩後回答。

「太詭異了。」伊森說。

「我個人覺得，你的髮捲才真的非常、非常詭異。」杜絲拉答說：「你幹麼要弄成那樣？也許你想把自己喬裝成小紅帽？不過真的不像，任何女巫都能一眼看穿。」

伊森怒容滿面的把手指伸到髮捲裡，但怎麼都拉不直。

「你的手會吊到脫臼，到時算你活該。」伊森輕哼說。

「女巫的手臂不會累。」杜絲拉笑嘻嘻的說：「這是我們眾多優點之一。如果我們願意，可以倒立走一整天。事實上，我姊姊柯蒂莉亞有一次倒立行走一整個星期，但我覺得她那麼做只是想惹我生氣。」

「女巫真是一票怪咖。」伊森說。

謝伊嘆道：「小蝦子，你知道嗎？要不是你老是對人不客氣，應該可以結交更多朋友。」

「我已經有很多朋友了，謝謝你。」伊森說。

「你是我的朋友，對不對，伊森？」騎在駱駝身上的豆豆突然問。「這是我們上次探險時你跟我說的。」

「沒錯，豆豆。」伊森用最高傲的姿態抬起頭說：「你有資格成為我的朋友，嚴選朋友並沒有錯。」他很不客氣的瞥了謝伊一眼後說：「我想你若有機會，也會跟蟲子交朋友吧，反正狼語者又不挑。」

「你還是會來我的生日派對，對吧，伊森？」豆豆說：「只有你還沒回覆我寄去的邀請卡。」

伊森嘆口氣。「豆豆，我跟你說過一百萬遍了，我會去的。巫師**向**來會參加朋友的生日派對，那是巫師的其中一條金科玉律。不過離你的生日還有好幾個星期，現在就寄邀請卡，會不會太早了一點？」

「你才沒有跟我講過一百萬遍。」豆豆立即說：「只講了五十六遍。」

「那你幹麼還一直問我？」伊森嘟囔說。

「因為你沒有回覆我的邀請。」豆豆說：「你得填寫信底的小紙條，在出席的空格打勾，那樣才算數。還有，我得把你的回條拿給班尼迪克叔叔看。自從莫伊拉不要跟我做朋友後，叔叔就說不值得費事幫我辦生日派對，因為除了史黛拉，別人都不會來。他說那樣很浪費美味蛋糕、紙彩球、哨子、氣球和紙帽，而且會悲慘到無法用言語形容，他就是那麼說的。所以除非我能保證至少會有三個人來，否則下次生日就不許我辦派對了。」

「真是個刻薄的老笨蛋。」伊森嘀咕說：「我一回到家，就立刻回覆你的邀請。」

「天啊，這派對聽起來很讚，有蛋糕、紙彩球、哨子、氣球和紙帽子。」凱蒂開心的問：「你覺得我能參加嗎？」

豆豆對她張大嘴：「你願意來嗎？」

「我以前從來沒參加過生日派對。」她答道：「女巫獵人通常沒有太多朋友，女巫也是，所以杜絲拉和我才會很樂意跟彼此交朋友。」騎在蓋思鞍座上的凱蒂，傾身向前問懸掛著的小女巫說：「小杜，你呢？你有沒有去過生日派對？」

「我參加過很多次泰迪熊的野餐。」杜絲拉問：「那樣算嗎？」

「那，很歡迎你們二位來參加我的派對。」豆豆說。

「我覺得叢林小仙子也想去。」史黛拉說。穆塔發正扯著豆豆的袖子，興奮的指著自己和其他小仙子。「看來他們身體好些了。」她說：「如果叢林小仙子、凱蒂和小杜都要去，你的生日派對就會有**九個人**了。」

豆豆似乎想不出世上還有比這更美妙的事，他回頭瞄著綁在尼杰背上的南瓜，然後說：「如果這顆南瓜能讓莫伊拉再次喜歡我，那麼就會有**十個人！**」

史黛拉嘆口氣，搖搖頭。

他們一整個上午都在往山上走，僅稍事停留，抽出魔帳毯準備吃午飯。其實史黛拉根本不想休息——她一心想趕快追上菲利克斯。每次想到菲利克斯，她就好擔心、恐懼、內疚到胃部打結。

當魔法帳在他們周圍立起時，魯貝克已經為每個人包好午餐，放在桌上了，包括叢林小仙子的份，以及尼杰和蓋思的飼料袋。

「我原本想好好準備在桌上吃的午飯，可是我想各位應該比較想繼續趕路。」

魯貝克說：「有的時候，探險家就得馬不停蹄，不是嗎？」

「噢，魯貝克，你真是太好了！」史黛拉伸手緊緊抱住精靈說：「太棒了！」精靈羞到連尖尖的耳根子都紅了。「真的完全沒問題，史黛拉小姐。」他說：「我很高興能幫上忙。」

他們收起帳子，繼續前進。大夥的靴子嘎吱嘎吱的踩在新下的雪上，途中落下更多的雪花，因此當他們發現，精靈在午餐袋裡用熱水壺裝了熱騰騰的湯時，都開心極了。叢林小仙子似乎已經從薑餅事件中完全康復，因為他們狼吞虎嚥的吃完午餐後，還不時被人從蓋思和尼杰的飼料袋邊趕開。

蜿蜒的小路有多處極為貼近山壁，史黛拉發現他們已經爬得很高了，事實上，高到會令人發暈，幸好他們沒有人有懼高症。山上有些地方極為陡峭，有些則為覆蓋著雪和結霜南瓜的緩坡。

「瞧，那裡是威諾斯交易站。」史黛拉指給其他人看，他們老遠便能看到下方的條紋遮雨篷，上面還飄著一艘叢林貓探險家俱樂部的飛船。

飛船令史黛拉想起吉迪恩，於是她轉頭問謝伊說：「那袋青蛙還在你身上吧？」

「在。」謝伊把那一袋牢牢背在肩上說：「青蛙雖然在裡頭拚命亂動，不過感覺挺好的。牠們不斷踢我的背，就像在幫我按摩。」

「噢，能讓我背一會兒嗎？」凱蒂問。「我背上的肌肉超僵硬的。」

謝伊把包包遞過去，獵人背到肩上，然後開心的嘆口氣。「天啊，你說的真對。」她說：「太舒服了，而且不算太重，你應該去做生意，賣青蛙按摩袋，一定會大賺一筆。」

「別把包包弄丟了。」謝伊說：「畢竟其中一隻青蛙是探險家……應該算是吧。」

「等我們找到菲利克斯後，要如何從女巫山逃走？」豆豆突然加入談話，「我一直在思索這件事，看到我們不得不賣掉飛船，而且四周都是充滿怪物的危險海域後，我真的有點擔心。」

「也許我們可以偷走大家看過的那顆熱氣球？」史黛拉提議：「記得嗎？下面垂著『**勿入！僅限女巫！**』標示的熱氣球？事實上，我很訝異我們現在竟然還沒看見那顆熱氣球，我以為它應該在這裡。」

「噢，是在這裡沒錯。」杜絲拉在掃帚邊說：「其實繞過這個角落就是了。現在看不見，是因為被山擋去視線了，不過確實是在這裡的。事實上，熱氣球標示出女巫門的位置。」

探險隊繞過山路曲折的彎口，便赫然看見女巫門了，門就嵌在山區的石壁上。女巫門巍然聳立，全是黑鐵與霧面金屬。鐵柵非常之高，應該連雪怪都擋得住。旋捲的金屬上，盤飾著掃帚和蝙蝠。正如杜絲拉所說，熱氣球飄在大門高處，用一條長繩繫在門的一根大柱子上。如果想要的話，他們任何人都能將繩子解開。

「熱氣球連個看守的人都沒有。」謝伊環顧四周說：「我們下山時，可以搭它離開。」

「噢，你們不會想要搭它逃走的。」杜絲拉說。

「為什麼？」史黛拉問，「看起來挺完美的。」

「不行，那是死亡與瘋狂氣球。」杜絲拉說：「任何搭乘的人都會發瘋，然後死掉。」

眾人瞪著她。

「到底為什麼有人要發明這麼惡劣的東西？」伊森問。

「因為發明人是瘋子阿尼絲。」杜絲拉說，接著補了一句：「媽呀，你們不會是在追瘋子阿尼絲吧？她真的徹底瘋了，甚至比你們隨身攜帶的那袋青蛙還要神經。我認為，任何比一大袋青蛙更瘋狂的女巫，最好別招惹。」

「你們大家可以跟我一起搭我父親的船回去。」凱蒂說：「船就停在岸邊，你們抵達女巫山時大概看到了吧？我有一把信號槍，等準備好時就可以發射信號。」

「太好了。」史黛拉說：「謝謝你。」

「所以你們**到底是不是**在追阿尼絲？」杜絲拉窮追不捨的問。

「不是，我們是在追一名叫潔西貝拉的女巫。」史黛拉答道，「你聽說過她嗎？」

杜絲拉歪抬著頭問：「她就是那個把小孩變成火柴棍的人嗎？」

「好像不是。」

「還是稻草人皇后？她就是賜給所有稻草人生命，然後讓他們大鬧一通的女巫。」杜絲拉顫抖著說：「天啊，我聽說稻草人鬧事的那個晚上非常可怕。」

「不是，那件事也不是她幹的。」史黛拉說，接著她皺起眉頭補充：「至少我不認為是她做的，但其實我並不了解她，只知道她殺害了我的父母親。」

「她為什麼要那麼做？」杜絲拉問。

「我也不太確定。」史黛拉答道：「我父親對她很殘忍，而我們城堡裡的魔鏡說，女巫那麼做是因為她很邪惡。」

杜絲拉眉頭深鎖。「一定還有別的原因，就算是壞女巫，也不至於無緣無故到處亂殺人。重點是，壞女巫並不認為自己很壞，對她們來說，她們所做的每一件事情都合情合理。」

史黛拉很想反駁，表示她的父母親不可能做出傷天害理的事，足以讓女巫殺掉他們，但她見過鐵拖鞋，以及木偶灼傷的腳。

「不過謀殺還是罪無可赦的。」她說：「還有，我父母親是雪之女王和國王，所以這個女巫一定法力很強大。」

杜絲拉瞪著大眼睛看她，然後瞄了大門一眼說：「你確定要去追她嗎？雖然不是所有女巫都是壞人，但那並不表示沒有凶惡的女巫。」

「其實我並不想抓她。」史黛拉說：「老實說，這件事根本不是出於我的選擇，是她先派禿鷹來追我的，所以菲利克斯便跑來抓她了，我不能讓他一個人面對女巫。菲利克斯要是有個萬一，我真的不知道自己會怎麼樣。」

想到這裡，史黛拉胸口一陣恐慌，幸好謝伊搭住她的肩，安慰她。

「菲利克斯不會有事的，小火花。」他說：「有這麼優秀的救援小隊追著他跑，他怎麼會出事。」

「這也許是各位最後一次三思的機會了，」杜絲拉說：「等我們進入女巫門後，就不知道會出什麼事，或我們能不能再出來了。」

史黛拉回頭望著其他人說：「聽我說，我很感激大家陪我走了這麼遠的路。」她繼續：「如果有人想留下來，在這裡等候，我完全可以理解，各位沒有繼續前進的義務。」

可是男孩們一個個搖起頭。

「哪有叫人家半途而廢的。」伊森說：「我們當然要一起走。」

豆豆雙臂交疊在胸口說：「是朋友就不會讓你獨自面對危險的殺人女巫，而且你是任何人能交到最棒的朋友，史黛拉。」

謝伊乾脆一把將她抱起，史黛拉的靴子登時離開地面。「豆豆說得對，」謝伊邊說邊將她放下。「你是任何人能交到的最棒的朋友，小火花。我們都很愛你，不可能放你自己一個人去面對危險。」

史黛拉突然有點想哭，可是探險途中不適合哭哭啼啼，於是她克制住自己的情緒，對其他探險家露出微笑。

「謝謝大家。」她說：「我一定會竭盡所能報答各位。」她望著凱蒂和杜絲拉問：「我想你們兩位應該會想留下來吧？」

「我不想。」凱蒂搖頭說：「記得我想當探險家吧？有哪種探險家，會拒絕這種好機會到從未探索過的女巫山去？我還剩下三天的時間，之後我父親會帶領搜索小隊過來，以免我被女巫抓走，或被沼澤的妖精吞掉。」

「你是指救援小隊嗎？」豆豆問。

凱蒂瞪他一眼說：「一旦被沼澤妖精吞掉，也沒什麼好救援的了。」

「呃，我得跟你們一起去，因為女巫門只為女巫而開。」杜絲拉說：「何況現在我是見習女巫，終於有權利看看這扇門後到底有什麼了。不過萬一有凶惡的女巫來追殺你們，我無法保證我會奉陪到底。老實說，如果遇到那種事，我可能會騎著掃帚直接飛走。」

「聽起來很公平。」謝伊說：「我們上路吧，時間過得很快，不能再耽擱了。」

他看了杜絲拉一眼後說：「我們要如何越過大門？看起來好像鎖得挺牢實。」

史黛拉發現謝伊說得沒錯，有一大條鍊子繞過鐵欄，鍊子前方加了一個最巨大的掛鎖。奇怪的是，有一縷細若羽毛的輕煙，從掛鎖上端裊繞而上。

杜絲拉也留意到這件事了，她說：「或許裡頭有一把龍鑰匙。」她走到掛鎖邊，直接把一隻眼睛貼到鎖孔上。「噢，這是個小仙子鎖。」她說：「沒錯，我看到裡頭有一位咒語小仙子。」杜絲拉退回來，比手畫腳的對史黛拉說：「你去看看。」

史黛拉興奮的走到掛鎖邊。儘管她從小跟著一名仙子學家長大，身邊總是圍繞各種小仙子，但史黛拉向來喜歡看到新的仙子。她瞇起眼睛望著鎖孔，立即發現這不僅是個掛鎖，其實還是棟小房子。房子裡的壁爐，劈劈啪啪的生了一小撮火（煙就是打這兒來的），屋中有厚厚的地毯、擺滿童話故事書的書架，還有一張桌子，桌上有圓點圖案的茶壺和一只精巧的茶杯，以及一張翼背扶手椅，而咒語小仙子就坐在椅子上，正在為自己倒茶。屋中看起來非常舒適，尤其爐火前的地毯上還有一小隻蜷成球狀的白色仙子貓。

史黛拉很想再看久一點，可是就在此時，有個長了鬍鬚的臉把她推開了。蓋思硬是湊過來，把一隻眼睛貼到鎖孔上。

「對不起。」凱蒂說：「牠只是想看看到底是什麼情形。」

可惜魯貝克為牠準備的美味午餐（大部分是蛤蜊、蛤蜊，以及更多的蛤蜊）這時發威了，蓋思打了一個又長又大、充滿魚腥味和海象口臭的飽嗝，直接灌進咒語小仙子的家。

不到幾秒鐘，小仙子就給臭到衝出來，抓著鐵欄杆又咳又喘的。她跟史黛拉在家中看到的小仙子很像，但她穿的是袍子而不是洋裝。仙子的袍子邊緣是皮草，而且綴著金閃閃的星星。她戴著頂尖帽，帽子底下是黑色的小鬈髮。小仙子拿著一小根棒尖有一顆星星的仙女棒，一邊大口吸著空氣，一邊將棒子緊握在手裡。

「我的天啊，這怎麼回事？」她問：「女巫門遭受攻擊了嗎？」

「天啊，真是不好意思。」杜絲拉說：「你沒有受到攻擊，剛才純屬意外，我們的海象午餐吃得有點撐。」

「海象！」小仙子驚喘著說：「剛才就是海象嗎？」她打了個哆嗦說：「你們差點害死我的貓！」

「我們真的非常抱歉。」凱蒂說：「蓋思的禮儀欠佳，畢竟牠只是一頭海象——」

小仙子抬起手說：「我不在乎。但你們想幹麼？為什麼來到女巫門？」她首度正眼仔細打量眾人，而且似乎給嚇著了。史黛拉心想，他們確實是個奇怪的團隊，你很少會看到四名探險家、四個叢林小仙子、一名女巫獵人、一名見習女巫、一頭駱駝、一整袋扭來扭去的綿綿蛙和一頭戴著木髓帽的海象會走在一起。

「呃……我們想通過女巫門，拜託？」杜絲拉說：「是這樣的，我是一名見習女巫。」她指指自己的帽子，揚起手裡的掃帚。

「其他人又是誰？還有這些動物呢？」小仙子問。

「他們是我的囚犯。」杜絲拉立即回應。

小仙子上下打量他們。「你這位女巫個子這麼嬌小，竟然能有這麼多犯人。」

她表示。

「他們全笨得要命。」杜絲拉說：「蠢到無下限，看看他們的海象就知道了，還有這一位，他以為可以把自己喬裝成小紅帽呢。」她指著頭髮仍捲得緊俏的伊森說：「抓他們其實不太難，所以你能幫我們開個門嗎？」

「好吧。」小仙子搖搖頭說：「只要你把那隻海象帶走，什麼都行。」

她用她的仙女棒點了掛鎖，鎖便喀的打開了。鎖鍊神奇的自行解開，大鐵門咿咿呀呀的緩緩往前打開，聲音大到連山上的積雪都跟著震動，大家還以為會引發雪崩。

蓋思立即拖著身體越過雪地，開心的吐著舌頭。其他人則戒慎恐懼的穿過大門，當女巫門在他們身後轟然一聲關上時，大夥都努力的不要太害怕。

第十九章

稻草人驚魂

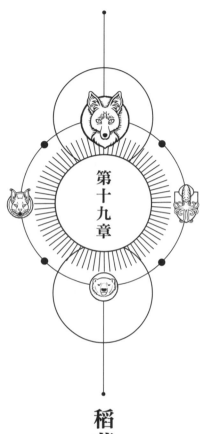

沒有人真的知道會在女巫山頂上遇到什麼，但他們都相當確定，絕不會有好事。史黛拉再次感到十萬火急，她已經好一陣子沒看到紙片禿鷹了，就他們所知，此時此刻，菲利克斯很可能正在對抗女巫。史黛拉不情願的從披風裡拿出頭冠戴到頭上，其實她並不想戴，但得做好防範，免得遇到凶神惡煞的女巫或怪物出其不意的衝向他們。

大夥循著穿過岩谷的雪徑而行，山的陰暗面就在頭上方逼近，壓迫感十足。史黛拉發現結了冰的瑰奇瀑布覆蓋在山腰上，若不是水裡凍著發光食人魚，看起來應該很美，那些食人魚仍發出微光，凸出的眼睛從結冰的玻璃囚籠裡瞪著。

一行人往峽谷深處走，看見了其他被凍在水裡的東西，包括一頂木髓帽、一套假的吸血鬼牙齒、一堆閃閃發亮的星星仙女棒、一個裝滿巧克力掃帚棍的野餐籃，以及一艘超級無敵小、上面有叢林貓探險家俱樂部旗子的船筏（絕對是小仙子大小）。史黛拉看到最後這一項時，覺得應該把鼓還給叢林小仙子，讓他們能再次吟唱死亡之歌——他們顯然急著想這麼做。

「最先發現女巫山的，是叢林貓探險隊的人。」豆豆說：「當時應該也有叢林小仙子跟著他們，其中有些人一定也穿過女巫門了，遠征隊由埃奇柏．普林羅斯．普金思隊長帶領，他是史上最果敢強悍的探險家之一。」

「他後來怎麼樣了？」凱蒂急切的問：「我猜是不是回家後獲得各方盛讚？」

「不是。」豆豆說：「他在女巫山被巫狼殺害了。」

就在此時，遠處正好傳來巫狼的嚎叫聲，淒厲的狼嚎刺破清冷的空氣。謝伊當即縮起身子，柯亞則將頭一抬，也跟著嚎叫。

「天啊，可以的話，拜託別再讓牠叫了。」杜絲拉憂心忡忡的說：「千萬別讓巫狼知道我們在哪裡。」

「噓，沒事的，孩子，沒事。」謝伊安撫柯亞，然後看看其他人說：「那些巫狼，感覺實在太詭異了，非常可怕的詭異。柯亞一定也感受到了，所以才會有那種反應。」

「什麼意思？」史黛拉問，看到柯亞夾著尾巴，再次縮到謝伊身邊，令她不禁皺眉。

「正常的狼跟我說話時，我腦中會聽到牠們的話語，而且會感覺到……溫暖。可是巫狼嚎叫時，我卻感覺到刺骨的寒意，而且真的會痛，就像在頭顱裡塞進破碎的冰片。」

他用指尖搓揉自己的太陽穴。

「別擔心。」伊森說：「如果巫狼敢過來，我就把牠們變成綿綿蛙，我現在練得很上手了。」

「是啊，不過你實在應該設法想起解咒的方法。」史黛拉說：「可憐的吉迪恩要是再繼續當青蛙下去，只怕會忘記怎麼當人類了。」她嚴肅的看著巫師問：「你**有在**努力回想咒語，對吧？」

「當然。」伊森答道：「事實上，我醒著的每一刻，都在想這件事。」

「你騙人。」史黛拉嘆口氣說。

「說到這點，你沒辦法把巫狼變成綿綿蛙或任何其他東西的。」杜絲拉表示。

史黛拉轉身，發現小女巫騎到掃帚上了，她的腳踝慢慢來回踢著，叢林小仙子們則全坐在她的大腿上。

「把牠們變成巫狼的咒語，會防止牠們變化形體。」杜絲拉接著說：「牠們永生永世都被困在巫狼的形體裡，靈魂已經凍結在裡頭，世上沒有什麼能將牠們變回來了。」

遠方某處，一頭巫狼再次「嗷嗚」的發出低沉淒涼的長嚎，令每個人手臂上的汗毛直豎。柯亞發出低鳴，謝伊則呻吟著用手捧住自己的頭。

伊森和史黛拉立即趕到他身邊。

「沒事的。」巫師說：「就算沒辦法將牠們變成綿綿蛙，但畢竟也只是狼而已。」

「牠們並非**只是**狼而已。」杜絲拉說：「巫狼可以把你的靈魂從你的——」

「多謝你啊。」伊森打斷她說：「聽起來真愉快。」他轉身回去看謝伊說：「聽著，我們上次探險，不就遇過小霜子、食人捲心菜、凶惡的罪犯和狂暴的雪怪嗎？

結果還不是活下來了。一群狼而已，對我們來說不會是問題的。」

「沒錯。」史黛拉說：「還有，必要時，我可以凍結牠們。」她看了杜絲拉一眼後問：「沒有什麼能保護巫狼免受冰魔法的影響吧？」

女巫聳聳肩。「我不清楚。以前好像從來沒有冰雪公主到過女巫山。」

大夥繼續走，不久幽暗的山谷豁然開朗，來到了懸崖頂。

「呃，你們看。」凱蒂說。

眾人循著她的目光，不安的看到懸崖頂上有六位女巫背對他們站著。史黛拉立即明白，她們就是在上山途中看到的那幾位——那些派雪手來追殺他們的女巫。近距離看，她們甚至比想像中的高大——至少有一百八十公分高。史黛拉感覺身旁的豆豆在發抖。

「我們走吧。」謝伊悄聲說：「趁她們還沒看到我們。」

「不，你們看。」凱蒂又開口：「她們並不是真的。」

史黛拉終於發現，這些女巫外套底下伸出來的，並不是腿，而是掃帚棍；從袖口伸出來的也不是手，而是瘦長彎曲的枯黑樹枝，宛如來自生病的老樹。手指彎曲的模樣超乎正常，頭上的尖帽也十分歪扭。

「她們是……」她才開口。

「稻草人，天啊！」凱蒂大喊，「她們根本不是真的女巫。」

「她們看起來不對勁。」謝伊說：「我們應該離她們遠一點。」

可是凱蒂已經走向她們了。「我無法相信自己竟然會被一堆枯枝騙倒！」她憤憤不平的說。

其他人跟著凱蒂走過去，抬眼看著高大的稻草女巫。她們的臉是鬆垂的布袋做的，以黑釦為眼，還用黑炭勾勒出一道嘴線。

「那些是稻草人皇后的稻草人！」杜絲拉喊道，「如果她們在這裡，那麼稻草人皇后應該也在附近。她可以遠在幾公里外就聞到小孩子的氣味。」

她話才說完，便有一名女巫從附近的山洞拖著腳步走出來。女巫穿了一件由粗糙的稻草人娃娃歪七扭八縫成的外套，她的頭髮在背後流瀉成一道灰色的長簾。

女巫拿著一根棍子指向他們，用嘶啞的聲音嚷嚷：「闖入者！闖入者！」

距離最近的稻草人立即轉身，用瘦長的枯枝手指一把揪住凱蒂的袍子，將她舉離地面。其他人驚駭的看著稻草人彎向凱蒂，發出嘶嘶聲，儘管它那黑炭畫的嘴壓根沒動。

「**回去！**」它說：「**回去！**」

「所有闖入者都會被稻草人吃掉！」女巫激昂的尖聲高喊：「所有人！」

凱蒂驚叫一聲，在稻草人的手中拚命掙扎，對它又捶又踢，可是稻草人與她隔了一個臂長，凱蒂根本碰不到它骨瘦如柴的身體。

伊森朝稻草人施咒，但它鐵定有保護咒，因為咒語直接彈回來了。杜絲拉連忙做了個薑餅人，可是當薑餅人奔向最近的稻草人，就直接被抓起來捏個粉碎。

史黛拉從袋子裡抓起摸到的第一件重物——碰巧就是她的望遠鏡——然後跑向稻草人。她小心的避開旁邊另一個稻草人伸出的手指，開始用力擊打抓住凱蒂的稻草人的背部和腿，能打多高就打多高。另一名稻草人用掃帚棍指著地面，掃帚射出一道咒語，下一刻，冰冷的雪手紛紛浮現，抓住了史黛拉的腳踝。

伊森朝雪手施火術，謝伊則拿出袋子裡的回力鏢，射入空中，回力鏢乾淨俐落的切斷稻草人的手，稻草人發出淒厲的叫聲，凱蒂伴著碎落的斷枝摔到地上。史黛拉把腳從被破壞的雪手中抽出來，抓住凱蒂的手臂，將她拖回，以免受到傷害。眾人撤退時，稻草人並未追上來，它們的棍子腿似乎牢牢的釘在地下深處，無法移動。六個稻草人一起甩著手臂，對天空哀叫，但依舊留守原地。

女巫自己也發出怒吼，開始逼近少年探險隊。不過她還沒趕到，叢林小仙子已經群情激憤的飛繞在她身邊了。身穿著葉子長衣、梳著尖刺頭的小仙子拿起彈弓，用臭莓果射得她全身都是。

女巫張嘴慘叫，更不幸的是，接下來一顆臭莓果直接飛入她嘴裡。莓果吃起來的噁臭度，一定絕不下於它的氣味，因為女巫緊接著大抓狂，又吼又叫的罵不絕口，然後轉身衝回自己的洞穴尋求庇護。

探險隊把握機會，盡全力以極速衝離現場。大夥狂奔了好一陣子，直到抵達一片白雪茫茫的高原。眾人停下來喘息片刻，彎腰扶膝的大口喘氣，直到能再次輕鬆的呼吸。

「你這算哪門子獵人！」伊森終於忍不住罵道，怒瞪著凱蒂。「你有可能害死我們大家。」

「對不起。」凱蒂抬起手說：「你說的對，那樣做很蠢，謝謝你們的幫忙。」她轉身對正在昂首闊步、洋洋自得的叢林小仙子說：「也謝謝你們幾位，你們好棒，太讚了。」

「剛才真的太驚險了。」史黛拉說：「幸好大家都沒事。」

此時眾人已稍稍平靜下來，探險隊檢視四周的環境，發現高原中央有面路標，上頭有幾十個小標示，各自指往不同的方向。無數條小徑從路標四周發散出去，全是不同的顏色，從紫色、黑色、粉紅到閃閃發亮的金色。一開始，史黛拉總覺得雪好像沒有落到路面上，但等他們一踩到地面，便發現原來路是暖的，暖到隔著雪靴都能感受到。

叢林小仙子非常以此為樂，馬上鋪起豆豆給他們的字母手帕，當成放在燙熱石頭上用的海灘毛巾。其中一位小仙子甚至開始興致勃勃的用一根牙籤和香蕉皮，做成一把像陽傘的東西。從小仙子加入探險的這整段過程中，史黛拉都沒有看到半根香蕉，不太確定那香蕉皮究竟是從哪兒冒出來的，不過她沒時間多想了，大夥過去查看路標。

有些標示指向探險隊已遇過的，像是死亡與瘋狂氣球，或魔幻掃帚森林。其他則是陌生的地方，有些地名聽起來很可怕，例如刺坑、毒萎洞，有的則還不賴，比如氣泡雪酪噴泉和冰五香薑餅街。

「噢，我想去冰五香薑餅街！」杜絲拉立即大聲嚷嚷：「聽起來很讚！」她打顫了一下。「我不想再被任何憤怒的女巫，或她們的稻草人追了，謝謝不用了。各位，很抱歉，不過從這裡開始，你們就自己走吧。」

聽到「薑餅」兩字，其中一名叢林小仙子就乾嘔一聲，結果立刻惹得尼杰不悅的吐口水。史黛拉覺得挺公平的，畢竟實在沒有人希望有叢林小仙子在自己背上嘔吐，尤其他們還如此吵吵鬧鬧。

「祝各位獵巫順利。」杜絲拉說：「希望你能在令尊被女巫吞掉之前找到他。」說完杜絲拉從頭上拔下一根頭髮，交給凱蒂，然後跟大家揮手道別。她握住自己的掃帚，朝冰五香薑餅街的方向漸飛漸遠。

凱蒂和探險家們目送她離去，他們第一次注意到，女巫山的山峰真的映入眼簾了。崎嶇的黑色山巔聳立在空中，白雪四覆。

下一刻，史黛拉瞥見一只零星的紙片禿鷹從其中一條路徑跳下來。

「看那邊！」她邊指給其他人看邊喊道：「是紙片禿鷹！」

所有人轉身去看。

「那是什麼路？」謝伊問。

那是一條用數百塊小磚頭砌成的亮橘色路徑，磚塊間鑲嵌了黑貓、蝙蝠、蟾蜍和鍋爐的圖案。

「是通往女巫村的路。」凱蒂指著路標說。

就在她說話的同時，紙片禿鷹耗盡最後一絲法力，倒在雪地裡虛弱的拍著翅膀。

「那就去女巫村。」謝伊說。

「就這樣直接殺進女巫村安全嗎？」豆豆緊張的把弄著他的木雕獨角鯨說：「村子裡不都是女巫嗎？」

「我們只能到那兒後再見機行事了。」史黛拉表示。她知道這不算答案，但她想不出還能說什麼。沒錯，一定很危險，但他們已經被剛才的女巫和她的稻草人拖慢速度了，想追上菲利克斯，就不能再多做耽擱。

在探險隊走向村子的路上，史黛拉心想，不知道潔西貝拉會住在哪種可怕的地方。她心中的畫面盡是鬧鬼的城堡、冰寒的蝙蝠洞和野蠻的地牢，但史黛拉盡量拋開這些影像。他們現在必須專心抵達村子，不過一行人越靠近村子，心中的想法就變得越恐怖。史黛拉忍不住想到多年來折磨她的各種惡夢——尖叫、拖步聲、灼傷的腳、雪上的緋紅血斑。她這輩子從不曾如此想回家，與菲利克斯一起

OP
BROOM

待在溫暖且安全的地方。

沒多久眾人便抵達村莊，他們還沒見著村子，便先聞到混和著五香薑餅和熱騰騰果汁飲料的美好氣味。大夥繞過轉角，看到好多史黛拉所見過最為歪斜的建築物：搖搖欲墜的茅草屋頂小屋、傾斜的高塔，以及販賣各種東西的扭曲店鋪。鬧區大街上的卵石是麥芽糖做的，村子中央有一座冒著氣泡和白沫的雪酪噴泉。

一如他們所擔心的，村子裡確實有許多女巫匆忙的走來走去，但她們看起來不像先前遇到的那位凶狠女巫。大部分女巫都是慈眉善目的老太太，頭髮整齊的盤成髮髻塞在帽子底下，穿著打扮和杜絲拉十分類似：黑色洋裝、尖帽、條紋長襪和有鞋釦的鞋子。放眼望去，看不見稻草人穿的那種外套。有些女巫帶著掃帚，其他人臂上則拎著大鍋子。史黛拉注意到一兩位女巫有蝙蝠、蟾蜍或蠑螈停在肩上或蜷縮在腳邊，她知道那就是她們的親信。史黛拉看得出來牠們不是普通動物，因為都戴著黑色的尖帽。

第一位經過他們身邊的女巫立即停下腳步。史黛拉訝異的發現，這位有著鷹鈎鼻和一對閃亮藍眼睛的老婆婆，看起來相當和善。她拿著一只大鍋，裡頭有隻烏鴉，戴著尖帽的烏鴉從鍋子緣口，用明亮如珠的眼睛看著他們，然後友好的嘎嘎叫了起來。

「這是怎麼回事？」女巫一邊問道，一邊上下打量他們。「你們是怎麼穿越女巫門的？更別說通過飛鯊、咬人南瓜等等？我的意思是，如果那些東西無法防止好事者的闖入，我們設置那麼多又有什麼意義？」

烏鴉表示同意的叫著。

「我們不是好事者。」豆豆告訴她：「我們是探險家。」

「可是你們不該來這裡。」老女巫幾乎是哀號了，兩位路過的女巫聽到她的聲音，也停下來看看究竟是怎麼回事。

「他們是**探險家**嗎？」其中一位新到的女巫大聲問：「可是他們為什麼來到這裡？他們應該知道女巫山很危險，不適合探索吧？」

「我還以為獵人們跟遇到的每個人都那樣說了，包括所有的探險家俱樂部。」

第三名女巫說：「你知道的，這樣才能維持他們的高價賞金。」

凱蒂臉一紅，說：「呃，大家都得餬口嘛。」

「我們不是來鬧事的。」史黛拉說，探險隊開始一步步的拉開距離。「我們只是來找我的父親，等一找到他，我們就會回家。」

「可是……」其中一名女巫才開口。

「然後我們會寫一篇很嚇人的總報告。」謝伊補充說：「告訴所有人女巫山有多麼恐怖。」

「瞧你們幹了什麼好事！」帶著烏鴉的女巫生氣的說：「我們費盡千辛萬苦，阻止外人進來，只想過個平安寧靜的退休生活，這樣要求有很過分嗎？」

「一點也不過分。」史黛拉說：「我們馬上就離開。」

探險隊趕在女巫進一步追問他們前，匆匆撤離。他們從村子中央來到外圍，街道也變得更加幽暗狹窄了，這裡的商店看起來像是專為魔法咒語和邪術而設。探險家們不再往窗口張望，以免看到釘在牆上的老鼠、一堆多疣的蟾蜍，或是一桶毒蘋果。所有東西都散發著潮溼、腐臭和油耗味。

在這邊購物的女巫看起來顯然沒有那麼和善了，若有女巫認出他們是外人，便會抱怨女巫山不該有訪客，以及小孩子唯一的好處就是可以拿來吃，女巫村實在不該禁止對外人施咒。

大夥都急著想盡快離開村子，可惜街道有如迷宮，迂迴曲折的繞成各種小巷細弄，而且到處都是同樣噁心的商鋪。

「我們在繞圈。」伊森最後開口了。

「不對，我們沒有鬼打牆。」凱蒂說：「我很確定這是出去的路。」

「我認得那個窗子裡的面具。」伊森指著附近一家店面說：「一開始我會注意到是因為它很猙獰。尼杰也注意到了，還對面具吐了口水，看。」他指著骷髏的窗戶上，一大道像駱駝口水流過的痕跡。

說時遲那時快，尼杰又朝那張面具吐口水了，一大坨口水啪的一聲擊中窗戶。一會兒之後，一名男子匆匆從店裡出來，他駝著背，頭髮幾乎全禿，而且看起來很不高興。史黛拉覺得此人一定有精靈血統，因為他耳朵微尖，而且眼睛非常大。

「你們能不能管好你們的駱駝？」男人喝斥：「而且你們怎麼會帶一隻駱駝到這裡來？太荒唐了，我無法忍受這種事！太過分！我花了那麼久的時間才辛辛苦苦把這間店蓋起來，結果駱駝竟跑來對著店吐口水。」

「我倒看不出有什麼差別。」伊森說：「那扇窗子本來就很髒了。」

「我們真的很抱歉。」謝伊連忙道歉說：「我們迷路了，努力在找離開村子的路，或許您能幫忙指點方向？我們在找一位叫潔西貝拉的女巫。」

商店老闆瞪著他們——臉上的眼睛甚至變得更大了。「沒有人會去潔西貝拉家。」他說：「沒有人，那裡住了一個可怕的東西。」

「你知道她的地址嗎？」史黛拉急切的問，「我們真的有很重要的事要找她。」

男人已經搖著頭，退著步子離開他們往店裡走了。「瘋了。」他喃喃的說：「你們一定是瘋了才會想去那裡，潔西貝拉就愛養危險的寵物。」

「我們知道禿鷹的事了。」史黛拉說。

「我講的不是禿鷹，女孩。」男人嘀咕說。

史黛拉心想，不知他指的是不是毒兔子，可是她還沒問，男人便說：「如果你們想離開這裡，就跟著繞過角落的那條路，然後右轉，再一次右轉，那樣就能離開女巫村了。」

他走進自己店裡，正要關門時，史黛拉問道：「那之後我們要怎樣才能到潔西貝拉的家？」

男人瞥了她一眼，在幽微的光線下，他的眼睛看似兩個茶碟。「之後嘛，你們跟著血跡走就行了。」他說。

「血跡？」史黛拉驚詫的重複他說的。

「我昨天看到潔西貝拉的禿鷹上她家去了，後頭還拖了某個傢伙。」他說：「你們一定會看到血跡，不會錯過的。」

說完男人緊緊把門關上。

第二十章

逃離冰蛛網

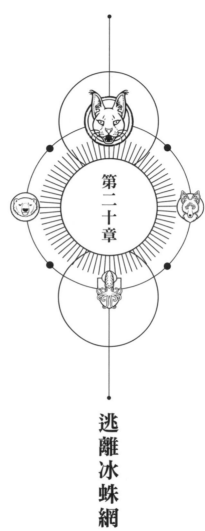

史黛拉根本是逃出村子的，其他人得加緊腳步才能趕上她。她繞過鋪滿小圓石的街角時，可以感覺到自己的手都在抖。

一條血跡……

那表示菲利克斯一定受傷了，說不定禿鷹腳上的魔法腳銬已經沒有法力了，或者他在上女巫山的途中，遭到其他東西攻擊。此刻，他比他們整整早了一天，而且就要獨自面對潔西貝拉了。事實上，他很可能已經見過她，說不定他們已經來遲了……

大夥找到了側邊出口，那是一道拱門，他們一穿過門，便看到雪徑上有血跡往前方延伸。沒時間了，探險隊靜默的快速循著路徑走，氣氛緊繃到無法談話，沒有人想多做臆測找到女巫後會發現什麼。陡峭的路徑直通山頂，這裡的空氣感覺十分冰寒且稀薄刺人，他們凍到耳朵發疼，胸口因拚命吸氣而疼痛。

小徑終於穿過山上的一條隧道，探險家們通過時，寒風在他們耳邊呼嘯，聽起像詭異的人聲，令史黛拉想起他們上次去冰凍群島探險時聽到的冰凍靈魂，所有死於寒冷深受折磨的靈魂。身為冰雪公主，她通常不太覺得冷（而且似乎越來越不怕冷了），可現在卻發著抖，緊緊裹住身上的披風。

一行人來到隧道的另一端，乍看之下像是條死路，僅有一面牢實的石牆聳立在他們上方。

「也許我們在哪個地方轉錯路了。」謝伊說。

「可是一定是這條路沒錯。」史黛拉答說：「那血……血跡繼續從這邊穿過去。」

石地上確實有道血痕。

「也許菲利克斯發現這是條死路，便回頭循原路折回去了。」謝伊提議。

「可是進隧道的路只有一條。」史黛拉表示：「這裡一定有另一條出去的路。」

她高舉精靈燈，探險家們仔細檢視每一吋山壁。終於，豆豆看到石壁上有道狹窄的裂口了。

凱蒂搖頭說：「蓋思根本不可能穿得過去，牠得在這裡等我們。」

「尼杰也是。」伊森說。

蓋思不願和凱蒂分開，大夥離開時，牠不依的大聲吼叫。他們清楚聽到牠的木髓帽咚咚的敲在石上好幾回，蓋思努力想跟過來，可是沒有成功。

「蓋思，你沒法穿過這裡的，你的身體塞不進來。」凱蒂說：「你那麼龐大，這個縫這麼小，你瞧。」她把手臂穿出去拍拍蓋思髭鬚橫生的臉。「我們很快就會回來接你了，我保證。」

探險隊擠過岩縫後，進入一條更大的隧道，他們循著這條通道來到另一頭的空地上。眾人走出來，不清楚會發現什麼，但大家都覺得不會是好事。

事實上，事情比他們想像的還要糟糕。

蜘蛛網從四面八方將他們團團圍住，只是這些並非普通的蜘蛛網。首先，網子十分巨大——比探險家的個頭大上許多——其二，網子是冰製的。冰網朝他們閃著危險的光芒，阻去了前方的視線。

「天啊。」史黛拉終於開口：「不知道這些網子是誰做的？」

「是冰蜘蛛。」豆豆壓低聲音在她旁邊說。史黛拉看著他，發現豆豆的臉色看起來有點差。「冰蜘蛛極其危險。」

史黛拉想起精靈男子提到，潔西貝拉對寵物的奇異品味。

「當然危險了。」伊森嘆道。

「難怪村裡的那個男人會說，從來沒有人會想到這裡。」史黛拉說。

不過她忍不住想，這些蜘蛛網好美，非常細膩繁複，讓她想到每一片雪花都獨一無二，各具特色。不過一想到能織出這種巨網的蜘蛛有多大，史黛拉便心驚膽顫，這些網子高踞在探險家的上方，令空氣發寒，並遮蔽了太陽，僅篩落蒼藍彷若鬼魅的微光。冰網四周一片死寂，空氣刺寒，就像所有空氣都被抽乾，有個東西蹲踞在附近，屏息監視他們……

「我們可以爬過去。」史黛拉說：「網絲之間的空隙夠大，我們鑽得過去，不過我覺得最好別摸到網子……」

可惜叢林小仙子已經一馬當先的往前衝了，史黛拉還沒來得及把話說完，哈斐瑞已擦觸到其中一根冰絲線，太過冰冷以致立即在他的手上凍出一道傷痕，哈斐瑞痛苦的哀號一聲，馬上抽回手臂。不同於一般的蜘蛛網，這冰網並不黏人，也未誘捕叢林小仙子，那絲線被觸動後，發出鐘鈴般的聲音，從一條絲線迴盪到另一條絲線，直到空中鳴響，有如同時敲響數百個冰鈴。

探險隊挫敗的四下環顧，叢林小仙子們則逃進史黛拉的披風口袋裡尋求庇護，他們把頭探到口袋外，慌張的四處張望。大夥隨即明白，那響聲是一種警示系統，用意要警告某個東西有闖入者到來。片刻過後，有個東西狂暴且快速的朝他們過來，叮叮噹噹弄響更多鐘聲，而且不斷迴盪，幾乎震耳欲聾。

就在下一秒，怪物抵達了，陰影橫落在探險家身上，一隻巨大如房屋的冰蜘蛛在他們上方若隱若現。蜘蛛細長的冰腿上豎著利如短刀的尖刺；嘴鉗興奮的咬著，令人觸目驚心；八隻血紅色的眼珠貪婪無比的俯視眾人。

面對這隻怪物，只有一種適合的反應，那就是放聲尖叫，拔腿逃命。探險隊趕緊鑽過蛛網的冰絲，盡量不去多想靴子咔咔有聲的踩著一層厚厚的枯骨。每次有人撞到網子，鐘聲和回聲就又響徹雲霄，聲音的震盪令人耳朵發疼。有幾次，他們之間有人重重撞在網子上，力道之大將絲線撞碎了，結果引發更大的聲響，彷彿有人在他們頭旁邊吹響喇叭。

他們不可能跑得過蜘蛛，無論怎麼轉繞，都擺脫不掉牠。蜘蛛順著織網爬到上方，然後垂降到他們前方的路徑上，擋去任何可以逃走的路線。探險隊只好逃至網子深處，大夥一起在空地上蹲下來，蜘蛛則急速的在上方來回快爬，試圖找出他們的位置。

「我們該怎麼辦？」凱蒂喘著氣問：「你們身上沒帶任何武器嗎？」

「你沒有嗎？」伊森問。

「沒有大到可以攻擊冰蜘蛛的東西。」獵人回說。

「冰蜘蛛看不見。」豆豆說：「如果我們躡手躡腳的通過，不碰到網子，不發出任何聲音，牠就有可能不會發現我們。」

「這招或許管用。」謝伊說：「假若我們慢慢來，別慌張，便能避免碰到蛛網了。」

史黛拉確認叢林小仙子都乖乖待在她的口袋後，他們才繼續行動，戰戰兢兢的低頭避開、鑽過並跨越每一條冰絲線。有一陣子，這麼做似乎挺管用，蜘蛛在他們上方來回移動，但是都找不到他們的行蹤，最後蜘蛛乾脆停在網子中央，顫抖著長腿，等待有人發出聲響，洩漏位置。

謝伊用手肘推了一下史黛拉，然後指指前方。隔著最後幾道絲線，他們看到前方有棟房子，那一定就是女巫的家了。史黛拉對謝伊點點頭，他們就快到了……

接著豆豆踩到一根骨頭，靴子底下發出好大一聲「啪」。所有人立即僵住不動，可惜太遲了，蜘蛛已經聽到聲音，匆匆奔過來了。四周的網子不停轟然響著，蜘蛛往他們衝來，在離豆豆幾公分的地方停住。

史黛拉對著她的好友抬起雙手，默默警告豆豆定住別亂動，千萬不要出聲。醫師動都不敢動，儘管史黛拉看到他帽子上的毛球都在微微顫抖。蜘蛛逼得更近了，嘴鉗焦躁的快速張咬著。最後蜘蛛與豆豆的距離，已經近到豆豆都能看見蜘蛛下巴上的每一根冰毛，以及每一隻紅眼裡的奶白色斑點了。

所有人屏住氣息，史黛拉祈禱千萬不要有人在此時突然打噴嚏，就連叢林小仙子似乎也能理解，在這種嚴峻時刻不適合唱死亡之歌。

冰蜘蛛終於從豆豆身旁撤離了，轉身離眾人而去，回到自己原本監守的崗位。眾人全鬆了一口大氣，但凱蒂卻在接下來的瞬間大叫一聲，其他人駭然的轉身望著她，看到一片鋒利的魚鰭刺穿她背上的背包，緊接著又刺出一片魚鰭，然後另一片，再接著一片。

女巫獵人扯下背包扔到地上，背包被撕開來，裡頭的青蛙開始變回發光食人魚了。牠們咬牙切齒，怒張著魚鰭，看起來處於盛怒之中（也許是因為被變成了青蛙，然後又被塞到一個裝滿更多青蛙的袋子裡吧）。探險家們只得火速往後跳開，避開那些滿口張咬的利牙。

不幸的是，這場混仗吵得震天價響，惹得蜘蛛立即又衝回他們上方。就在蜘蛛即將用嘴刺入謝伊的背部時，伊森從地上抓住一條食人魚的尾巴，拎起來擲向蜘蛛。憤怒的食人魚立即咬住蜘蛛的腿，冰裂紋像髮際線似的一路從牠腿上往下裂開。

其他人趕緊有樣學樣，抓起食人魚的尾巴丟向冰蜘蛛。凱蒂開始連青蛙都掏出來丟了，大部分青蛙都彈開逕自跳走，但有幾隻青蛙凸著眼，緊趴在蜘蛛身上不放。而巨大的怪物蜘蛛正四處甩動，想拋開咬住自己的食人魚。

「別再扔青蛙了！」史黛拉喊道：「其中有一隻是探險家呀！」

「那隻不是。」凱蒂指說。原本一直趴附在蜘蛛背上的青蛙，現在變成一隻茫然的吸血蟾蜍，在陽光下眨著眼睛。

「反正也沒效！」謝伊大喊：「食人魚只會更加激怒蜘蛛。」

「蛙群裡也有一些鯊魚。」伊森邊喊邊朝最近的一隻青蛙施法，結果輕輕的「啵」一聲，青蛙突然變成一名男孩了——有著滑亮栗色頭髮，頭戴睡帽，身穿印有叢林貓探險家俱樂部徽冠的綠色晨衣男孩。

「吉迪恩！」史黛拉高聲喊道，很高興其中一隻青蛙真的就是探險家，他們沒有把他落在飛鯊洞裡，或是魔幻掃帚森林的污濁沼澤中。

「唉，討厭。」伊森說：「這傢伙對任何人都沒有用處。」

吉迪恩．格拉海．史邁思的頭髮往四面八方亂豎，晨衣皺巴巴的，但除此之外，他並未露出疲態。不過吉迪恩一恢復人形，便發出可怕的呻吟，氣呼呼的眨著眼睛，怒瞪眾人。

「我簡直無法相信你們竟然把我變成青蛙！太難以置信了！我實在……」

他還沒能往下說，伊森便對另一隻青蛙施法，青蛙突然變成飛鯊，而不是食人魚、探險家或吸血蟾蜍。飛鯊似乎跟食人魚一樣，也極度不爽被變成青蛙。牠露出嚇人的牙齒，擺動強壯有力的身軀，重新適應新的形體，眨動凶殘冷酷的眼睛，左顧右盼，急欲攻擊看到的第一個對象——恰好就是冰蜘蛛。

鯊魚氣沖沖的飛向蜘蛛，後頭緊跟著另一隻剛被伊森變回原貌的飛鯊。兩隻鯊魚都急著想攻擊咬人，以重拾被變成青蛙後失去的鯊魚雄風。牠們大口大口的咬下蜘蛛身上的肉，蜘蛛邊退回蛛網邊揮腳張咬，力抗飛鯊的攻擊。

碎冰嘩啦嘩啦的落在眾人周圍，分不清哪些是冰網，哪些是冰蜘蛛，但探險隊沒有留下來一探究竟，他們轉身，丟下後方這幾隻激戰方酣的怪物，全速衝向女巫的房子。

第二十一章

潔西貝拉的真面目

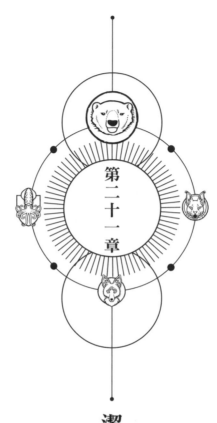

他們擺脫了蜘蛛網（冰網似乎被裡頭的怪物大戰震碎了），來到一片白雪茫茫的空地上，一棟屋子坐落在中央。大夥立即明白，那是女巫的房子，不過跟史黛拉原本預期的陰沉古堡一點也不像，出現在他們面前的，反而是一棟華麗的冰淇淋屋。

撒滿巧克力碎片的薄荷屋頂、香氣盈滿整片空地的奶油軟糖煙囪、巧克力薄片窗臺、旋紋香草牆，以及長滿草莓冰淇淋玫瑰和香蕉冰淇淋向日葵的窗口花壇。一條冰淇淋甜筒小路直通到屋子前門，四周都是色彩繽紛的冰淇淋花朵（還有一些奇形怪狀的冰淇淋捲心菜），另外有一個戴著圓頂硬禮帽，完全用粉紅甜糖製成的稻草人。

事實上，這是史黛拉見過最漂亮的房子之一，實在很難相信裡面會住著一名邪惡的女巫。史黛拉甚至懷疑他們是否找錯房子了，可是就在此時，她發現血跡繞到屋子後方，證實他們來對地方了。

「天啊，那是女巫的房子，對吧？」吉迪恩大叫，「女巫的房子也許會冒出各種可怕的……」

不過他沒能再往下講了，因為伊森大手一揮，再度將他變成綿綿蛙。

「伊森！」史黛拉呻吟說：「你實在不該再把他變成青蛙！」

「我受不了他在那邊抱怨。」巫師邊答邊將青蛙撈起，塞進自己的口袋裡。

「你怎麼都沒提過你逮到一位白馬王子。」凱蒂顯然被吉迪恩的帥氣長相電到完全搞錯重點。「你知道嗎？將來某處會有個公主在到處尋找他呢。」

「他不是白馬王子。」史黛拉嘆道：「他是一名探險家。」

「你不是說你想不起來把他變回來的咒語嗎？」謝伊帶有指責意味的看著伊森說。

「是啊，我當時是想不起來。」

「沒想到面對巨大的殺人冰蜘蛛，竟能如此讓你激發腦力。」狼語者翻著白眼說。

「沒錯。」

就在這時，屋子的前門突然打開來，「砰」的一聲重重撞在冰淇淋牆上。冰網裡的怪物大戰仍在他們後方製造各種響鳴和鬧聲，因此他們來得不算悄然無聲，不過看到女巫從屋子裡出來，大家還是覺得很挫敗。史黛拉立即明白，這就是他們要找的女巫，因為她手裡抓了好幾具木偶——製作風格全跟史黛拉從雪之女王的城堡中，她的房間帶走的女巫木偶一樣。女巫本人也穿著一雙巨大的亮黃色高筒靴，史黛拉意識到，靴子一定是用來保護她那雙嚴重燒傷的腳。

女巫年紀很大了（比史黛拉預期中的年邁許多），她的膝蓋和手肘都有很多疙瘩，皮膚上滿是皺紋。女巫穿著巨大的高筒靴，笨拙的從小徑上朝他們跑來，一頭捲捲的灰髮披在背後。史黛拉看到她氣憤到連話都說得顛三倒四，時而大吼大叫，時而喃喃說些胡話時，又更加害怕了。實在無從得知，女巫究竟是在氣她的冰蜘蛛和冰網遭到破壞，或只是一看到史黛拉就抓狂。

所有人自然而然的拿起手邊的武器，謝伊抓著自己的回力鏢，凱蒂從袋子裡拿出一瓶藥水，史黛拉則抬手檢查冰頭冠是否還戴在頭上。

女巫在離他們僅剩幾十公分的地方，被自己的大長靴絆倒了，她面朝下的撲倒在雪地裡。史黛拉逮住機會舉起手，打算趁女巫殺害大家之前，把她凍成冰棍。

可是就在此時，一個熟悉的聲音從門階上傳來：「史黛拉，不可以！」

史黛拉抬起頭，看到菲利克斯從房子出來，沿著小徑匆匆跑向他們。在看到雪地上的血跡後，史黛拉一直擔心菲利克斯受了重傷，這會兒看到他顯然毫髮無傷，讓史黛拉終於放下了心裡的大石頭。菲利克斯停在趴倒在地的女巫前面，雙手舉在前方制止。

「沒問題的，菲利克斯。」史黛拉說，以為他擔心自己用了冰魔法後，心臟會凍結。「我可以辦得到。」

「女巫並不危險，史黛拉。」菲利克斯說：「事情跟我們想的不一樣，請相信我。」

史黛拉聽得一頭霧水，但仍不疑有他的相信菲利克斯，便垂下手，訝異的看著菲利克斯轉身面對女巫，在她前方的雪地上蹲下來，溫柔的扶她起身。

「沒事了，潔西貝拉。」他說：「你先緩一下，喘口氣。好了，看著我，你有哪裡受傷嗎？」

女巫搖搖頭，菲利克斯扶她站起來，伸出手臂讓她挽著。女巫把木偶挪到另一隻手上，把另一隻滿布節瘤的手，伸到菲利克斯的臂肘裡讓他攙著，然後蹣跚的走到探險隊旁邊。

當她駐足在探險隊面前時，史黛拉發現女巫眼中盡是淚水，發皺的臉上涕泗橫流，可是看起來不像史黛拉原先所想的憤怒的淚，而是另一種她還無法辨識的情緒。接著她看到了幸運符手環，史黛拉倒吸一口氣，震驚的認出手環來。在很久很久以前，她曾經見過手環就戴在某個為她朗讀獨角獸床邊故事的人手上。

「公主。」年邁的女巫說，同時手腳不靈活的想行屈膝禮。

史黛拉真的聽到她的膝蓋喀一聲，慶幸菲利克斯及時扶她站直後說：「真的沒必要行禮，親愛的，史黛拉並不期望任何人如此客套正式。」

「我一直在幫您保管好它們，公主。」女巫用顫抖的雙手拿出那幾個纏住的木偶說。

史黛拉望著菲利克斯，他點點頭，於是史黛拉小心翼翼的伸出手，從女巫手中接下木偶。木偶全是手工做的，而且跟女巫木偶一樣，都具有魔力。史黛拉一碰到它們，木偶就活了過來，自己解開。木偶自行四處走動時，身上的懸線便往上伸直。

首先，有一隻全身都是柔軟白絨毛的藍眼北極熊，在史黛拉腳邊低吼繞行。接著是一隻有珠光角、絲滑鬃毛和尾巴的獨角獸，正開心的在雪裡騰躍。第三隻木偶是一隻雪怪，身上覆著蓬鬆的白色羊毛，正用拳捶擊自己的胸膛，重重的來回踏步。還有一條用平滑的白木做成的冰龍木偶，它噴著小團的蒸氣，繞在史黛拉身邊飛。最後一個木偶顯然是位冰雪公主，以磨亮的金色木頭製成，而且跟女巫一樣穿著淡藍色洋裝和蓬蓬裙，她的背上垂著一條白色長辮，頭戴閃閃發亮的冠飾。木偶對史黛拉行屈膝禮後，便跑去追獨角獸了。

史黛拉皺眉俯視這些木偶，覺得隱約想起了什麼。她彷彿看見小時候的自己在育兒室裡跟這些木偶玩耍。

女巫說：「我把女巫木偶留在育兒室裡，萬一你哪天回到家，能找到你。我還幫你保留了這個，公主。」潔西貝拉把銀製的幸運符手環放到史黛拉手中。

史黛拉低頭看了手環一會兒，然後才抬頭看她。「可是……我不明白……」她開口。

「潔西貝拉並沒有殺害你的父母。」菲利克斯說：「事實上，是她將你從城堡帶出來，放到我會行經的路線上。」

「可是她為何要派禿鷹來追我？」史黛拉問。

「噢，禿鷹啊。」菲利克斯說：「牠叫奧茲華德，其實牠並不壞。奧茲華德不是想攻擊你，史黛拉。潔西貝拉派牠去把你帶回女巫山，想確認你是否安全。因為女巫木偶瞥見你和葛拉夫在花園裡玩，潔西貝拉誤以為葛拉夫在攻擊你，她怕你若繼續待在家裡，遲早會被北極熊吞掉。而當我試圖阻攔牠時，奧茲華德以為**我**很危險。潔西貝拉是你小時候的奶媽，她非常關心你。」

「可是，那……我父母親究竟是誰殺的？」史黛拉問。

女巫再次哭了起來。「是魔鏡。」她抽抽噎噎的說：「噢，是魔鏡，魔鏡！它毀掉了一切！」

「魔鏡有時很狡詐。」凱蒂說著，同情的拍了拍她的手。

「收藏師跑來了，他殺掉所有人，奪走所有的一切。」潔西貝拉接著說：「他甚至帶走了《雪之書》，我完全無力阻止，只能救下這些可憐的小飾品。」

她指指那些木偶，雪怪立即生氣的咆哮，抗議被稱為小飾品。

「**你救了公主一命。**」菲利克斯邊說邊用力握著女巫骨瘦如柴的老手。「你實在太勇敢了，親愛的。」

女巫對他微微一笑，接著她的心思似乎突然不在談話上了，因為她說：「我得去數捲心菜了。」

潔西貝拉蹣跚的走開了，高筒靴在雪地裡拖出一條長痕。

「菲利克斯，我不懂，這究竟是怎麼一回事？」史黛拉問。

「容我們先告退一下，好嗎？」菲利克斯對其他人說，然後把史黛拉拉到一旁。「你知道嗎？我也有點不明白，因為我明明叫你乖乖待在家裡，等我回來。」他說。

史黛拉微微抬起下巴。「是啊，但你有可能永遠回不來。」她說：「我不想冒那種險，而且我想你也無法說服我，因為我知道你一定也會那麼做，我只是效法你而已。況且，福格主席收到報告說，潔西貝拉一直把毒兔子帶到女巫山上——他跟伊森的父親說了，但還沒有機會告訴你這件事。」

「噢，那些兔子啊。」菲利克斯嘆道：「沒錯，潔西貝拉買毒兔子，是為了餵她的冰蜘蛛。她昨天才戴上手套，把最後一隻毒兔子餵給冰蜘蛛吃。你知道嗎？我覺得我應該要非常生你的氣才對，可是我大概只能怪自己做了壞榜樣。你們到底是怎麼來到這裡的？」

「噢，我們……我們算是偷了一艘飛船。」史黛拉說。

「飛船！」菲利克斯大叫：「從誰那裡偷來的？」

「叢林貓探險家俱樂部的主席。」史黛拉囁嚅的說。

「這……這個時間點實在不怎麼恰當。」菲利克斯說：「他現在對你還不太放心。」

「我知道，可是我們得設法趕到這裡。」史黛拉答說，她決定現在不適合提到他們還闖進北極熊探險家俱樂部，偷了一些東西，甚至被守衛追出來的事。

「你有受傷嗎？」史黛拉反問。「我們跟著你的行跡來到這裡，但全是血痕。」

「噢，那是奧茲華德的血。」菲利克斯說：「我們在女巫村迷路，牠在村子的一條後巷裡找到某個死掉的可怕玩意兒，還堅持要拖牠一起回家。我想應該是某種沼澤老鼠吧，但很難辨識——」他停了下來，因為叢林小仙子們突然開始去扯他的袖子。家裡的小仙子最愛菲利克斯了，看來這些小仙子也不例外。

史黛拉為他們介紹，菲利克斯興奮極了。「我從沒見過叢林小仙子。」他說：「好帥的小伙子，好美的女士，很高興認識各位。」

小仙子們飛去檢視糖做的稻草人後，菲利克斯轉回來對史黛拉說：「我昨天抵達這裡時，一心想逮捕潔西貝拉，將她拖回魔法司法庭審判，可是沒想到她見到我很開心，還歡迎我到她家，而且從我到達起，就一直在幫我打造小小的冰淇淋屋。潔西貝拉並未殺害你的父母，我覺得她這輩子應該從沒傷害過任何人。只是她現在年紀真的很大了，腦子有些糊塗。我跟她拉拉雜雜扯了半天，大致了解一些概況了。」

「她所說的魔鏡，其實根本不是魔鏡，而是一位女妖術師，因為某種原因被你父母囚禁在玻璃裡，潔西貝拉認為應該是她惹毛了他們。不過這名妖術師能跟黑暗冰橋另一頭的另一面魔鏡溝通，潔西貝拉只知道那面魔鏡的主人叫收藏師。妖術師連哄帶騙的將收藏師引誘到城堡，以為收藏師會放她自由，可是收藏師卻殺了你的父母，並偷走了《雪之書》。」

「《雪之書》是什麼？」史黛拉問。

「你知道女巫有《暗影之書》吧？」菲利克斯問。「她們所有的咒語都寫在那本書裡。看來，雪之女王也有類似的東西，只是書名叫做《雪之書》。收藏師拿走了這本書，扔下魔鏡不管。妖術師並不知道，若是沒有了雪之女王或冰雪公主，城堡便會自動關閉。潔西貝拉好像認為，雪之女王和冰雪公主本身具有天生的法力，即使沒有頭冠也能發揮。因此冰雪公主通常會有女巫奶媽（儘管女巫常被當成奴隸虐待），這樣才能幫助年輕的冰雪公主熟練自己的法力。

「你爸媽要她穿戴鐵拖鞋，是因為她一度想逃跑，那是在你出生前許多年的事。潔西貝拉顯然跟著你們家好幾個世代了，她知道所有關於雪之女王的事。如果我沒誤解她的話，這種天生的法力，不會像頭冠那樣會有凍結心臟的風險，這似乎跟冰魔法和雪魔法的差異有關。」

史黛拉越聽越興奮，說：「我想我已經施展過一些雪魔法了。」接著告訴菲利克斯她在家變出的雪獨角獸、飛船上的雪怪守衛，以及魔帳毯裡的雪妖精。

菲利克斯對她咧嘴一笑，分享她的興奮說：「太棒了。」菲利克斯指指史黛拉手裡的幸運符手環說：「這個顯然也有魔法，你碰觸不同的幸運符，啟動不同的咒語。」

史黛拉看著這只銀手環，上面有一個雪怪幸運符，以及獨角獸、雪橇、小仙子、冰妖等等還有很多。

「你有很多東西要學。」菲利克斯說：「聽說學習魔法必須很用功，我問過潔西貝拉，看她願不願意到我們家住一陣子，她能協助你熟練雪魔法。」

史黛拉認為這點子太棒了，但心中不免有些陰影。「你覺得我應該要學魔法嗎？」她問。

「難道你不想學嗎？」菲利克斯一臉訝異的問。

「我超想學的。」史黛拉答說：「可是人們不會喜歡吧？像是寫那些可怕信件的人，還有叢林貓探險家俱樂部的主席。福格主席在離開之前，把一整疊關於邪惡雪之女王的報告放到你書桌上了。如果我開始學習魔法，可能會讓人們更不高興，不是嗎？」

菲利克斯無所謂的聳聳肩說：「親愛的孩子，如果我們耗費太多時間去擔心那些心胸狹窄的人怎麼想，那我們什麼事也做不了。」他蹲到史黛拉面前，握起她的手。「千萬別讓任何人阻止你做自己。如果你希望潔西貝拉跟我們回家，協助教你冰魔法，我們當然就應該那麼做。」

「可是叢林貓探險家俱樂部的主席……」

「叢林貓探險家俱樂部的主席就算去跳河我也不在乎，」菲利克斯笑道：「這件事跟他一點關係都沒有，所以完全不必管他在那邊說三道四。」

史黛拉對菲利克斯燦然一笑，說：「我好愛你啊，菲利克斯。」

菲利克斯緊緊抱住女孩。「我也很愛你，小甜心。」他說：「勝過全世界任何事。」

潔西貝拉拿著一大籃裝滿冰淇淋捲心菜走過來，打斷了他們。

「要捲心菜嗎？」說著她塞了一顆捲心菜給他們。「你們每個人一定得帶顆捲心菜，每一個人都要！」

「它們不會咬人吧？」伊森問，其他人也湊上來。「因為在上次探險有顆會咬人的捲心菜攻擊我，我可不想重複那種經驗。」

「我想應該不會。」女巫緊張的低頭看著她臂彎裡那堆捲心菜說：「至少它們從來沒咬過我。」

「它們當然不是咬人捲心菜啦，伊森——它們是用冰淇淋做的。」史黛拉說，她接過女巫遞給她的捲心菜，然後表示：「太感謝你了，你人真好。」

潔西貝拉緊緊的按了按史黛拉的臂膀，把剩下的捲心菜全倒在地上，然後爬入籃子裡。她嘛唇咧牙的吹了聲哨音，一根掃帚立馬從屋子裡飛出來，鈎到籃子的握把下，將籃子抬離地面。

「潔西貝拉準備好可以出發啦。」女巫眉開眼笑的看著史黛拉說。

菲利克斯搔著自己的頸背，「啊，是的。」他說：「現在的問題是，我們要怎麼回家？奧茲華德載不了我們所有人。」他瞄著史黛拉問：「我們可以用飛船嗎？」

史黛拉搖搖頭，「我們在威諾斯交易站把船賣掉了。」她說：「不過凱蒂是獵人，她父親有船，凱蒂說我們可以一起搭。」她很快幫菲利克斯介紹她的新朋友。

「我們該上路了。」謝伊說：「下山的路很長。」

「並不長。」潔西貝拉開心的說：「隧道裡頭有個女巫洞，我們可以直通山底，我帶你們看。」

他們折回去，穿過已碎成殘片的冰網，匆匆行經正在大啖冰蜘蛛屍骸的飛鯊。史黛拉想起店家老闆提到潔西貝拉的寵物品味，突然憂心潔西貝拉會難過。但事實上，女巫似乎並沒有注意到，只是雀躍的對著冰蜘蛛大聲道別。

「再見啦，馬文。」她說：「我找到我們家史黛拉，我要搬家了。」

當大夥擠過岩縫時，蓋思發出巨吼，高興的差點把凱蒂壓扁。尼杰想裝作牠才不在乎他們回來，但史黛拉發現，牠趁著自以為沒人在看的時候，熱情的嚼著伊森的頭髮。

潔西貝拉不久便找到女巫洞的入口了，這回他們讓尼杰先跳，因為沒有人想被駱駝的飛蹄踹到腦袋。他們等牠先走一段距離後，其他人才一個接一個跟著跳下去。史黛拉最後一個躍入洞裡，立即發現這個女巫洞比上一個更陡，她的裙子和襯裙整個飛蓬起來。史黛拉往下滑行時，忍不住哈哈大笑，因為實在太好玩了。除此之外，找到菲利克斯，發現他毫髮無傷，令她如釋重負，而且這趟探險十分成功，女巫根本一點都不邪惡。一切都比她期望的好太多了，再過不了多久，她就能安然的回到家陪葛拉夫，並且學習雪魔法了……

可惜她高興得太早了。史黛拉從女巫洞另一端飛出來，靴子穩穩的落在雪地裡，接著她抬起頭，嚇到血都涼了。

他們被巫狼四面團團圍住了。

第二十二章

屬於自己的星星

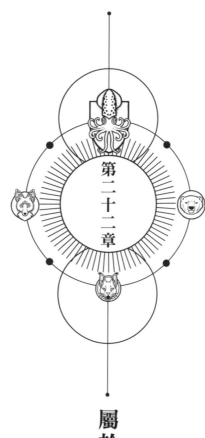

探險家們來到白雪覆蓋的海岸線，就在海水邊緣。岸邊甚至有個用冰凍木板搭出來的小碼頭，延伸入海中。史黛拉看到凱蒂已射出信號彈，通知她父親的船了。明亮的紅光像垂死的煙花，仍在他們上頭發光，召喚獵巫艦在水中調頭，緩緩朝他們駛來。

可是橫在探險隊和碼頭之間的，是一整群巫狼，牠們彷若怪獸，比一般狼隻巨大許多，至少跟柯亞一樣高壯，而且牠們的皮毛從嘴鼻到尾巴都是清一色的素白。這群狼至少有十幾隻，而且都有鬼魅般的銀眼，銀眼凍得牢實，覆著一層薄霜，看起來像是盲的。牠們的霜眼映射出詭異的光芒，令人難以直視。史黛拉試圖注視牠們的眼睛，太陽穴卻開始鼓脹，只得困惑的轉開眼神。

謝伊跪在地上用兩手抓著頭，其他人圍到他身邊。柯亞站在前方，一抹孤獨的狼影，隻身面對整群雪白的巫狼，牠的頸毛張揚豎立，凶狠的齜牙咧嘴。可是巫狼一點也不怕牠，自顧自的越逼越近，牠們妖異的銀眼閃著冷血凶殘的神色。

伊森朝最近的一頭巫狼施咒，但咒語彈回來了，絲毫不起作用。史黛拉想起杜絲拉說過，不可能改變巫狼的形貌。那頭巫狼對巫師張嘴露牙，但伊森不是牠感興趣的目標，巫狼緊盯著柯亞，下一秒，牠對著柯亞撲飛過去。

史黛拉從口袋抽出頭冠及時戴上，伸手將巫狼凍在半空中。結果遠比她預期的還要艱難許多，她感覺到巫狼抵抗的力道，一路震到她的臂膀上，同時體內的冰魔法令她渾身發寒，排除了有關溫暖、愛和友誼的念頭。史黛拉連忙摘下頭冠，凍結的巫狼重重跌在地上，撞斷了一隻腳爪。

其他巫狼立即全面展開攻擊，探險隊在謝伊和柯亞身邊站好定位，試圖阻擋狼群。一聲可怕的狼嚎劃破空中，感覺那聲音裡盡是利牙、銀眼、冰毛和帶著霜尖的獠牙。凱蒂從包包掏出更多咒語瓶，將瓶子砸到狼群前方的地面上，可是咒語造成的濃霧僅能拖住牠們一下子。菲利克斯的披風下藏了一把十字弓，他雖然成功射倒一頭巫狼，箭枝卻已用罄。豆豆跟平時一樣，在大難中幫不上忙，只一味扯著毛帽，喃喃念著毫無用處的實例。謝伊手上雖然握著回力鏢，卻似乎無法使用。事實上，狼群逼近時，他除了縮在雪地裡大口喘氣外，似乎什麼也做不了。

史黛拉立即發現，頭冠的冰魔法是他們唯一的希望。此時此刻最重要的事，就是拯救謝伊、柯亞、菲利克斯和其他探險隊員。即使在施法的過程會害她心臟凍結，變成人人口中邪惡的雪之女王，但只要能夠解救她的朋友，也就值得了。

史黛拉聚集身上每一絲能量、力氣和決心，重新戴上頭冠，兩手往前一伸。冰魔法在她指尖劈啪作響，史黛拉深吸一口氣，對著逼近的狼群直接射出魔法，她立即感覺全身像被丟入冰水裡，她的雙手軟弱的垂了下來。

冰魔法將巫狼一匹匹逐一凍結，牠們重重的跌落在雪地上，結冰的四肢在撞擊中有些斷了尾，或是斷了腳。咒語雖然在狼群間傳遞，卻未能強大到擴及最後一匹狼，沒有凍結的牠依舊齜牙低吼，朝柯亞逼近。

史黛拉抬手想凍住牠，卻猶豫起來，因為剛才最後一次施用冰魔法，令她心臟變得冷硬了。那一瞬間，她並不在乎柯亞、謝伊或任何人會出事。

謝伊看到她臉上的表情，懇切的看著她說：「史黛拉，求你了！」

史黛拉正想離開，但心中有個力量在尖叫，她使盡力氣對抗頭冠的影響，朝最後一匹狼射出最後一道冰魔法。

可惜瞬間的遲疑，使她慢了一步，巫狼躲開她的咒語，撲到柯亞身上，兩匹狼扭打成一團，黑色和白色的狼毛交纏在一起，不斷傳出可怕的咆哮。謝伊呻吟著，在雪地上折彎了腰。

史黛拉大步走向前，雙手抓住巫狼，巫狼被她一碰隨即凍結，僵硬的身體應聲倒下，但傷害已經造成了。柯亞跛著腳，渾身淌血的回到謝伊身邊。牠原本徹底烏黑的皮毛，此時背上出現了一條白紋，而謝伊的黑髮也相應的出現一道白髮。

潔西貝拉走過來站到史黛拉身邊，兩人看著其他人擔心的圍住謝伊和柯亞，檢視他們是否無恙，努力釐清白毛的含意。

「我可以跟各位解釋，白毛代表什麼意思。」女巫朗聲說：「那表示那頭影子狼將會變成巫狼。」

「柯亞？變成巫狼？什麼時候？」豆豆大叫。

「很難講。」女巫答道：「有可能一個月，也可能一年。」

「那謝伊呢？」伊森問：「他會怎樣？」

女巫聳聳肩。「我不知道。」她說：「但有件事可以確定，絕不是好事。」

史黛拉知道自己應該對此感到憤憤不平才對，但實際上她一點感覺也沒有。女巫獵人的船幾乎快到碼頭了，但史黛拉也不在乎。

「你覺得怎麼樣？」伊森靠向謝伊問，謝伊從頭到腳都在打哆嗦。

「冷。」狼語者答道，柯亞則躺在他身旁。

「如果牠會變成巫狼，那就等同於死亡，不是嗎？」豆豆問：「有任何我們能做的事嗎？」

「沒有。」潔西貝拉說：「被巫狼咬到，就回不去了。」

菲利克斯突然出現在史黛拉身邊，從她髮上摘下頭冠。

「你做得很好，史黛拉。」他靜靜的說：「若不是你，柯亞可能已經被巫狼殺死了。」

「我不確定我在乎這件事。」史黛拉說。她望著朋友們，一點感覺都沒有。「事實上，我根本不在乎你們任何人。」

「只是現在不在乎。」菲利克斯嘆口氣說，女巫獵人的船已經停在碼頭邊了。

「可是將來你會的。」

*

在船上約一個多小時後，當史黛拉的心解凍了，她自責難過到幾乎無法呼吸。她知道自己有能力阻擋巫狼，可是，在那短短的幾秒鐘裡卻選擇不用法力。

她把自己囚禁在艙房中，拒絕出來。她羞愧到沒臉面對任何人，甚至包含菲利克斯。當他隔著門，告訴史黛拉說謝伊想見她時，她光想到就全身發抖。謝伊一定很恨她！史黛拉想起自己在女巫門對大家說過的話：

「**我一定會竭盡所能報答各位。**」

用這種方式報答這位為她冒險犯難的朋友，實在太差勁了。

入夜後，史黛拉再也受不了關在船艙裡了，她無法入睡，便拿著頭冠走到上面甲板。她在船隻後方找到一處安靜的角落，獨自站到欄杆邊。雖然已經啟航數個小時了，史黛拉還是能看到遠處海平面上的女巫山，發出橘色的光。

史黛拉沒把披風帶上來，僅穿了淡藍色的洋裝和靴口加了皮毛的靴子。雪花在她身邊旋繞，海面上飄著一片片的浮冰，她的呼氣在刺寒的空氣中凝成白煙，但史黛拉並不覺得寒冷。每一天過去，她都變得越來越像冰雪公主了，而她對此無能為力。

史黛拉緊握住頭冠，低頭盯著下方冰寒海水翻攪出的白沫。也許她應該直接把頭冠丟到海裡，那麼她或許就能假裝自己不是冰雪公主；假裝她內心深處沒有邪惡的一面潛伏著……

「你終於上來透氣了。」有個聲音在她背後說。

史黛拉轉身看到菲利克斯站在那兒，兩手插在探險家披風的口袋裡，脖子上圍著藍白條紋相間的北極熊探險家俱樂部圍巾。

「拜託不要安慰我。」史黛拉說：「我恨我自己，我痛恨自己所有的一切，無論你說什麼，都沒辦法讓我好過一點。」

「呃，看來你似乎下定決心了。」菲利克斯說。他站到欄杆邊，望著女巫山的亮光。「所以，接下來呢？」他問：「既然你已經決定要恨你自己。」

史黛拉聳聳肩說：「就……我大概會盡量跟人保持距離吧，這樣我才不會傷害到別人。」

菲利克斯沉默片刻，「你讓我很訝異。」他終於開口：「我從來沒想過，竟然會從你口中聽到如此懦弱的話。」

「懦弱！」史黛拉驚呼。「試圖保護我所愛的人，怎麼會是懦弱？我身上有問題啊，我還能怎麼辦？我真希望自己能像你一樣那麼善良仁慈，可是我做不到。」

「史黛拉，親愛的，你**已**經很善良仁慈。」菲利克斯說：「人都有陰暗的一面，我們得學著去克制。」

「你就沒有。」史黛拉說：「你什麼缺點都沒有。」

「天啊，你不會真的那樣相信吧？」菲利克斯問。

「我敢說，你這輩子從來沒做過讓你永遠無法原諒自己的壞事。」

「正好相反。」菲利克斯哀傷的答說：「你知道嗎？我曾經讓某個人心碎，那是對待別人最狠的方式了，而我甚至無法拿冰魔法來當藉口。我必須對自己造成的痛苦，負完全的責任。」

史黛拉轉身看著她的父親，菲利克斯凝視著海洋，雪花飄落在他棕色的髮上。

「我不相信。」史黛拉搖頭說：「我才不相信你會讓別人心碎。」

「只怕我真的傷了對方的心了，親愛的。」菲利克斯答說：「戀愛是一場最偉大的冒險，但也需要極大的勇氣，而最後是我太軟弱了，我真的非常後悔。」

「對方叫什麼名字？」史黛拉話一出口，立刻猶豫是否不該探問人家隱私。

不過菲利克斯似乎不介意，只說：「他的名字叫奧斯卡。」

史黛拉看到菲利克斯臉上掠過一抹痛苦的神色，他轉向她說：「每個人都會犯錯，親愛的，沒有人是完美的，這點我可以跟你保證——尤其是我。」

史黛拉低頭看著手中在星空下閃爍的頭冠，然後說：「第一次去冰凍群島探險，我差點害伊森掉進深谷時，豆豆說當時說話的人並不是我，而是冰魔法在作祟。可是冰魔法**就是我**，不是嗎？我無法選擇不當冰雪公主。」

「是的。」菲利克斯承認道：「你確實是冰雪公主，那是你的一部分，但**僅僅**是一部分而已。這個身分並不能定義你，也不一定會成為你最大的部分。最重要的一環，得由你自己來決定。」

「每個人都認為我會變成邪惡的雪之女王，也許他們是對的。」史黛拉說：「冰魔法讓我覺得不像自己，我甚至連自己是誰都搞不清楚，彷彿失去了自我。冰魔法讓我感到恐懼，好害怕自己會……會消失。」

史黛拉掙扎著想闡明自己的感受，頭冠讓她覺得自己不像一個人，而像一幅慢慢被擦掉的素描。

一會兒之後，菲利克斯說：「史黛拉，你知道嗎？不一定得是冰雪公主，才會有那種感覺，我自己也有過那種感受。」

「真的嗎？」史黛拉懷疑的問。

「有過好幾次，大多是以前我想努力融入大家，成為普通人的時候，當然啦，我失敗得一塌糊塗。」他看著史黛拉說：「很可惜我們都耗費了太多時間，試圖變得跟每個人一樣，事實上，我們應該歌頌那些讓我們能獨樹一格的特質。所以我了解你的感受，當你失去信念，便會覺得自己一點一滴的在流失，那是很可怕的事。」

「那我能做什麼？」史黛拉幾乎像在耳語。她急於想找回安然自若的感覺，但她的負面情緒太過巨大且糟糕，覺得整個人都快被壓垮了，自己卻又完全無力阻止。

「很多呀。」菲利克斯答道：「你能做的事情很多。首先，也是最重要的，千萬別小看自己，絕對不要容許別人讓你感到不配或卑微，你得堅持自己的信念，你……」

「可是菲利克斯，聽起來好難啊。」

史黛拉沒想到菲利克斯竟然揚聲大笑。「當然，這超級難的。生命中珍貴的一切，大部分都很難。被擊倒時，你只能逼自己站起來，而且有時得容許自己感受悲傷、迷失，也許還有一點挫敗。然後，你必須接受，有時候自己一定會把事情搞砸，但唯一會讓我們真的失敗的，就是停止嘗試。最後，所有那些犯過的錯和錯誤的選擇，將使我們認識真正的自己，並且讓我們的靈魂更堅強。」

「可是萬一我的靈魂很壞呢？」史黛拉大叫說：「萬一我就只是一個惡毒、鐵石心腸、一文不值……」

菲利克斯蹲低身子和史黛拉齊平，搭住她的手臂將她轉向自己。

「我心愛的女孩，你是發生在我身上最棒最美好的事。」說著菲利克斯抬手擦去史黛拉面頰上滑落的一顆淚珠。「你以為，你會有這種感覺是因為你是冰雪公主，但其實不然。這世上幾乎每一個人，都曾在人生的某個階段，覺得自己不幸又一無是處。可是封閉自己，遠離他人，只會讓你更加悲慘。我們必須容許別人有缺點、接納自身的不完美、勇於與人分享我們的心靈，而且永遠保有善良的心。」

「可是我在女巫山時**並不善良**，我本來可以救謝伊——」

「當時若不是你，謝伊也許當場就變成一頭巫狼了。」菲利克斯說：「你當時已經盡力了，你現在所能掌控的，就是接下來所做的事。你這樣拒絕跟謝伊交談，又如何對事態有幫助？」

「我不想見他，因為我怕他會恨我。」

「噢，親愛的孩子，千萬別用恐懼來做決定。」菲利克斯回應。「相信我，那樣絕對不會有好的結果。我們和他人的愛與友誼，未必總能如我們所願的那樣單純或直接，可是那並不表示最後就會白費，就毫無價值。我們必須傾盡一切力量，為我們所愛的人奮鬥。有時，我們得克服被拒絕、表現得像傻子、受到傷害或心碎的恐懼。你知道嗎？你可以自己弄碎自己的心，但那樣更糟。我真希望自己能早點明白這點，史黛拉。」菲利克斯親吻她的臉頰。「先別失去希望，也許還能為謝伊做點什麼。等我們回家後，我們會仔細研究巫狼。事情還沒結束之前，都不算過去。」他握緊她的手說：「好了，你何不回去睡一下？」

「我想在這裡多待一會兒，可以嗎？」史黛拉回答。

「好吧，可是別待太晚，如果天氣變了，就直接進船裡。」他頓一下後又說：「我本來想回家再給你，但你現在就拿去吧。」他從自己的領口下拉出一條細銀鍊，鍊子尾端懸著一個小望遠鏡。史黛拉之前見過這條項鍊，知道那是小仙子們送給菲利克斯的仙子望遠鏡，打從她有記憶起，菲利克斯便一直戴著。

「我們每個人在天上都有一顆星星，只為我們發光。」他說：「有時我們可能找不到它，但星星依然在那裡。有時我們只是得設法讓自己回到正軌，提醒自己我們是什麼樣的人。小仙子們在我迷惘時送了我這個望遠鏡，我已經很久不需要它了，但它現在或許對你有用處。」他把鍊子套到史黛拉頸上說：「只要在天空尋找你的星星，你就會明白我的意思了。」

「我要怎樣才會知道，哪顆星星是我的？」史黛拉邊問邊拿起望遠鏡細看。

菲利克斯微笑道：「你一定會找到的。」他說：「晚安，親愛的。」

菲利克斯離開後，史黛拉站著檢視望遠鏡。望遠鏡拿在手裡，感覺冰涼沉重且結實。史黛拉終於把望遠鏡架到眼上，透過小小的鏡片凝望夜空，接著她驚訝的倒抽一口氣。史黛拉可以看到空中成千上萬顆星辰（遠比她用肉眼看到的還多），彷彿天空星光簇擁。然而，有一顆星星綻放著明亮燦爛的白光，史黛拉立即明白這就是菲利克斯之前提到的——那顆僅為她閃亮的星星。

史黛拉一看見它，所有的思緒、感受和畫面便在心中排山倒海而來，提醒她最喜歡自己的哪些地方：她有一隻愛她的北極熊、許多恐龍朋友、懂得如何看地圖、溜冰、做氣球獨角獸，還會做雪熊。她想起所有令她快樂無比的事物，如地球儀、紫色馬卡龍、冰花、企鵝、獨角獸、底下加了襯裙的美麗洋裝，以及探索未知的領域和陪伴家人朋友。她也想到自己的缺點與不完美，但似乎不再那麼重要，或是根本不重要了。它們只是她的一部分，不完美也沒有關係。

史黛拉抬頭望著她的星星，不再覺得自己像被擦掉的黑白素描，而是像用數百種美麗顏色畫成的彩圖。她的靈魂深處，感覺到那顆有如她空中雙生子的星星，閃耀著所有使她獨一無二的特質，包括身為一位冰雪公主。奇怪的是，她竟然覺得那樣也無妨。她好高興自己是史黛拉．星芒．玻爾，而不是別人。

史黛拉終於放下望遠鏡了，她發現四周空中飄著幾十顆小小的雪星星，閃著跟她指尖的藍魔法一樣的光芒。史黛拉對這些雪星星展露微笑，很高興看見自己與生俱來的法力，能夠創造出如此美麗的事物。

光芒閃動的雪星星環繞著史黛拉，她思索著所有菲利克斯說過的話，靜立良久。菲利克斯總說，要是覺得一件事太過龐大艱鉅，或不知從何下手，那就別把它視為一大件事，只要專心做一個細項，無論有多麼微小，先開始再說。

史黛拉知道自己該怎麼做了，她走下甲板，找到謝伊的艙房，輕輕敲門。謝伊前來應門時，史黛拉一看到他頭上那束白髮時，不禁畏縮了一下，並覺得愧疚難當。她好怕謝伊會大吼大叫，或要求她解釋，可是謝伊只是走向前，緊緊將她抱住。

「對不起。」史黛拉說：「我真的好抱歉，我會盡一切力量扭轉這件事，希望你能原諒我。」

「可是小火花，」謝伊說：「沒有什麼需要被原諒的呀，完全沒有。」

第二十三章

前進黑暗冰橋

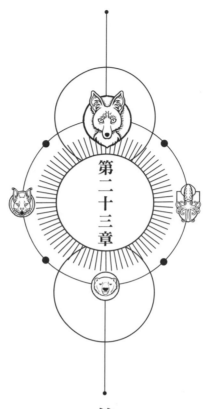

兩週後

史黛拉挫折的把書扔過房間，書本撞到牆上後「砰」的掉在地面，差點砸到在地毯上打盹的葛拉夫。叢林小仙子們吃過午飯也在牠背上睡覺。

「一點用都沒有。」她對著房間說。潔西貝拉坐在火爐邊的椅子上取暖，黃色的高筒靴往熱氣伸過去，菲利克斯則在房間另一頭翻閱一疊書籍。「根本沒有治療被巫狼咬傷的資料，所有的書都說沒有已知的治療方法，可是一定有什麼是我能做的吧！一定會有的！」

過去兩週，史黛拉和菲利克斯的大部分時間，都在應付北極熊和叢林貓探險家俱樂部的抱怨、參加紀律處分會議，以及為自己的行為提出解釋。除了偷飛船外，叢林貓主席對兒子受到的待遇感到震怒不已——他們一回來，伊森便立即把吉迪恩變回人形。雖然大家在旅途上好說歹說，但巫師還是都不肯把吉迪恩變回男孩，一直等大夥回到寒門的碼頭，他才對青蛙施咒，接著吉迪恩便四肢趴地的出現在他們面前的地板上了。

他的頭髮亂成一團，而且身上有股說不上來的「蛙味」，因為他的眼睛還凸著，嘴巴也比以前厚了一些。漂亮的晨衣皺得一塌糊塗，而且十分骯髒。史黛拉從沒見過如此怨恨的表情，趴在木碼頭的吉迪恩憤憤的看著伊森說：「我會報仇，我不在乎什麼時候或什麼地點，但我發誓總有一天，一定要讓你付出代價。」

伊森揮揮手，不理會他的威脅，但史黛拉有點擔心，胃因此揪了一下。然而當時他們並沒有太多時間去擔心吉迪恩的事，因為調查如火如荼的展開了，史黛拉和菲利克斯雙雙接獲警告，可能會被逐出北極熊探險家俱樂部。

同時間，凱蒂跟隨父親回到雪怪島的家中等候回覆，看是否獲准參加任何探險家的俱樂部。她和史黛拉仍通信聯絡，但史黛拉大部分剩餘的時間，全拿來瘋狂研究巫狼了。他們發現巫狼和雪之女王一樣，心是凍結的，牠們從咬口將碎冰注入被咬的人，碎冰會逐漸擴散，直到將對方也變成巫狼。至少，對於一般人而言，過程是那樣的，但沒有人能確定，狼語者會如何受到影響。謝伊看過各式各樣的醫師，但他們都說沒辦法醫治他。豆豆甚至試過魔法醫療，但也沒效。

「他似乎是個很善良的少年。」潔西貝拉坐在她的椅子上說：「可惜《雪之書》被收藏師拿走了，那個融冰之咒應該能派上用場。」

史黛拉和菲利克斯立即雙雙抬起頭。

「你這話是什麼意思？」史黛拉問：「你是說，《雪之書》裡有可以幫助謝伊的咒語嗎？」

年邁的女巫點點頭說：「是啊，我之前沒提過嗎？反正也沒差，因為書已經不見很久了，親愛的。書在收藏師手上，他搶了書，帶到黑暗冰橋的另一頭了。」

史黛拉和菲利克斯互相對看。這兩週以來，史黛拉首次感到臉上綻出笑意。

「菲利克斯，」她說：「我有個計畫。我們必須組織遠征隊，到黑暗冰橋的另一端，然後找到收藏師，奪回《雪之書》，用它來拯救謝伊和柯亞的命。」

菲利克斯對她報以微笑。「沒錯，親愛的。」他已經伸手去拿帽子，說：「我們正是應該那麼做。」

致謝

非常感謝我的經紀人和版權代理公司，他們一直為我的作品奮鬥不懈。也謝謝可愛的出版社給予【北極熊探險隊】系列無比的支持與熱情。

感謝我家兩隻暹羅貓 Suki 和 Misu 給我愛的抱抱。

謝謝我的未婚夫 Neil Dayus，為我提供飲料和書中的一些點子，包括威諾斯交易站和魔法帳。

感謝過去一年來，在網路上或面對面遇見的所有童書商與老師，他們對閱讀和書籍的熱愛，總能激發我的熱情。

最後，我要對所有讀過並喜歡【北極熊探險隊】系列的孩子們獻上最大的謝意。當你們打扮成書中的人物、寫信給我或在教室創作東西，還是在各個活動分享美妙的點子時，都在在提醒了我，做為一名童書作家是多麼特別的事。希望你們也喜歡這本書。

EXPLORERS ON WITCH MOUNTAIN
Text © Alex Bell, 2018
Illustration © Tomislav Tomić, 2018
Publishd by arrangement with Hardman & Swainson
through The Grayhawk Agency

XBSY0032

北極熊探險隊 2 女巫山

EXPLORERS ON WITCH MOUNTAIN

作　　者：艾莉克斯・貝爾（Alex Bell）
繪　　圖：托米斯拉夫・托米奇（Tomislav Tomić）
翻　　譯：柯清心

字畝文化創意有限公司
社　　長：馮季眉
編　　輯：戴鈺娟、陳曉慈
行銷編輯：洪　絹｜特約編輯：陳嫺若、廖佳筠
美術設計：江宜蔚｜封面繪圖上色：廖于涵

讀書共和國出版集團
社　　長：郭重興｜發行人暨出版總監：曾大福
業務平臺總經理：李雪麗｜業務平臺副總經理：李復民
實體通路協理：林詩富｜網路暨海外通路協理：張鑫峰｜特販通路協理：陳綺瑩
印務協理：江域平｜印務主任：李孟儒
發　　行：遠足文化事業股份有限公司　字畝文化
　地址：231 新北市新店區民權路 108-2 號 9 樓
　電話：(02)2218-1417
　傳真：(02)8667-1065
　電子信箱：service@bookrep.com.tw
　網址：www.bookrep.com.tw
　郵撥帳號：19504465 遠足文化事業股份有限公司
　客服專線：0800-221-029

法律顧問：華洋法律事務所　蘇文生律師
印　　製：呈靖彩藝有限公司

特別聲明：有關本書中的言論內容，不代表本公司／出版集團之立場與意見，
文責由作者自行承擔

2021 年 10 月　初版二刷　定價：380 元
ISBN 978-986-0784-25-1（平裝）　書號：XBSY0032

國家圖書館出版品預行編目（CIP）資料

北極熊探險隊 . 2, 女巫山 / 艾莉克斯 . 貝爾 (Alex Bell) 作 ;
托米斯拉夫 . 托米奇 (Tomislav Tomi) 繪圖 ; 柯清心翻譯 .
-- 初版 . -- 新北市 : 遠足文化事業股份有限公司字畝文化 ,
2021.07
400 面 ;　14.8 x 21 x 2.8 公分
譯自 : Explorers on witch mountain
ISBN 978-986-0784-25-1（平裝）
873.596　　110009775